Bensuche

Von Stephanie Nufer

Bibliografische Information der Deutschen Nationalbibliothek:
Die Deutsche Nationalbibliothek verzeichnet diese Publikation
in der Deutschen Nationalbibliografie; detaillierte bibliografische Daten sind im Internet über dnb.dnb.de abrufbar.

Herstellung und Verlag:
BoD – Books on Demand, Norderstedt
Fotos:
Rolf Enderes

ISBN: 978-3-7448-3649-4

Inhalt

Kapitel 1	9
Kapitel 2	19
Kapitel 3	35
Kapitel 4	43
Kapitel 5	55
Kapitel 6	67
Kapitel 7	77
Kapitel 8	83
Kapitel 9	91
Kapitel 10	101
Kapitel 11	111
Kapitel 12	121
Kapitel 13	133
Kapitel 14	141
Kapitel 15	151
Kapitel 16	159
Kapitel 17	171
Kapitel 18	179
Kapitel 19	187
Kapitel 20	197
Kapitel 21	205
Kapitel 22	215
Kapitel 23	225
Kapitel 24	235
Kapitel 25	245
Kapitel 26	253
Kapitel 27	263
Kapitel 28	273
Kapitel 29	279
Danksagung	283

Für meine Mutter –
in inniger Verbundenheit

Kapitel 1

Mitten in der Hitze der unbarmherzig brennenden Sonne strich ein sanfter Windhauch über Lauras tränenfeuchtes Gesicht. „Seltsam, wie angenehm sich Tränen anfühlen können", durchfuhr es ihren wunden Geist. Tränen, die den unsagbaren Schmerz hinauszuspülen versuchten, der in jeder Zelle ihres Körpers zu wohnen schien. Bisher brannten sie ihre Spuren in ihre blaugrauen Augen, liessen jeden Wimpernschlag zu einem Aufbegehren gegen die Schwerkraft werden und entluden ihre salzige Last in jede geschwollene Pore ihrer zarten Haut. Diese winzige Ahnung einer Erfrischung erinnerte sie schmerzlich an glücklichere Tage. Fast schon meinte sie den Duft eines Parfums an ihren Nasenflügeln vorbeikitzeln zu spüren. Das Parfum, das ihr so vertraut war wie ihr eigenes. Nun, eigentlich war es ursprünglich ihr eigenes – bis Flo es für sich entdeckt hatte.

„Flo, meine Flo, wo bist Du nur? Wie konnte ich Dich verlieren?" schluchzte sie leise auf, während sich die Trauergemeinde langsam vorwärtsbewegte. „Warum hast Du mich verlassen, kleine Schwester? Wie soll ich ohne Dich weiterleben?"

Ihr Blick schweifte über das einfache Holzkreuz, das kaum zu erkennen war zwischen all den Bergen von Blumen und Kränzen. „Floriane Pabig, *17.03.1989 +25.07.2017" stand da in einfachen Buchstaben. Flo, ihre jüngere Schwester war neben Tante Christine Lauras einzige, wirklich nahestehende Verwandte gewesen. Nach dem schrecklichen Erdbeben vor 8 Jahren, bei dem ihre Eltern in ihrer Ferienwohnung

9

verschüttet wurden, hatten sich die beiden aneinandergeklammert wie zwei Ertrinkende auf hoher See. Die Mädchen hatten die Nacht am Strand verbracht, wollten der Brandung lauschen und mit den anderen jungen Leuten um die Lagerfeuer tanzen. Alles war so wunderschön gewesen bis zu diesem furchtbaren Erdstoss, der ihr Leben so grausam veränderte...

Die Trauernden schlurften am offenen Grab vorbei, tuschelnd, weinend, kopfschüttelnd. Florianes Kampf war kurz und aussichtslos gewesen. Als die Ärzte den Grund für ihre ständige Übelkeit und Schwächeanfälle endlich herausgefunden hatten, war es für eine Therapie bereits zu spät gewesen. Der Krebs hatte seine zerstörerische Macht in jeden Tropfen ihres Blutes gepresst. Der pulsierende Lebenssaft wurde zum erstickenden Sog, der sie rasch in eine tiefe Bewusstlosigkeit riss. Wie viele Stunden hatte Laura am Bett ihrer Schwester gesessen, betend, bittend, fluchend, weinend... Nach einer Woche kehrte sie in ihre gemeinsame Wohnung zurück: Allein, ihrer Tränen beraubt, mit einer unendlichen Leere in ihrem Herzen. Flo's Duft hing noch im Raum, ihre achtlos in einer Ecke liegende Lieblingsdecke erschien Laura wie die Verkörperung der unerträglichen Einsamkeit ihrer Schmerz-gepeinigten Seele.

Laura tauchte aus ihren Erinnerungen auf, um sich an der Endstation ihrer Träume wiederzufinden. Auf dem Friedhof am Stadtrand von Zürich drängten sich immer noch die Menschen, die Floriane die letzte Ehre erweisen wollten. Es war eine recht junge Trauergemeinde, die sich vor allem aus Flo's ehemaligen Studienkollegen und Freunden aus dem Sportclub zusammensetzte. Natürlich waren auch einige entfernte Verwandte angereist, deren Namen ihr teilweise nicht einfallen wollten. Es erschien ihr jedoch auch nicht wichtig, da sie festgestellt hatte, dass Familienbande in ihrem Leben eher auf dem Papier bestanden und keine Hilfe im Alltag brachten. Ihre Freundinnen Kathy und Leony standen in einiger Entfernung zwischen Grünguttonne und einem weiteren frischen Grab. Auch ihr Nachbar Paul hielt sich mit ein paar anderen Hausbewohnern am Rande der Trauergesellschaft auf.

An ihrer Seite nahm Laura die Anwesenheit ihrer Tante Christine wahr, die Schwester ihrer Mutter, deren Kopf unter einem Ungetüm von Hut verborgen war. Tante Chris war schon immer ein wenig exzentrisch gewesen. An ihren Händen klammerten sich zwei dunkelhäutige Jungen. Die fünfjährigen Zwillinge waren das Ergebnis einer leidenschaftlichen Affäre mit einem indischen Reiseleiter. Da sich Tante Chris im Allgemeinen jedoch nicht um Konventionen scherte – und im Besonderen auch keine Neigung verspürte, sich im Leben von einem Mann reinreden zu lassen, beschloss sie, sich nicht damit aufzuhalten, den mittellosen Vater mit der Nachricht über unerwartete Vaterfreuden zu belästigen, sondern sich allein um das Kind zu kümmern. Dass es sich bei der fruchtbaren Begegnung sogar um Zwillinge handelte, erleichterte ihr neues Leben nicht gerade. Doch wer die beiden schwarzhaarigen Kerlchen erst einmal näher kennen gelernt hatte, konnte sich ihres Charmes nicht erwehren. Ihre schelmisch blitzenden braunen Augen strahlten jeden an und ihre sanft getönte Haut verleitete manche Frau dazu, sich eine kurze Streicheleinheit zu erschmeicheln. So war es auch nicht verwunderlich, dass Tante Christine problemlos Anschluss fand in eine Frauen-Wohngemeinschaft, in der sich die Mitbewohnerinnen förmlich darum rissen, die Betreuung der Kleinen zu übernehmen, während ihre Mutter sich um ihren Lebensunterhalt kümmerte. Wie genau Tante Chris das Geld für sich und ihre Anhängsel aufbrachte, war Laura jedoch stets ein Rätsel geblieben. Nach dem Unglück ihrer Eltern hätten Laura und Floriane bei Tante Chris wohnen können. Doch die jungen Mädchen wollten der Umwelt ihre Unabhängigkeit beweisen und beschlossen, gemeinsam eine eigene Wohnung zu beziehen.

Die Klänge einer einsamen Trompete lenkten Lauras Aufmerksamkeit erneut auf den Rand des Grabes. „Who wants to live forever" ertönte Florianes altes Lieblingslied. Stück für Stück setzten nun auch die beiden Saxophone und die Posaune ein, bis die Luft vibrierte von den traurigen Klängen des einsamen Schotten, der in seinem ewigen Leben zusehen muss, wie seine Liebsten alt werden und ihn verlassen. Die Musik war so gewaltig, so mitreissend, dass sie den Umstehenden eine Gänsehaut auf der erhitzten Haut entstehen liess. Taschentücher wurden hervor genommen, verhaltenes Schluchzen klang zwischen den einzelnen Tönen hervor. Der traurige Klang des Abschiedsliedes drang tief in die Herzen der Menschen ein. Nicht einmal die Worte des Pfarrers in der Kirche vermochten diesen Tiefgang aufzubringen. Der letzte Ton schwebte durch das Blätterdach der teilnahmslosen Bäume über den Friedhof. Eine unglaubliche Stille umschloss die Menschen, hielt sie noch einen Moment gefangen im gemeinsamen Schmerz, bevor eine einzelne Amsel die unsichtbare Glocke mit ihrem Ruf durchbrach. Laura trat einen Schritt vor, um die weisse Rose auf dem schlichten Holzsarg niederzulegen. „Ich lass dich nicht gehen, kleine Schwester! Wir werden immer zusammenbleiben, so wie wir es uns damals versprochen haben", flüsterte sie leise. Dann wandte sie sich entschlossen ab, um unter der Schattenspendenden Platane die Beileidsbekundungen entgegenzunehmen.

Später wusste Laura nicht mehr genau, wie sie den Tag überstanden hatte. All die Menschen, die ihr versicherten, wie Leid ihnen ihr Verlust tat und dass sie jederzeit zu ihnen kommen könne, erschienen ihr wie ein Traum. Worte, nichts als Worte. Nicht einer der Blicke, kein einziger Händedruck vermochte bis zu ihrem Herz vorzudringen, um ihr wahren Trost zu spenden. Nur die mitfühlenden Blicke und sanften Berührungen ihrer Tante Chris gaben ihr ein wenig Halt. Tante Chris sagte nicht viel. Sie stand nur an ihrer Seite, begleitete sie zum Trauermahl und brachte sie schliesslich nach Hause. Woher sie die Kraft dazu nahm, war Laura ein Rätsel. Schliesslich war Flo Christines Nichte gewesen, und mit ihr starb ein weiteres Verbindungsstück zu ihrer eigenen Schwester Marie.

„Vielen Dank, Chris, es ist wohl besser, wenn du jetzt Tim und Max nach Hause folgst. Sie fragen sicherlich schon, wo du bleibst", sagte Laura erschöpft.
„Mach dich nicht lächerlich", entgegnete Chris weich, „meine beiden Mitbewohnerinnen werden ihnen die Erinnerungen an den heutigen Tag leichter machen.

Glaub mir, Tim und Max sind glücklich über jede Minute, in der ich noch nicht nach Hause komme. Ich koche Dir jetzt erst mal eine Tasse Tee und dann legst du dich für eine halbe Stunde hin. An einem Tag wie diesem solltest du nicht allein sein." Insgeheim war Laura dankbar für die sanfte Bestimmtheit, mit der Tante Chris sie bemutterte. Bisher hatte sie sich in vielen Situationen einfach Flo's Gespür überlassen. Vor allem in Männerangelegenheiten war die lebenslustige Flo die Erfahrenere von beiden gewesen. Was nicht heissen sollte, dass Flo die glücklichere Hand gehabt hätte. Sie probierte einfach eher einmal etwas aus. In Lauras Augen trugen Florianes lange, blonde Haare massgeblich zu ihrem Erfolg bei Männern bei. Im Gegensatz zu ihrer eigenen sportlichen, fast schon jungenhaften Figur hatten Florianes feine weibliche Kurven stets anerkennende Blicke in der Männerwelt geerntet. Mit ihren 1.75 m Länge schaute Laura ihrem Gegenüber aus ihrem sommersprossigen Gesicht meist geradeaus in die Augen. Floriane hingegen musste bei 1.63 m Körpergrösse stets den Kopf in den Nacken legen, was sie jedoch mit einem neckischen Augenaufschlag stets zu ihren Gunsten auszunutzen gewusst hatte. Im Laufe der Jahre hatte Laura sich ein Bild von ihrem Traummann erstellt, das ihr mit der Zeit immer unwirklicher erschien. Vielleicht hatten ja zahllose Liebesromane ihren Blick für die Realität verklärt. War dort nicht immer die Rede von „breiten Schultern und schmalen Hüften", „Gefühlstiefe und Verständnis"? Die Männer in den Romanen hatten immer irgendwie Geld – oder zumindest keine Geldsorgen. Egal, ob sie „aus gutem Hause" kamen oder eine irre Geschäftsidee umgesetzt hatten, Geld war nie ein Problem. Das Aussehen war stets aussergewöhnlich und der Charakter stark und ehrlich. Dichte schwarze Haare bildeten den Kontrast zu stahlgrauen Augen und einem markanten Kinn. Wer wollte sich nicht an die Seite eines solchen Mannes träumen? Wann immer jemand Laura ansprach und versuchte, Annäherungsversuche zu unternehmen, trat ihr Traummann mit geballten Fäusten vor ihr inneres Auge und wehrte jeden Eindringling ab. Einem Vergleich vermochte selbstredend bisher niemand Stand zu halten. Doch im Laufe der Zeit wurde sogar Laura klar, dass es Männer wie diese wirklich nur in Romanen geben konnte. Trotzdem konnte sie sich nicht von dieser Vorstellung eines perfekten Mannes lösen.

Christine kehrte mit der einfachen Glas-Teekanne und zwei Gläsern ins Wohnzimmer zurück. Ihre langen Gewänder raschelten leise bei jedem Schritt. Sie war in dunkles Lila gekleidet. Die aufgedruckten Blumen drückten ihrer Ansicht nach mehr Trauer aus als ein einfarbiges schwarzes Kleidungsstück. Ein leichter Patschuli-Duft begleitete jede ihrer Bewegungen und ihre dunkelbraunen krausen Locken fielen ihr wirr bis auf die Schultern. Glücklicherweise hatte Christine inzwischen den unsäglichen Hut abgelegt. Während Christine das duftende Getränk abfüllte, beobachtete sie ihre Nichte, die auf der Couch kauerte, die Arme um die Beine geschlungen. Ihre schwarze Baumwollhose war völlig zerknittert, die dunkelbraune Bluse hing unordentlich darüber. Auf der hellen Haut wirkten die rot geweinten Augen unsagbar verloren.

Christine brach ihr Anblick schier das Herz. „Ich weiss, mein Kind, ich weiss." In ihren Worten lag so viel Gefühl, dass es Laura augenblicklich wieder die Tränen in die Augen trieb.

„Warum nur? Ich kann es immer noch nicht begreifen, dass sie nicht mehr hier ist. Es gibt so vieles, das ich sie fragen möchte. Wem soll ich von meinen Sorgen und Freuden erzählen? Wer heitert mich auf, wenn ich müde von der Arbeit komme? Ich habe Angst, dass ich in einem Sumpf versinke und nicht mehr hinausfinde. Schliesslich war es immer Flo, die die tollen Ideen heimbrachte, die wusste, wohin wir abends gehen konnten, wenn uns die Decke auf den Kopf fiel. Ich glaube, es wäre besser gewesen, wenn *ich* gestorben wäre. Flo wäre viel besser damit zu Recht gekommen als ich."

„Vielleicht ist genau das der Grund, warum nun *du* hier sitzt und nicht Floriane. Du hast deine Schwester nicht verloren. Sie ist immer noch bei dir. Wenn dein Schmerz ein wenig nachgelassen hat, wirst du es auch fühlen. Glaub mir, sie ist nicht fort. Du wirst sie finden."

„Wo? Wo ist sie? Schwebt sie hier im Raum in wehenden Gewändern? Was nützt mir ein Geist? Ich will meine Schwester zurück, will sie anfassen, sie in meine Arme schliessen. Ich fürchte, das habe ich viel zu selten getan. Ich kann mich gar nicht daran erinnern, wie sie sich angefühlt hat. Ach, könnte ich doch die Zeit zurückdrehen."

„Es sind immer die Dinge, die wir *nicht* getan haben, die wir später am meisten bereuen. Niemand kann Gelegenheiten nachholen, die er verpasste. Denke an die Zukunft und lerne aus dieser bitteren Erfahrung."

„Ach, es ist ja nicht nur das, was ich *nicht* getan habe. Ich habe auch manchmal Dinge gesagt, die ich nicht hätte sagen sollen. Ich möchte ihr das erklären, sie um Verzeihung bitten. Sie ist mir häufig mit ihrer Unbesorgtheit und ihren Scherzen auf die Nerven gegangen. Dabei habe ich sie doch immer darum beneidet. Ich möchte, dass sie das weiss. Sie soll wissen, dass ich sie liebe..."

Christine strich ihrer Nichte über die kurzen braunen Haare. „Sei unbesorgt. Sie weiss es. Und was du ihr noch zu sagen hast, sage ihr! Rufe sie und sprich mit ihr! Sie wird dich hören. Eure Liebe wird einen Weg finden, dass du sie auch hörst. Vertraue mir. Ihr werdet wieder zueinander finden."

Laura leerte ihre Teetasse und lehnte sich müde zurück.

„Wenn du nichts dagegen hast, lege ich mich jetzt tatsächlich eine Runde hin. Es war ein anstrengender Tag."

„Tu das, ich räume die Sachen noch weg und besorge uns dann etwas fürs Abendessen."

„Lass doch, Chris. Ich habe keinen Hunger."

„Keine Widerrede. Wenn du den Kummer besiegen willst, musst du zunächst deinen Körper kräftigen. Dann kommt alles andere von alleine. Leg dich hin. Ich wecke dich, wenn es Zeit ist."

Laura schlich in ihr Schlafzimmer, zog die Vorhänge zu und liess sich auf das Bett sinken. Sie war so müde, so unendlich müde. Am liebsten würde sie schlafen und nie mehr aufwachen. Wie sollte sie jemals wieder ein normales Leben führen...?

Kapitel 2

Der Winter dehnte sich mit seiner ganzen stumpfen Dunkelheit über das Züricher Unterland aus. Nach der atemberaubenden Farbenvielfalt des Herbstes wartete sein kalter Bruder mit einer ungemütlichen, stürmischen Vielfalt auf, die den Bäumen auch die letzten trotzenden Blätter entrissen hatte. Die rauschenden Blätterhaufen des Herbstes waren von den Gehwegen hinweggefegt. Die Strassen glänzten in dunklem Nass, gesäumt von steifen Baumskeletten, die ihre nackten Äste in gespenstischem Rhythmus in einen Wolken verhangenen Himmel reckten. Laura stand auf ihrer verglasten Dachterrasse und beobachtete durch die grosse Fensterfront das düstere Treiben. Obwohl sich ihre Gedanken schon von Berufs wegen mit dem natürlichen Verlauf von Blühfolgen und der Vergänglichkeit aller pflanzlicher Pracht beschäftigten, empfand sie beim Anblick dieser kahlen Äste ein unbändiges Verlangen, das Leben in die Baum-Adern zurück zu zwingen. Sie liebte das lebendige Grün so sehr, dass ihre Dachterrasse sämtlichen Balkonpflanzen ihrer Mitbewohner als Winterquartier diente. Sie zog sogar Baumsetzlinge, um sie später in ihre Gartengestaltungen integrieren zu können. Die ersten Zwiebelblumen sprossen bei ihr bereits zu einer Zeit, in der die Kinder noch von Schneeballschlachten träumten. Nicht umsonst schwärmte die ganze Nachbarschaft von der sagenhaften Blütenpracht, die die Balkone ihres Hauses bis spät in den Herbst schmückte.
Die vergangenen Monate waren nicht leicht gewesen. Doch mit Hilfe von Tante Chris, Lauras kecken Pa-

tenkindern Tim und Max und jeder Menge Arbeit war es ihr gelungen, wieder festen Boden unter den Füssen zu gewinnen. Sogar das Weihnachtsfest hatte sie mit Hilfe ihrer Freunde überstanden. Nun zeigte sich der Januar von seiner üblichen tristen Seite. Das sanfte Läuten des Telefons liess sie ihre Winter-Betrachtungen unterbrechen.

„Laura Pabig", meldete sie sich mit fester Stimme. Ein ohrenbetäubendes Geschrei war die Antwort aus dem Telefonhörer, den sie in Windeseile auf Armes-länge von ihrem Ohr weghielt.

Lachend rief sie zurück: „Hallo Tim, Max! So eine Überraschung! Seid Ihr denn schon wieder zurück aus den Ferien?"

„Jaaaa, schon seit gestern", tönte es in Baustellen-Lautstärke zurück, während eine andere Stimme bereits zu erzählen begann: „...und wir haben einen riesigen Fisch gefangen und der hatte Zähne und wollte Mami beissen..."

Es gab ein knirschendes Geräusch, ein Kratzen und Murren, bevor Christines Stimme sich zum Hörer hindurch kämpfte.

„Hallo Laura, Liebes, wie du wohl schon erraten hast, sind wir wieder da. Wie geht es dir?"

„Prima, danke. Das Wetter macht mich ganz schläf-rig. Ich wünschte, ihr hättet ein wenig mehr Sonne aus Teneriffa mitgebracht."

„Ja, das wollten wir auch, aber die Zöllner haben al-les an der Grenze konfisziert und für sich selber ge-braucht. Tut mir leid. Allerdings habe ich eine klei-nes Souvenir vor ihren Augen und Händen verbergen können. Möchtest Du herausfinden, was es ist?"

„Klar, gerne. Soll ich vorbeikommen?"

„Oh nein, lieber nicht. Tim und Max sind nicht zu bändigen heute. Sie hängen die ganze Zeit an Claudia und Mirella, um ihnen einen Minuten genauen Bericht über die ganzen zwei Wochen Ferien zu geben. Und da die beiden Frauen ganz ausgehungert sind nach den beiden Nervensägen, schlage ich vor, ich überlasse sie ihren Fans, fahre beim Feinkostladen in der Steinwiesstrasse vorbei und bringe etwas mit, das wir bei dir zu Hause vollenden können. Was hältst du davon?"

„Bestens. Dann muss ich wenigstens nicht mehr in diese Dunkelheit hinaus. Du hast ja noch genügend Sonne in deinem Tank, um dagegen anzukommen. Wann kannst du hier sein?"

„Ich denke so gegen sechs. Dann hast du noch Zeit genug, etwas zum Dessert zu zaubern."

„Mach ich. Also bis später dann."

„Bis dann, Laura. Ciao."

Laura überlegte. Wenn Tante Chris den Feinkostladen ansteuerte, kamen meistens erlesene leichte Gerichte dabei heraus. Da konnte das Dessert ruhig etwas gehaltvoller ausfallen. Sie entschied sich daher für eine Mousse au Chocolat. Für unvorhergesehene Dessert-Vorfälle hatte sie stets einen Vorrat der wichtigsten Zutaten, wie Zartbitterschokolade und haltbare Schlagsahne eingelagert. Die Eier hatte sie erst heute Morgen beim Bauern geholt. Das sollte also kein Problem sein. Sie wusste nicht, wie häufig sie schon diese Schokoladen-Mousse gemacht hatte. Wann immer sie und Flo irgendwo eingeladen worden waren, hatte man sie sogleich bedrängt, eine Schüssel Mousse mitzubringen. Und sie hatte es stets gern gemacht. Die Zubereitung fiel ihr leicht.

Es war ihr eigener kleiner Wettkampf, die Creme stets noch leichter und luftiger als beim letzten Mal anzurühren. Während der Mixer durch das Eiweiss sauste, glitten ihre Gedanken zurück zu dem Tag, als sie dieses Dessert zuletzt erstellt hatte.

Es war ihr gemeinsamer Geburtstag gewesen. Laura und Floriane hatten sich scherzhafterweise oftmals als Zwillinge ausgegeben, weil sie am gleichen Tag Geburtstag hatten. Allerdings war Laura zwei Jahre älter als ihre Schwester.

Laura hatte sich den halben Tag frei genommen, um noch einige Vorbereitungen zu treffen für einen gemeinsamen gemütlichen Abend. Sie hatte gerade die Mousse in eine Schüssel gegeben – stolz, sich wieder einmal übertroffen zu haben – als Flo überraschend nach Hause kam.

„Hey, Geburtstagskind, was machst du denn schon hier?"

„Hallo auch Geburtstagskind, mir geht's nicht so gut. Vielleicht ist mir das Red Bull nicht bekommen, das Frank auf meinen Geburtstag ausgegeben hat. Obwohl es mir eigentlich schon die ganze Woche nicht so wohl war. Ich glaub, ich leg mich jetzt lieber eine Runde aufs Ohr."

„Oh, schade, wo ich gerade mit der Schokoladen-Mousse fertig geworden bin. Aber vielleicht geht es bis Abend ja wieder besser. Möchtest du einen Tee? Ich habe heute wieder unseren Vorrat aufgefüllt. Wie wär's mit einem Geburtstags-Tee? Das passt doch!"

„Ja, danke, das wäre nett. Ich geh schon mal in mein Zimmer."

Es ging Floriane jedoch nicht besser bis zum Abend. Vielmehr war dieser Tag der Beginn ihrer leidensreichen Odyssee.

Zitternd wischte sich Laura die Tränen aus dem Gesicht und starrte auf den Eischnee, mit dem man wohl inzwischen zwei Stahlträger hätte aneinanderkleben können. Blöde Idee, eine Mousse zu machen, wo sie doch wusste, dass ihre Gedanken dabei zwanghaft zu jenem verhängnisvollen Abend zurückkehren würden, dachte Laura immer noch schniefend. Vielleicht konnte sie die ganze Angelegenheit mit Hilfe der Sahne doch noch retten. Ob sie wohl jemals wieder eine Mousse würde zubereiten können ohne an jenen Tag denken zu müssen?

Als die Türglocke um 18 Uhr läutete, eilte Laura zur Tür. Christine kämpfte sich schwer beladen die drei Stockwerke zu ihr hinauf.
„Warum nimmst du denn nicht den Lift?" begrüsste Laura ihre schnaufende Tante.
„Du weißt doch, dass ich diesem Monstrum nicht über den Weg traue. Da müssen schon andere Gewichte in meinen Einkaufstaschen stecken, um mich zu überzeugen."
Lächelnd umarmte Laura die braun gebrannte Frau.
„Du siehst toll aus! Fast schon unverschämt, bei diesem Wetter eine solche Gesichtsfarbe zur Schau zu tragen! Jeder normale Mensch kämpft mit Rouge und Schminke gegen die Winterblässe und du siehst einfach aus wie ein stürmischer Sommerwind", empörte sich Laura lachend.
„Mit der Winterblässe muss ich dir allerdings recht geben, wenn ich dich so anschaue. Obwohl es mit

Rouge bei dir auch nicht weit her ist. Nur um die Augen trägst du ein wenig rot, wie ich sehe..." Laura senkte rasch den Kopf, nahm ihrer Tante den nassen Mantel ab und bot ihr ein paar Filzpantoffeln an, gegen die diese gerne ihre triefenden Stiefel eintauschte.

In der geräumigen, weiss gekachelten Küche machten sich die beiden Frauen plaudernd daran, die mitgebrachten Köstlichkeiten auf verschiedene Schalen und Teller zu verteilen. Laura hatte den halben Tag damit zugebracht, die Küchenarmaturen auf Hochglanz zu polieren. Der grosse Kühlschrank glänzte mit den Glastüren um die Wette und in der polierten Granit-Abdeckung spiegelte sich der hölzerne Messerblock. In solch einer strahlenden Umgebung machte das Kochen doch sofort viel mehr Spass, musste Laura stolz feststellen. Schon bald duftete es nach gebratenen Tiger-Crevetten und knackigem chinesischen Gemüse, das sie an hellem Reis servierten. Hungrig liessen sie sich am Esstisch nieder.

„Du hast noch gar nichts zu meinem neuen Wohnzimmer gesagt", begann Laura kauend.

„Ich weiss auch gar nicht, womit ich anfangen soll. Die rote Wandfarbe sieht jedenfalls toll aus. Und die Kombination mit den Gold-Durchwirkten Vorhängen ist einfach umwerfend. Wo hast du die bloss gefunden?"

„Du wirst es kaum glauben, aber den Stoff habe ich vor zwei Jahren in Marokko auf dem Markt gekauft. Damals hatte ich noch keine genaue Vorstellung davon, was ich damit machen wollte. Ich war einfach nur hingerissen von dem Stoff – na ja, vielleicht auch ein wenig von dem Verkäufer..."

„Genau, ich erinnere mich: Schwarze Haare, schlank, dunkelhäutig, Augen wie der Teufel und eine Stimme wie die Sünde..."

„Ja, ja, ein Mann wie aus 1001 Nacht. Obwohl – wenn ich es mir recht überlege, ich glaube, seine Nase war etwas zu zierlich und er konnte wohl auch nur deshalb so verführerisch auf mich herabschauen, weil er auf einer Kiste Stricknadeln stand."

„Immerhin war er beeindruckend genug, sich bis heute in Deinen Erinnerungen einzunisten."

„Bei der Vielzahl der Männer, die es jemals geschafft haben, mir aufzufallen, ist das schliesslich auch kein Wunder. Ich glaube, das Faszinierendste an ihm war wohl, dass er eben *kein* Adonis war, sondern einfach – lebendig, freundlich und ehrlich. Er versuchte nicht, mir irgendwelchen Schund anzudrehen wie die anderen Händler und er hat mir auch nicht übermässig geschmeichelt. Du weißt ja, wie die Araber so sind. Wenn man ihren Worten Glauben schenken soll, ist jede Frau die Verkörperung ihres Schönheitsideals, egal ob sie nun dick oder dünn, blond, braun oder rothaarig ist. Dabei weiss man doch, dass die meisten Araber sowieso die Frauen lieben, die wie sie selber braunhäutig und schwarzhaarig sind."

„Na na, jetzt verallgemeinerst du aber ganz schön. Ich traf in Indien schliesslich auch einen Mann, der nicht auf eine einheimische Göttin gewartet hat."

„Klar sind nicht alle so. Aber es ist doch so schön, in Vorurteilen zu schwelgen... " lachte Laura.

„Lust auf Kaffee zum Dessert?"

„Nur, wenn es dazu dein legendäres Schoko-Mousse gibt."

„Was denn sonst? Etwas anderes würdest du ja gar nicht annehmen von mir, oder?"

Während Chris das gebrauchte Geschirr abräumte, kümmerte sich Laura um den Kaffee. Ihr Blick fiel auf ihre Nägel.

Wie schafft man es nur, einen Nagellack aufzutragen, der nicht nach einem Tag bereits wieder zu blättern beginnt, fragte sie sich achselzuckend. Manchmal hatte sie das Gefühl, sie scheitere schon an den einfachsten Schönheits-Hilfsmitteln. Es konnte doch nicht so schwer sein, Nagellack korrekt aufzutragen...

Mit Kaffee und einer grossen Schale Mousse beladen liessen sich die Frauen im Wohnzimmer vor dem Kamin nieder. Laura hatte ein gemütliches Feuer entfacht, das nun eifrig vor sich hin prasselte. Sie liebte diese Wohnung. Glücklicherweise hatten ihre Eltern ihr und Flo mit Hilfe einer Lebensversicherung ausreichend finanzielle Mittel hinterlassen, dass sie sich diese Dachterrassenwohnung hatten leisten können. Nach Florianes Tod war das gesamte Pabig'sche Familienvermögen auf sie übergegangen, was sie zwar nicht zu einer reichen Frau gemacht hatte, ihr aber immerhin einige finanzielle Freiräume erlaubte. So schienen zumindest einige Klischees aus ihren geliebten Romanen durchaus realistisch genug zu sein, um auch im wirklichen Leben vorzukommen. Fehlte nur noch der Mann mit den schlanken Hüften... Doch wie gerne würde sie all das hergeben, um wieder eine richtige Familie zu haben.
Einige Zeit hingen die beiden Frauen ihren Gedanken nach, beobachteten die züngelnden Flammen und genossen die behagliche Wärme, die nicht nur das Feuer ausstrahlte.

„Du vermisst sie sehr, nicht wahr?" begann Chris mit ihrer sanften Stimme. Laura sah zu ihr auf.

„Immer, wenn ich glaube, es geht langsam aufwärts, kommt der Moment, in dem ich denke, jeder Tag ohne sie ist schlimmer als der davor. Ich meine, eigentlich sollte es doch besser werden mit der Zeit, oder?"

„Nicht unbedingt. Wir müssen erst lernen, loszulassen. Das bedeutet aber nicht, dass du sie vergessen sollst. Du musst lediglich lernen, die Distanz zwischen euch zu akzeptieren, die ihr Tod geschaffen hat."

„Was meinst du mit Distanz? Es ist schliesslich nicht so, als ob sie nach Australien ausgewandert wäre. Dann könnte ich sie anrufen, sie einmal im Jahr besuchen oder... Aber - sie ist tot... Mein Gott, allein das Wort scheint mich noch heute zu verbrennen, wie damals die furchtbare Nachricht über ihre Krankheit."

„Ja, sie ist tot. Das heisst, sie sitzt nicht hier mit uns beim Kaffee. Sie geniesst nie mehr diese himmlische Mousse und du kannst sie auch nicht mehr mit Deiner übertriebenen Sorge und Tiefstapelei nerven."

Laura schaute sie mit feuchten Augen an. Alles, was Chris aufzählte, war ihr auch bereits durch den Kopf gegangen. All die Sachen, die sie nicht mehr gemeinsam erleben durften, fehlten Laura schon bevor sie sie auch nur in Worte fassen konnte. Es war diese unbeschreibliche Leere in ihrem Herzen, die sie viel zu oft zu verschlingen drohte.

„Hast du nie zu ihr gesprochen, seit sie fort ist?"

„Gesprochen?"

„Glaub mir, wenn sich zwei Menschen so nahe gestanden sind wie ihr beide, dann wird diese Verbindung auch durch den Tod nicht getrennt."

Der schmerzhafte Blick aus Lauras Augen traf Chris mitten ins Herz. Und einen kurzen Augenblick lang erlebte sie wieder diesen wohl verschlossenen Schmerz, der sie damals zu versengen drohte, als sie ihre eigene Schwester so plötzlich und unerwartet verlor. In der Hoffnung, das Leid ihrer Nichte ein wenig lindern zu können, beschloss sie, die Erfahrung mit ihr zu teilen, die ihr selber geholfen hatte, den Verlust zu ertragen.

„Sie ist hier. Und ich bin sicher, dass sie nur darauf wartet, dass du sie wieder an deinem Leben teilhaben lässt. Ich habe bisher noch niemandem davon erzählt, warum ich diese Überzeugung habe. Möglicherweise hilft es dir jedoch, wenn du erfährst, was ich erlebt habe."

Lauras fragende Augen bestätigten sie in ihrem Vorhaben. Nach einem weiteren Löffel Mousse, den sie mit einem Schluck lauwarmen Kaffees ergänzte, begann Chris zu erzählen:

„Als deine Mutter vor 8 Jahren verunglückte, war ich völlig fassungslos. Auch wenn sich unsere Lebenseinstellungen nicht unbedingt immer deckten, lebte in uns doch eine grosse Verbundenheit, die mehr war als übereinstimmende Meinungen. Es war einfach Liebe, die uns zusammenhielt."

„Ich habe deinen Schmerz wohl gar nicht richtig wahrgenommen, so sehr war ich mit mir selber und Flo beschäftigt. Und wir haben auch nie darüber gesprochen. Ich sah in dir immer die starke und selbständige Frau, die nichts umwerfen kann. Heute beginne ich zu verstehen, was du damals durchgemacht haben musst."

Chris tätschelte Lauras Knie. „Ich wünschte, du hättest diese Erfahrung nicht machen müssen. Dein

Konto an traurigen Erfahrungen war mit dem Verlust deiner Eltern bereits überzogen." Sie schloss kurz die Augen. Doch als sich ihre Blicke erneut trafen, fand Laura eine Zuversicht darin, die sie nicht erwartet hätte.

„Die erste Zeit war furchtbar, wie du dir vorstellen kannst. Ich litt unsagbar unter dem Verlust, machte mir Vorwürfe, dass ich nicht an ihrer Seite war, als es geschah, quälte mich immer weiter mit Dingen, die ich ihr doch noch sagen wollte, Briefe, die ich nie geschrieben hatte, Geschenke, die ich nie überreicht hatte und Umarmungen, die ich nie wieder spüren würde. Eines Abends lag ich im Bett und hing wieder einmal meinen Gedanken an Marie nach. Dieses Mal jedoch merkte ich, wie ich endlich ruhiger wurde. Ich dachte an unsere schönen Momente, an gemeinsam Erlebtes und an Geschenke, die wir tatsächlich ausgetauscht haben. Beim Gedanken an den scheusslichen Bademantel, den sie mir zu meinem 30. Geburtstag geschenkt hatte, musste ich unwillkürlich lächeln. Du musst wissen, das Teil war wirklich abgrundhässlich. Und in die Taschen hatte Sofie die alten Lockenwickler unserer Mutter gestopft mit der Bemerkung, es werde jetzt wohl langsam Zeit, dass ich mir eine angemessene Frisur zulegen solle. Ich seufzte so etwas wie ,Ach Marie, weißt du noch...' – und plötzlich sah ich sie vor mir. Sie stand am Bettende, direkt neben der alten Truhe und lächelte. Sie war nicht so alt, wie auf den letzten Fotos. Vielmehr wirkte ihr Gesicht irgendwie – zeitlos. Es waren ihre Züge, aber ohne Sorgenfalten und die Haut schimmerte in einem sanften Ton. Ohne, dass sie die Lippen bewegte, hörte ich sie lachen und sagen, auch sie habe ihre Erinnerungen behalten. Sie sei froh, dass ich die Tür zu meinem Herzen endlich geöffnet habe, so dass sie den Weg zu mir finden konnte. Und seit dieser Zeit sehe ich sie regelmässig. Ich rede mit ihr, auch, wenn ich ihre Gestalt nicht immer wahrnehme, denn ich bin ganz sicher, dass sie immer in der Nähe ist und meine Schritte beobachtet. Sie hilft mir, und hält ihre schützenden Hände über mich und alle, die sie lieben."

„Und warum konnte sie dann nicht Flo vor ihrem Leid beschützen? Warum hat sie nicht verhindert, dass sich der Krebs in ihrem Körper ausbreitet und sie vernichtet?"

„Sie vermag uns vor kleinen Pannen zu bewahren, sie schafft es auch, uns zu warnen, wenn wir uns in Gefahr begeben. Doch auch sie hat nicht die Macht, unser Schicksal zu verändern. Und Florianes Schicksal war nun einmal der Krebs."

Tränen der Wut fanden ihren Weg über Lauras Wangen. Doch noch bevor ihre salzige Spur ein Ende finden konnte, erschütterte ein Schluchzen ihr Herz und überschwemmte die Wut mit abgrundtiefer Traurigkeit.

„Glaubst du, Flo wird auch zu mir kommen, so wie Mama zu dir kam? Und warum ist Mama nicht auch an mein Bett getreten?"

„Deine Mutter ist ganz sicher zu dir gekommen. Du hast sie nur nicht gesehen. Das mag daran gelegen haben, dass du dich durch deine Trauer vor dieser Möglichkeit verschlossen hast. Vielleicht warst du auch einfach noch nicht reif genug für eine Begegnung mit ihr. Du hättest es möglicherweise gar nicht verstanden, hättest an deiner Wahrnehmung gezweifelt und dich für verrückt gehalten. Und nur, weil sich deine Mutter dir bisher nicht gezeigt hat, heisst das noch lange nicht, dass das in Zukunft auch so sein wird. Geistwesen leben in keiner Zeitdimension. Sie verblassen auch nicht im Laufe der Zeit. Sie sind da, solange sich jemand an sie erinnert und in Gedanken mit ihnen in Kontakt ist. Die Frage ist nun: Wie würdest du reagieren, wenn Floriane mit dir Kontakt aufnähme. Würdest du es zulassen?"

Laura schaute sie mit glasigen Augen an. Sie stand auf, um das verlöschende Kaminfeuer mit einem neuen Scheit wieder zum Leben zu erwecken. Sie tat dies mit langsamen, bedächtigen Bewegungen, als ob sie über die Frage ihrer Tante nachdenken müsste. Als sie sich wieder umdrehte, erkannte Christine, dass sie Laura mit diesem Gespräch eine neue Perspektive eröffnet hatte.

„Ich sehne mich so sehr nach Floriane, dass ich auf den letzten Rest meines Verstandes verzichten würde, wenn ich sie nur noch einmal sehen könnte. Was muss ich denn tun, damit ich sie sehen kann? Gibt es da so eine Art Mantra, das ich aufsagen muss?"

Chris lächelte ihre Nichte an. „Mit Beschwörungsformeln hat das gar nichts zu tun. Du musst auch keiner Stoffpuppe Milchkaffee unter die Nase halten, so wie du es früher immer getan hast, wenn du Florianes Vitalfunktionen nach einer heftigen Party wieder zum Leben erwecken wolltest."

Bei dieser Erinnerung musste auch Laura lächeln. Ihre Schwester war wahrlich kein Kind von Traurigkeit gewesen. Leider hatte sie nicht immer gewusst, wann es für sie besser war, die Party zu verlassen und nach Hause zu gehen. Glücklicherweise fand Laura schon bald heraus, welcher Zaubertrank Floriane nach durchtanzter Nacht wieder in die Wirklichkeit zurückholte: Ein Milchkaffee aus Instantkaf-

fee mit drei Stück Zucker und einem Schuss Baileys. Letzteren verheimlichte Laura allerdings immer in der Öffentlichkeit bei der Zutatenliste. Schliesslich sollte man Flo ja nicht für eine Alkoholikerin halten. „Aber was tust du denn, wenn du möchtest, dass Mama zu dir kommt?" fragte sie ungeduldig. „Ich entspanne mich. Und dann rufe ich sie einfach. Manchmal rufe ich sie sogar laut, meistens jedoch stelle ich mir einfach vor, ich würde ihren Namen rufen. Dann bitte ich sie zu kommen. Das ist alles. Es steckt wirklich kein besonderer Akt dahinter. Stell dir einfach vor, Flo ist in der Küche und du kommst zur Tür herein und möchtest ihr etwas erzählen. Genau so sprichst du sie an."
„Aber ich habe doch in den letzten Monaten so häufig ihren Namen gerufen, geflüstert, geschrien. Da hätte sie doch längst mal auftauchen können. Warum hat sie sich denn daraufhin nicht bereits gezeigt?"
„Weil du bisher immer noch taub und blind vor Trauer warst. Geistwesen sind für unsere Vorstellung ziemlich schüchtern. Du kannst sie nicht herbeibefehlen. Du kannst sie nicht zwingen. Für einen ersten Kontakt muss eine angenehme Stimmung im Raum sein. Das wichtigste ist, dass du selber entspannt und ruhig bist. Ich bezweifle, dass das bisher sehr häufig bei dir der Fall war. Deine Gedanken und Gefühle sind ja auch heute noch extrem aufgewühlt. Warum sonst sind deine Augen so oft vom Weinen rot und geschwollen? Lass dir einfach Zeit. Ich bin sicher, dass ihr beide das hinbekommt."
Mit einem aufmunternden Augenzwinkern lächelte Christine ihre Nichte an. Beim Klang des Glockenschlags der alten Standuhr, der aus der Diele drang, zuckte sie jedoch zusammen.

„Herrje, schon 10 Uhr! Jetzt muss ich aber schleunigst heim. Tim und Max werden ihren beiden Fans sicherlich bereits den letzten Nerv geraubt haben. Höchste Zeit, dass ich die beiden erlöse. Denn ins Bett haben die Zwillinge sicherlich noch nicht gefunden. Wenn ich mich beeile, erwische ich so gerade den nächsten Bus."

„Ich kann dich doch fahren. Bei der Dunkelheit ist das doch viel angenehmer als an der Bushaltestelle zu warten und zu frieren."

„Nein, nein lass nur. Bis du das Auto aus der Garage hast, bin ich ja schon fast zu Hause. Keine Sorge. Die Dunkelheit kann doch einem Sommerwind wie mir nichts anhaben!"

Eilig schlüpfte Christine in Mantel und Stiefel, während sie es schaffte, gleichzeitig ihre zahlreichen Beutel zusammenzuraffen.

„Oh, jetzt hätte ich ja fast dein Geschenk vergessen!" rief sie bereits in der Tür stehend und holte ein kleines blau eingepacktes Schächtelchen mit einer goldenen Schleife hervor.

„Viele Grüsse aus der kanarischen Sonne und ruf mich bald an!" rief sie, bevor sie die Stufen hinuntereilte.

Kapitel 3

Die Wohnung erschien Laura seltsam ruhig nach Christines rauschendem Abgang. Lächelnd hielt sie das Geschenk in ihrer Hand und schlenderte ins Wohnzimmer zurück. Nachdem sie das Feuer erneut geschürt hatte, liess sie sich auf den weichen Teppich davor nieder und lehnte sich an die Polsterung ihres Lieblingssessels. Es war ein Erbstück ihrer Grossmutter: ein braunes Ungetüm von einem Ohrensessel, dessen Fussteil sich herausziehen liess. Einige Zeit beobachtete sie, wie sich die Flammen hungrig an dem trockenen Holz zu schaffen machten bis sie in einen wilden Tanz endeten. Sie nahm das Päckchen zur Hand und öffnete die glänzende Schleife. Unter dem Geschenkpapier kam eine hölzerne Schachtel zum Vorschein. Sie war bunt bemalt mit Schildkröten und Gräsern. Auf der Vorderseite befand sich ein winziger silberfarbener Verschlag. Laura klappte das Scharnier auf und fand im Innern der Schatulle eine silberne Kette mit einem Anhänger – ebenfalls in Form einer Schildkröte. Hübsch, dachte Laura, doch warum ausgerechnet eine Schildkröte? Nicht, dass sie etwas gegen Schildkröten hätte, aber eigentlich hegte sie auch keine besonders tiefen Sympathien für Schildkröten. Na, was soll's? Sie liess die Kette wieder in die Schachtel gleiten und stellte sie auf den Wohnzimmertisch. Ihr Blick glitt wieder zu den Flammen, deren rote Ränder eine wohlige Wärme ausstrahlten. Was hatte Christine gemeint? Sie solle Flo einfach rufen? Also, warum nicht gleich versuchen, ging es Laura durch den Kopf.
„Flo?" versuchte sie es leise.

„Flo-o!" wiederholte sie ihren Ruf nun lauter. Atemlos lauschte sie ins Zimmer, drehte den Kopf in alle Richtungen, um zu überprüfen, ob ihre Schwester nicht vielleicht bereits hinter ihr stünde. „Floriane Pabig, ich rufe Dich!" fügte sie mit verschwörerischer Stimme hinzu. Doch ausser dem Knistern des Feuers drang kein Laut an ihre Ohren. „Hey, Flo, mach schon! Tante Christine hat doch gesagt, du könntest kommen. Also mach's mir nicht so schwer und zeig' dich!"

Nach einigen weiteren Versuchen, in denen sie die Worte zwischen geheimnisvoll-flüsternd bis bedrohlich-laut in den Äther schickte, gab Laura schliesslich auf. Nur gut, dass das niemand mitbekommen hatte. Die würden mich ja alle für verrückt erklären, dachte sie frustriert.

Sie räumte die Überreste des Abendessens weg und machte es sich mit einem Buch vor dem Kamin bequem.

Doch die Geschichte der bedrohten Menschheit durch die Meereslebewesen vermochte sie heute gar nicht zu fesseln. Immer wieder kehrten ihre Gedanken zum heutigen Gespräch mit Tante Christine zurück. Wenn es wirklich wahr wäre, dass sie mit Flo in Kontakt treten könnte, ... Wenn sie sie tatsächlich noch einmal sehen könnte, mit ihr reden... Allein die Vorstellung reichte aus, damit ihr Herz weiter wurde. Sie spürte förmlich, wie ein wenig der Spannung der vergangenen Monate von ihr abglitt. Das ist, als ob man wieder sieben Jahre alt ist und am Heiligabend durch das Schlüsselloch zum Wohnzimmer schaut, in dem in wenigen Augenblicken die Bescherung stattfindet, dachte sie mit pochendem Herzen.

Man hat das Gefühl, alles ist möglich und fragt sich, welche Wünsche wohl in Erfüllung gehen mögen.
An diesem Abend sollte für Laura jedoch keine Bescherung mehr stattfinden. Sie startete zwar noch einige zurückhaltende Versuche, mit Floriane Kontakt aufzunehmen. Doch weder ihr gurgelnder Ruf während des Zähneputzens noch das verschlafene, in ein Gähnen untergehende Murmeln kurz vor dem Einschlafen hatten die gewünschte Wirkung auf die jenseitige Schwester.

Am nächsten Morgen hatte der Regen nachgelassen. Der Hochnebel hatte das Wetter-Zepter fest in seiner Hand. Die Wettervorhersage in der Sonntagszeitung verhiess für den heutigen Tag keine Besserung. In Erinnerung an die gestrige Mousse-Au-Chocolat-Schlacht stürzte sich Laura in ihre Trainingssachen und machte sich in leichtem Trabschritt auf den Weg zur Sihlpromenade. Früh um 8 Uhr zeigte sich der Parkring noch in friedlicher Stille. Auch die Freigutstrasse schien noch in winterlicher Trägheit zu schlummern. Als sie auf die Sihlpromenade einbog, liess sie ihren Blick geniesserisch über das klare Wasser schweifen. Nebelschwaden stiegen aus dem Flüsschen und tauchten den Uferweg in eine verwegene Edgar Wallace-Atmosphäre. Laura liebte die alten Schinken. Flo hatte sich immer Lustig gemacht über ihre Leidenschaft für die altmodischen Krimis. Flo stand mehr auf Hightech Thriller. Bei ihr fing die Spannung erst bei der dritten Massenkarambolage mit explodierenden Gastanks und sich auftuenden Erdspalten an. Laura konnte sich ihre lästernden Kommentare jedoch auch nie verkneifen. Dass ein Auto nach einem leichten Auffahrunfall innert Sekunden explodiert gehörte ebenso zu ihren Lieblingsbemerkungen wie die übersinnliche Wahrnehmungsfähigkeit des Hauptdarstellers, der stets wusste, wo sich die nächste Katastrophe anbahnte oder hinter welcher Tür der Bösewicht auf sein Opfer lauerte. Diese Leidenschaft konnte Laura beim besten Willen nicht teilen.

Wenn sie schon nicht die gleichen Filme anschauen mochten, so teilten sie doch die Freude an ihren sonntäglichen Joggingrunden. Natürlich brachte Floriane stets die bessere Kondition auf die Piste, was man bei ihr als Sportlehrerin ja wohl auch erwarten durfte. Laura hatte diesbezüglich aufgrund ihrer weniger bewegungsintensiven beruflichen Tätigkeit ein gewisses Manko. Die beiden Frauen sahen ihren gemeinsamen Sonntagslauf jedoch nie als sportlichen Wettkampf an, so dass beide immer mit einem guten Gefühl heimkehrten.

Nach Florianes Tod hatte sich Laura gezwungen, die alten Wege auch ohne die Begleitung der Schwester einzuschlagen. Schon bald hatte sie gespürt, dass sie damit eine gute Entscheidung getroffen hatte. Denn die Bewegung bei jedem Wetter liess sie zumindest für eine kurze Zeit aus ihrem trauernden Alltag entfliehen.

Auch heute vermittelte ihr die kühle Luft eine entspannte Sichtweise auf den gestrigen Abend.

Was war wohl dran, an der Aussage ihrer Tante? Wollte die exzentrische Dame ihr mit ihren Ausführungen über Kontakte mit Toten den Schmerz erleichtern oder stimmte das wirklich? Kann Chris Mama in irgendeiner Form sehen? Wie mag das wohl sein? Ist dieses Wesen durchsichtig, in langen Gewändern? Überhaupt – was trägt so ein Geistwesen eigentlich? Erscheint man als Geist in dem Outfit, das man zum Zeitpunkt des Todes trug? Dann würde Floriane in ihrem karierten Schlafanzug erscheinen. Aber was trug dann z.b. ihre Mutter, die ja vor ihrem Tod versuchte, aus dem einstürzenden Haus zu entkommen. Sie müsste demzufolge in zerfetzten Kleidern daher kommen. Nein, so einfach konnte es nicht sein.

Laura nahm sich vor, Tante Christine bei nächster Gelegenheit danach zu fragen. Nicht, dass es besonders wichtig gewesen wäre, aber es könnte ja von Bedeutung sein. Womöglich begegnete ihr einmal ein anderer Geist und dann wollte sie vorbereitet sein, falls dieser in der Badewanne oder in der Sauna verstorben war und ihre Theorie wahr sein sollte.

Inzwischen hatte sie auf ihren joggenden Gedankengängen bereits den Kreis 5 erreicht. Da sie keine Lust verspürte, den gleichen Weg zurückzulaufen, beschloss sie, dem einsetzenden Regen durch eine Rückfahrt mit dem Bus zu entfliehen.

Der Sonntag verging gewohnheitsgemäss wie im Fluge, und auch die folgenden Wochentage waren ausgefüllt mit Arbeit und Alltag. Am nächsten Samstag nahm sich Laura fest vor, nochmals einen Versuch zu starten, Flo an ihrem jenseitigen Aufenthaltsort zu suchen.

Nachdem sie ihre samstäglichen Hausarbeiten erledigt hatte, machte Laura es sich in ihrem Lieblingssessel bequem. Sie hatte ihn in Richtung der Dachterrasse gedreht, so dass sie die dahineilenden Wolken beobachten konnte. Laura hoffte, sich dadurch in eine ruhige Stimmung versetzen zu können, so, wie Chris es vorgeschlagen hatte. Nach einiger Zeit schloss Laura die Augen, um einige Entspannungsübungen auszuführen, die sie in einem Kurs über Autogenes Training gelernt hatte. Leise Musik plätscherte aus den Lautsprechern. Laura spürte, wie sie langsam ins Nichts abdriftete. Ihr Körper schien sich aufzulösen. Sie bestand nur noch aus Gedanken und Wärme. Sie konzentrierte sich auf eine Parkbank in der Nähe des General-Guisan-Quais, auf der sie sich im Sommer manchmal mit Floriane zum Mittagsimbiss verabredet hatte. Sie erinnerte sich daran, wie sie dort sass, über das Wasser schaute und auf ihre Schwester wartete. Die warmen Sonnenstrahlen wärmten ihr Gesicht. Ein leichter Wind fegte ein paar welke Blätter über den Platz. Vom See her drang das Geschrei streitender Enten zu ihr herüber. Laura liess den Blick über den Kiesweg schweifen, der sich in sanften Kurven um die Wiesenstücke schlängelte. Es war ruhig, so wunderbar ruhig hier. Je mehr sie von der lebendigen Erinnerung in sich aufnahm, umso stärker spürte Laura die Nähe ihrer Schwester. Sie traute sich nicht, den Blick nach links auf die Bank zu wenden, aus Angst, den Platz leer vorzufinden. Und doch umgab sie eine Wolke des Friedens und das Gefühl, Floriane ganz nah zu sein. „Ich werde dich finden", flüsterte sie lautlos in ihrem friedvollen Kokon. Die Gewissheit über die Erfüllung dieses Versprechens liess ihr Herz emporsteigen und tränkte ihren Geist mit neuem Mut.

Als sie eine leichte Bewegung im Augenwinkel wahrnahm, wandte Laura ihren Blick nach links und schaute in das lächelnde Gesicht ihrer Schwester. Fast glaubte sie, das Herz müsse ihr zerspringen. Sie wagte kaum zu atmen, wollte den Blick nicht von

diesem vertrauten Gesicht abwenden, aus Angst, Flo
würde im nächsten Moment wieder verschwinden.
„Bist du wirklich hier", fragte sie leise. Doch Floriane
lächelte nur. „Flo, so sag doch etwas!" flehte Laura
nun. Schliesslich konnte Laura sich nicht mehr be-
herrschen und wollte ihrer Schwester in die Arme
sinken. Als sich ihre Arme um ihren eigenen Leib
schlangen, erwachte Laura mit einem tiefen Seufzen.
Was war denn das, fragte sie sich verwirrt. War das
nun ein Traum oder tatsächlich der erste Kontakt zu
ihrer vermissten Schwester? Sie hatte schon früher
von Flo geträumt, doch so intensiv hatte sie Flo's Gegenwart noch nie empfunden.
Kurz entschlossen sprang Laura zum Telefon und
wählte Christines Nummer. Bereits beim ersten Läuten nahm die Tante den Hörer ab. Ohne ihren Namen zu nennen, sprudelten die Worte bereits aus
Laura hervor.
„Du, ich glaube, ich habe es geschafft! Laura war
ganz nah bei mir. Wir sassen auf unserer Bank am
See. Sie schaute mich an und lächelte. Oh, es war
dieses unvergleichliche Lächeln. Du weißt schon!
Meinst du, es war tatsächlich Flo, die dort neben mir
auf der Bank sass? Glaubst du, das war meine erste
richtige Begegnung mit ihr? Sag doch, ist es so, wenn
du mit Mama sprichst? Na ja, eigentlich hat Flo ja
noch gar nichts gesagt, aber sie war so nah, so unglaublich wirklich...!" endete sie schliesslich ihren
Redefluss.
„Oh Laura, ich freue mich ja so für dich! Das klingt
wirklich sehr eindrücklich, was du da erzählst. Kann
schon sein, dass auch Floriane diese Begegnung gesucht hat. So, wie du deine Empfindungen be-
schreibst, halte ich es durchaus für möglich, dass du

endlich die Tür aufgestossen hast. Aber sei nicht traurig, wenn es nicht sofort noch mal funktioniert. Lass dir und ihr Zeit, einen Weg zu finden, wie ihr kommunizieren könnt. Wenn das an eurem alten Stammplatz im Park ist, dann ist das sicherlich ein guter Ort. Finde heraus, wo du sie überall finden kannst."

„Ach, Chris, ich bin ja so aufgeregt. Ich kann es noch gar nicht glauben. Und ein wenig habe ich auch Angst, dass alles wirklich nur ein schöner Traum war. Ich wünsche mir so sehr, dass ich wieder mit Flo reden kann. Das wäre wie Zauberei!"

Kapitel 4

Nach diesem eindrücklichen Erlebnis wandelte Laura wie auf Wolken. Sie spürte einfach, dass dieses lächelnde Gesicht nicht einfach nur einem Traum entsprungen war, sondern tatsächlich den ersten wirklichen Kontakt mit ihrer vermissten Schwester darstellte. Einige Tage später war ihre Stimmung immer noch gelöst und beseelt von der Erinnerung an den ersten Kontakt mit Flo. Gerade hatte sie sich einen frischen Kaffee gekocht und verfolgte nun den Duft der herben Bohnen durch die Wohnung Sie besuchte Zimmer um Zimmer und spürte der gemeinsamen Zeit mit Floriane nach. Sie betrachtete Fotos, auf denen Floriane sie anlächelte, setzte sich auf die andere Seite der Couch, dorthin, wo Flo stets mit untergeschlagenen Beinen zu sitzen pflegte. Ihr Blick blieb an Flo's CDs hängen, die sie immer noch separat aufbewahrte. Laura überlegte, ob sie es ertragen könnte, diese Musik zu hören, die Flo so geliebt hatte. Fast ohne ihr Zutun gelangte die CD mit dem hässlichen blauen Cover in den CD-Spieler. Normalerweise mochte sie keine hohen Männerstimmen. Zum ersten Mal konzentrierte sie sich darauf, die Schönheit dieser Musik zu erkunden und nicht die Ohren vor ihr zu verschliessen. Die ruhigen Klavierklänge öffneten sich für die helle Stimme des Sängers.

„Did I disappoint you?
Or let you down?
Should I be feeling guilty?

Or let the judges frown?
I am here for you if you only came...
Goodbye my lover, goodbye my friend"

...klang es – und die Worte durchdrangen sie wie die späte Einsicht zahlreicher verpasster Gelegenheiten. Eine Träne tropfte in ihren zitternden Kaffee und plötzlich wusste Laura, dass dieses Lied Floriane zu ihr zurückgebracht hatte. Noch bevor sie sich umdrehte, hörte sie die vertraute Stimme die Worte des Songs mitsummen:

„Remember me - Remember us and all we used to be..."

Flo trat vor sie, suchte Lauras Blick unter all den Tränen, die nun aus deren Augen hervorbrachen, um an ihrem lächelnden Mund vorbeizufliessen. Nachdem die letzten Takte des Liedes verklungen waren, standen sich die beiden Frauen reglos gegenüber. Laura traute sich kaum, ein Wort hervorzubringen aus Angst, Floriane würde sich wieder in Nichts auflösen. Doch diese Angst war ungerechtfertigt, wie sie feststellte. Flo nämlich unterbrach die heilige Stille mit einem heiseren Lachen. „Dass ausgerechnet James Blunt uns wieder zusammenbringen würde, hätte ich nie erwartet. Früher wärst Du lieber nackt die Bahnhofstrasse rauf und runtergelaufen, bevor Du freiwillig ein Lied von ihm angehört hättest!"
„Früher habe ich auch nicht gewusst, dass ich mich an jede noch so kleine Erinnerung klammern würde, nur um dir nahe zu sein", erwiderte Laura schniefend.
„Jetzt bin ich ja hier", tröstete Flo sie.

44

„Wie kann das alles sein? Ich verstehe das nicht. Warum habe ich dich nicht schon viel früher gesehen? Warst du immer hier oder hat dich wirklich diese Musik zurückgeführt?"

„Für mich gibt es keine Zeit, Laura. Ich sehe zwar, dass draussen Winter ist, aber ich habe keine Empfindung dafür, wie viel Zeit vergangen ist seit ich meinen Körper verlassen habe. Deshalb bin ich eigentlich immer bei dir gewesen. Doch für dich musste Zeit vergehen, bis du innerlich bereit warst, mich zu sehen, wie ich wirklich bin. Und das schloss auch meine körperliche Existenz ein. Du hast heute zum ersten Mal Erinnerungen zugelassen, die weder besonders leidvoll noch besonders schön waren. Du hast dich einfach nur erinnert – und dein Herz geöffnet für die Seiten an mir, die dir bisher nicht vertraut waren. Du wolltest verstehen, wer ich war und was ich gefühlt habe, versuchtest, dich in mich hineinzuversetzen. Das war für mich das Zeichen, dass du dich auch mit meiner jetzigen Existenz auseinandersetzen kannst. Und darum bin ich nun hier."

„Es gibt so viel, was ich noch erfahren möchte über dich. Du bist so rasch... gegangen, dass ich gar keine Zeit hatte, mich zu verabschieden. Ich wollte wohl einfach nicht wahrhaben, dass es keine Heilung mehr für dich gab. Bis zum Schluss habe ich gebetet, gebettelt, geflucht und getobt, habe dich beschimpft, warum du mich einfach hier allein lassen wolltest, dir gedroht, deine CDs als Wildscheuche zu verwenden, falls du nicht wieder mit mir heimkommen solltest. Doch du hast einfach nicht auf mich gehört. Ich hätte mir so sehr gewünscht, dass du das getan hättest, um was ich dich bat. Ich war so sicher, dass alles wieder gut werden würde. Mein Gott, ich war so unglücklich..."

„Ach, Laura! Jetzt bin ich ja hier. Glücklicherweise hast du deine Drohung ja dann doch nicht umgesetzt. Wer weiss, was uns dann zusammengeführt hätte. Möglicherweise würdest du nun in meinen Klamotten rumlaufen, um zu fühlen, wie ich mich darin gefühlt habe. Und diese Vorstellung wollen wir uns doch lieber ersparen. Lass mich wieder Teil deines Lebens sein, nicht nur deiner Träume und Erinnerungen! Es kann nämlich auch ziemlich spannend sein, ein Geistwesen zu sein."

Bei diesen Worten wurde Laura klar, dass sie sich ja lediglich mit dem Geist ihrer verstorbenen Schwester unterhielt. Unvermittelt schossen ihr ihre Überlegungen über die Kleidung von Geistwesen durch den Kopf. Sie trat einen Schritt zurück, um Flo zu mustern. Die Schwester war in eine weite braune Seidenhose und ein figurbetontes rosafarbenes Top gekleidet – nichts, was Laura auf Anhieb als Flo's Kleidungsstück identifiziert hätte, aber andererseits ein Stil, den Flo stets gewählt hatte. Nun gut, immerhin war damit ihre These über die Kleidung zum Todeszeitpunkt widerlegt dachte sie erleichtert.

Floriane betrachtete lächelnd ihre nachdenkliche Schwester.

„Was?" fragte diese irritiert. „Jetzt sag bloss nicht, du kannst Gedanken lesen!"

„Nein, nicht direkt, aber dein Blick war doch sehr interessant. Der Wechsel zwischen Musterung und Erleichterung deutet auf einen ernsthaften Gedankengang hin. Was in aller Welt ging da in deinem Kopf vor?"

Erleichtert über die Auskunft, dass ihre Gedanken geschützt waren vor der Schwester, erlaubte sich Laura, die Aussage zu verweigern und schenkte Floriane nur ein entwaffnendes Lächeln, das diese bereits aus früheren Tagen kannte, wenn Laura ihre Gedanken nicht mit ihr teilen wollte.

„Wenn ich Tante Chris davon erzähle, wird sie ausflippen!" wechselte Laura das Thema. „Sie hat ja schon lange gesagt, ich würde dich eines Tages wiedersehen. Aber du kennst sie ja... Manchmal kann sie schon etwas sonderbar sein. Ich hab's mir ja wirklich gewünscht, aber glauben konnte ich es nicht."

„Ja, Chris ist schon eine Nummer für sich. Ich schaue zwar immer wieder bei ihr und den Zwillingen vorbei, kann aber keine direkte Verbindung zu ihr aufbauen. Sie lebt in ihrer eigenen Welt. Aber ich weiss, wer sie begleitet. Wusstest du, dass Mama in engem Kontakt mit Tante Chris steht?"

„Chris hat es erwähnt, als sie zum ersten Mal von der Möglichkeit sprach, dich wiederzusehen. Ich wusste gar nicht, dass sie einander so verbunden waren."

„Manchmal sind die innersten Gefühle ja nicht einmal für die Betroffenen erkennbar. Wie hätten wir beide das je sehen sollen?"

Der Klang des Telefons unterbrach die Unterhaltung der beiden Frauen. Als Laura sich beim Griff nach dem Hörer nach ihrer Schwester umsah, stellte sie fest, dass diese nicht mehr da war. Verwirrt nahm sie das Gespräch entgegen: „Ja, eh, Pabig..."

„Hallo Herzblatt", erklang die heisere Stimme ihres Nachbarn. Als Paul vor etwa einem Jahr unter ihr und Floriane einzog und sich vorstellte, wollte sie schon fragen ob er gerade eine schlimme Erkältung habe. Glücklicherweise unterliess sie dies jedoch. Denn wie sie im Laufe der nächsten Wochen feststellte, war Pauls Stimme immer so hoch und heiser. „Was machst Du so?" fuhr Paul fort, „bist Du gerade beschäftigt, die Welt zu retten oder kann ich dich zu einer Pizza überreden?"

„Ach Paul", seufzte Laura schwer. Was sollte sie ihm schon sagen? Dass sie gerade mit ihrer verstorbenen Schwester geplaudert hatte? Dass er sich mit seiner Pizza auf eine einsame Insel verkrümeln solle, weil sie den Abend lieber mit einem Geist verbringen würde? Nein, dieses Erlebnis konnte sie nur mit einer einzigen Person teilen. Und die war jetzt mit Sicherheit gerade damit beschäftigt, zwei kleine Piraten durch wilde Bade-Schlachten zu begleiten.

„Laura? Bist du noch da? Ich sagte P-I-Z-Z-A! Das holt dich doch sonst immer aus der tiefsten Depression! Was ist denn los?" wollte Paul besorgt wissen.

„Eh, nichts, gar nichts", stammelte Laura, „ich war nur gerade etwas - abgelenkt... Doch, klar, Pizza klingt prima. Gehen wir aus oder essen wir bei dir?"

„Lass uns ins Molino gehen. Kathy und Leony wollen auch kommen. Ist sieben Uhr ok für dich?"

„Bestens. Aber nicht, dass wir wieder so fürchterlich versacken wie beim letzten Mal. Ich habe morgen eine wichtige Präsentation. Da darf ich nicht aussehen wie nach einer Entziehungskur!"

„Kein Problem, um halb elf bringe ich dich nach Hause, wie ein braver Pennäler, grosses Indianer-Ehrenwort!"

„Na, auf das Indianer-Ehrenwort eines Nachfahren von General Custer gebe ich aber auch nicht allzu viel. Du willst mich nur wieder überlisten! Diesmal passe ich selber auf mich auf. Also dann, bis später. Ich hol dich um sieben ab."

„Wie schrieb doch Goethe so passend: ‚Die Botschaft hör' ich wohl, allein mir fehlt der Glaube!' " beendete Paul lachend das Gespräch.

Lauras Blick fiel auf ihr lächelndes Spiegelbild. Was für ein Tag! Und er war noch nicht einmal zu Ende. Der Abend mit Paul, Kathy und Leony versprach noch äusserst amüsant zu werden. Bis sie Paul abholen wollte, blieb ihr noch ausreichend Zeit für ein wohliges Bad.

Unter Bergen von zart duftendem Schaum liess Laura ihre Gliedmassen treiben und versuchte ihre Gedanken zur Ruhe zu bringen. Sie hatte tatsächlich mit Flo gesprochen! Keine Sekunde zweifelte sie daran, dass es sich bei ihrer Gesprächspartnerin tatsächlich um die verstorbene Schwester gehandelt hatte. Es war völlig undenkbar, dass dies wieder nur ein Wunsch-Traum war. Nein, das war leibhaftig ihre Floh, der sie da gegenübergestanden hatte. Leibhaftig? Nun, irgendwie schon. Und auch wieder nicht. Laura erinnerte sich an Florianes Auftreten, die Figur, das Gesicht. Und doch wusste sie, dass unter diesen Kleidern kein Leib, kein Körper verborgen war. Ach, ganz egal. Die Gewissheit, endlich wieder mit Floriane gesprochen zu haben, füllte sie vollkommen aus. Es war wie ein Traum, ein Lottogewinn, ein Sprung aus den Wolken in der Gewissheit, nach hunderten Metern freien Falls sanft an einem Fallschirm zu Boden zu gleiten.

Um kurz nach neunzehn Uhr läutete Laura an Pauls Wohnungstür. Er erschien in einer Wolke herben Rasierwassers, das ihren leichten Schaumbadduft überrollte wie eine Staublawine. Laura hielt kurz die

Luft an und wartete dann bis sich ihre Riechnerven wieder beruhigten. Dann schenkte sie Paul tapfer ein Lächeln und hoffte, dass sie ohne weitere Verzögerung hinauskommen würde, um ihre Lungen wieder mit unbedufteter Luft füllen zu dürfen. Über ihren gerade geschnittenen Jeans trug Laura einen sportlichen Kapuzenpullover. Darüber hatte sie ihre Allwetterjacke und einen flauschigen Strickschal gezogen.

„Können wir?", fragte sie hoffnungsvoll.

„Klar, bin schon bereit – und ausserdem schon am verhungern."

Paul trug seine ausgebeulten Jeans und ein T-Shirt undefinierbarer Farbe. Er gehörte zu den ganz harten Kerlen, die den ganzen Winter über T-Shirts trugen und erst bei Temperaturen ab minus 10 Grad einen Gedanken an einen dünnen Baumwollpulli verschwendeten.

„Bist du sicher, dass du warm genug angezogen bist?" fragte er augenzwinkernd beim Anblick ihres Wollschals.

„Keine Angst. Im Gegensatz zu dir Bürohengst weiss ich wenigstens wie die passende Kleidung zu jedem Wetter aussieht. Pass du lieber auf, dass dir bei dieser Witterung nicht die Krause durchschlägt auf dem Kopf."

Demonstrativ zog sich Laura anschliessend noch eine gleichfarbige Mütze über.

Als sie das Haus verliessen, stellten sie fest, dass sich der Hochnebel inzwischen herabgesenkt und die Strassen in eine gruselige Halloween-Stimmung getaucht hatte.

„Immerhin regnet es nicht", meinte Laura, woraufhin sie von Paul lediglich mit einem Paar hochgezogener

Augenbrauen bedacht wurde. Sie staunte immer wieder, wie weit er diese buschigen Haarlinien in seine Glatze verschieben konnte. Paul trug seine blonden Haare nämlich ultramodern – und damit genaugenommen gar nicht, weil er sie nämlich regelmässig abrasierte. Laura selber stand nicht unbedingt auf diese freiwillige Haarlosigkeit. Warum rasiert sich jemand die Haare ab solange er noch welche hat, nur weil jemand dies als hip definiert? In zwanzig Jahren wäre Paul wahrscheinlich froh, wenn er ein Foto besässe, wie er mit Haaren ausgesehen hätte. Bis dahin hätte sich das Rasur Problem wohl sowieso von selber erledigt. Na ja, jedem wie es ihm gefällt, sinnierte Laura. Genau genommen passte sein runder, kahler Kopf aber zu seiner gedrungenen Gestalt. Für einen Mann war er nicht allzu gross – etwa gleich gross wie Laura – und wirkte damit eher kompakt.

Einige Minuten später erreichten sie das italienische Restaurant, wo sie bereits von Leony und Kathy beim Apéro erwartet wurden.

„Hallo Laura, hallo Paul", rief Leony bereits von weitem. Beim allgemeinen Begrüssungskussritual kam Laura nicht umhin, ihre Nase leicht in Leonys weiche blonde Haarmähne zu drücken. Das war eine Angewohnheit, die sie einfach nicht ablegen konnte. Sie selber trug die Haare solange sie denken konnte kurz und meist verstrubbelt, ganz einfach, weil sie es praktisch fand. Ihre ganze neidvolle Bewunderung galt jedoch der reklamegleichen Pracht, die Leonys feines Gesicht umwölkte. Bei Kathy wiederum stach einem auf den ersten Blick die moderne Brille ins Auge – beim Küssen sogar buchstäblich. Die Modelle waren derzeit meist spitz zulaufend und grell bunt.

Kathys Hang zu ausgefallenen Brillen hing ohne Frage damit zusammen, dass sie als Augenoptikerin eine gewisse Aussenwirkung provozierte. Laura bezweifelte jedoch, dass der Werbeeffekt auch auf die betagte Kundschaft wirkte.

Nachdem Laura ihre Jacke der Obhut des Kellners anvertraut hatte, nahmen sie an der weiss gedeckten Tafel Platz.

„Was darf ich Euch zum Aufwärmen bringen?" fragte der schwarz bekleidete Giorgio sie, als er endlich eine kleine Gesprächspause erwischte.

Laura musste nicht lange überlegen: „Einen Campari-Orange für mich und einen Wodka-Lemon für den Herrn hier, bitte"

„Hey, werde ich auch noch gefragt oder was?" monierte Paul überrascht.

„Wieso, was hättest du denn bestellt?" fragte Laura verwundert.

„Eh, tja, einen Wodka-Lemon natürlich, aber es hätte ja auch sein können, dass ich es mir anders überlegt hätte!"

„Wann bist du schon jemals von deinen Angewohnheiten abgewichen?" lachte Kathy ihn an und schickte Giorgio einen entlassenden Blick.

„Habt Ihr schon gehört? Kathy ist zur Geschäftsführerin befördert worden!" platzte Leony nun aufgeregt in die nachdenkliche Stille während der Menüauswahl.

„Wow – Geschäftsführerin! Glückwunsch", rief Paul begeistert. „Du weißt ja: Nach der Pflicht da kommt das Küren, womit du kannst den Laden führen...", fügte er fröhlich an.

„Mensch, Kathy, das ist wirklich toll", schloss sich auch Laura an, bevor sie aufsprang, um es erneut bei einer Umarmung mit der Brillen-Front der Freundin aufzunehmen.

„Danke, danke! Leony, du bist wirklich ein Plappermaul! Ich wollte mir die Neuigkeit eigentlich bis zum Dessert aufsparen. Aber jetzt, wo es schon mal raus ist, ist's auch gut. Also, der Abend heute geht natürlich auf mich, Leute", erwiderte Kathy freudestrahlend.

„Ah, wenn das so ist, dann nehme ich natürlich nicht die Pizza, sondern das Filet Milanesi", liess sich Paul süffisant vernehmen.

„Oh, typisch! Sonst hätte es wohl auch nur eine Kinderpizza für dich gegeben, nicht wahr", stänkerte Leony dazwischen.

„Kein Problem, Kinder, heute sollt ihr wirklich klotzen, nicht kleckern! Soll Paul ruhig das Filet nehmen. Und wir schieben jetzt erst mal eine Runde Blubberwasser dazwischen", erwiderte Kathy aufgekratzt, „Giorgio, bring doch mal eine Flasche Vino Frizzante und vier Gläser, hier gibt's was zu feiern!"

Der Abend verging wie im Fluge. Die Freunde starteten mit feinen Antipasti und schwelgten anschliessend in Filet, Risotto oder edlen Fischgerichten, um abschliessend noch eine Runde Zabaione zu bestellen.

Lauras Laune war so gut wie schon seit langem nicht mehr. Der Grund dafür lag jedoch bei weitem nicht bei Kathys Beförderung. Doch dieses Geheimnis konnte sie unmöglich mit ihren Freunden teilen. Die würden sie glatt für durchgedreht halten. So genoss Laura die gute Stimmung, wobei jeder einzige ihrer Freunde sich insgeheim auf die Schulter klopfte im Gefühl, Laura mit diesem Abend etwas besonders Gutes getan zu haben.

Gegen elf Uhr schaute Paul unauffällig auf die Uhr. Laura, der sein Blick nicht entgangen war, winkte ab und entband ihn von seiner Verpflichtung, sie früh nach Hause zu bringen mit den Worten: „Heute ist der Abend mein, kann dann morgen wieder Spiesser sein." Überrascht über so viel Talent stimmten alle in ihr Lachen ein und überliessen es Giorgio, sie um halb eins hinauszukomplimentieren.

Auf dem Heimweg kam Paul nicht umhin, anzumerken: „So aufgeweckt wie heute habe ich dich ja schon lange nicht mehr erlebt. Als ich dich vorhin anrief, dachte ich schon, ich müsste dich an den Haaren vor die Türe zerren. Doch nun sieht es so aus, als hätte dir der Abend richtig gefallen."

„Ich habe ihn auch wirklich genossen. Zum ersten Mal seit langem habe ich nicht mehr pausenlos an Flo gedacht und was sie nun sagen würde. Ihr seid wirklich gute Freunde. Es tut gut, Leute wie euch zu kennen."

Paul schaute sie zärtlich an. Und weil die Luft kalt und die Stimmung so gelöst war, liess sie es zu, dass er den Arm um sie legte und sie bis vor die Tür geleitete.

„Schlaf gut, Laura. Ich fand's toll, dich endlich wieder lachen zu hören. Lass mich das bald wieder erleben!" sagte er leise und hauchte ihr zum Abschied einen Kuss auf die Wange.

Leise zog Laura die Tür hinter sich zu und lauschte den Stimmen in ihrem Kopf.

In dieser Nacht schlief sie tief und traumlos.

Kapitel 5

Am nächsten Morgen erwachte Laura mit einem unbeschreiblichen Glücksgefühl. Beschwingt machte sie sich auf den Weg zur Arbeit.

Jenseits der grossstädtischen Atmosphäre befand sich eine grosse Parkanlage. Inmitten dieser grünen Oase stand ein hölzerner Pavillon, der ihr Büro und das ihres Chefs beherbergte. Ein heller Konferenzraum und eine Kochnische rundeten die wohnliche Bürolandschaft ab. Die grosszügigen Rabatten und die Zufahrt zum Gebäudeteil resultierten aus ihren Entwürfen. Im Sommer bildeten die Platanen ein malerisches Dach über den kiesbedeckten Weg. Saftige Wiesen wurden unterbrochen von farbenfrohen Beeten aus einheimischen Pflanzen.

Bereits in der Frühstückspause konnte Laura es kaum erwarten, wieder nach Hause zu kommen. Pausenlos schaute sie auf die Uhr. Dennoch brillierte sie in ihrer Präsentation, die Kunden wurden zu Wachs in ihren Händen. Um 16 Uhr schickte ihr Chef sie nach Hause mit den Worten: „Wenn du so weitermachst, können wir uns bald vor Aufträgen nicht mehr retten. Unser heutiger Interessent hat sofort unterschrieben und zwei weitere, denen du deine Entwürfe gemailt hast, drohen auch bereits mit Abschluss. Mach, dass du nach Hause kommst – und schau zu, dass diese Ausstrahlung, die du heute an den Tag gelegt hast, schön frisch bleibt!"

Auf dem Heimweg leistete sich Laura eine Flasche Wein, die sie während des nächsten Gesprächs mit Flo zu leeren gedachte. Sie spazierte noch eine Runde durch den Park trotz des weitgehend trüben Tages und dem beissenden Biswind. Vor dem Treibhaus traf sie auf Christine, die mit Tim und Max die Kaktusblüten im Inneren des Glashauses bewunderte. „Hallo Chris, Tim, Max", rief Laura bereits von weitem um sich auf den bevorstehenden Ansturm einstellen zu können. Die Buben schossen auch sogleich auf die Cousine zu, so dass diese es gerade noch schaffte, ihre Weinflasche in Sicherheit zu bringen. Die beiden klammerten sich an Lauras Beine und brachten sie schier zu Fall. Glücklicherweise war Laura auf diese Art der Begrüssung bestens vorbereitet. Schon bald war auch Christine an ihrer Seite und drückte ihre eisigen Wangen an ihre ebenso verfrorene Haut. „Laura, Schätzchen, was machst du denn um diese Zeit schon hier? Musst du denn nicht arbeiten"

„Hab ich schon, ich war so erfolgreich, dass mein Chef darauf bestand, mich für heute in den Ruhestand zu versetzen. Und ihr? Geniesst ihr das feine Januar-Wetter?"

„Klar, es gibt nur einen Monat, der so dunkel und unfreundlich ist wie der Januar! Wann sonst sollten wir den facettenlosen Hochnebel in uns aufsaugen? Wir brauchen doch im nächsten November wieder genug Frust für unsere Flucht in die Sonne." Christine befreite Laura von den klammernden Jungen und schickte sie eine weitere Runde über die dämmrige Rasenfläche. Dann musterte sie ihre Nichte aufmerksam. Laura schenkte ihr ein strahlendes Lächeln.

„Ich habe sie gefunden, Chris!" offenbarte Laura sogleich, „Flo - sie war bei mir, gestern Nachmittag. Wir haben geredet und gelacht. Ach, Chris, es war einfach wundervoll. Sie war so nah, so wirklich, so unbeschreiblich. Ich hätte mir nie vorstellen können, dass es so realistisch sein würde. Ich meine, ich hatte fast das Gefühl, ich könne sie anfassen. Ihre Stimme klang wie früher, ihre Augen, ihr Lächeln, alles war so vertraut, als wäre sie nie eine Minute von mir fort gewesen. Ich bin so glücklich. Jetzt weiss ich, wie du dich gefühlt hast, als Mama mit dir Kontakt aufgenommen hat. Ich habe das Gefühl, endlich wieder ins Leben zurückgekehrt zu sein. Die Zeit bisher war eine einzige Strafe. Lange hätte ich das nicht mehr ausgehalten. Aber jetzt ist alles anders. Ich kann es gar nicht erwarten, Flo wieder zu sehen und mit ihr zu reden."

Gerührt umarmte Christine die junge Frau. Auch sie war überglücklich, dass Laura und Floriane endlich wieder zueinander gefunden hatten. Für sie war es jedoch immer nur eine Frage der Zeit gewesen bis Laura es schaffen würde, die Schwester zu finden. Keine Minute hatte sie daran gezweifelt, dass auch Laura eine so wunderbare Begegnung bevorstehen würde wie ihr selber. Nun brachte sie vor Freude kaum ein Wort heraus. Tim und Max befreiten sie aus der Sprachlosigkeit, indem sie lautstark bekundeten, dass es nun Zeit sei, nach Hause zu gehen, um die versprochenen Spaghetti vertilgen zu dürfen. „Du musst mir unbedingt mehr darüber erzählen, wenn wir ein wenig Ruhe haben", meinte Christine beim Abschied. Laura stimmte freudig zu, in der Hoffnung, bei ihrem nächsten Treffen über zahlreiche weitere Begegnungen berichten zu können. Sie winkte den dreien zum Abschied zu bis ihre hüpfenden Köpfe nicht mehr zu sehen waren und setzt dann eilig ihren Heimweg fort.

In ihrer Wohnung entzündete Laura gewohnheits-
mässig ein Feuer im Kamin. Wohlig reckte sie ihre
kalten Gliedmassen der Wärme entgegen. Nach einiger Zeit trieb sie der Hunger in die Küche. Mit einem
Thunfisch-Sandwich und einem Glas Rotwein kehrte
sie ins Wohnzimmer zurück, um sich für Florianes
Ankunft bereitzuhalten. Heute wollte sie die Schwester herbeirufen, ohne die Musik als Verbindungstür
zu benutzen. Wer konnte schon ständig dieses Gitar-
rengerupfe ertragen? Nur wenn es gar nicht anders
ging, wollte sie diese Mittel anwenden.

Nun sass sie bereits seit etwa 20 Minuten in ihrer
ruhigen Wohnung. Die einzigen Geräusche kamen
von den knisternden Scheiten im Kamin. Von Zeit zu
Zeit brach ein Stück Holz auseinander und verteilte
die Glut auf dem Rost. Lauras Blick wurde langsam
glasig – zum einen wegen ihres ständigen Starrens in
das Feuer, zum anderen, weil sie auch das zweite
Glas Wein fast geleert hatte. Sie hatte gedacht, dass
Flo sich sofort melden würde sobald sie selber bereit
dazu wäre. Wo blieb sie nur? Was war zu tun, um die
Schwester herbeizurufen? Sollte es tatsächlich an der
Musik gelegen haben? Das konnte doch wohl nicht
sein. Was hatte Flo beim letzten Mal schon wieder
gesagt? Sie habe ihr Herz geöffnet. Tja, wie macht
man denn das? Das schien alles gar nicht so einfach
zu sein, wie sie sich das vorgestellt hatte. Laura hatte gedacht, sie könne nun ihre geliebte Schwester
rufen, als ob sie den ganzen Tag im Nachbarzimmer
auf sie gewartet hätte. Doch so leicht schien es nicht
zu sein. Enttäuschung machte sich in ihr breit. Frustriert überlegte Laura, sich auch noch ein drittes
Glas Wein einzuschenken, entschied sich dann je-

doch dagegen. Sie wollte schliesslich nicht zur Alkoholikerin werden. Schon bald nach Flo's Beerdigung hatte Laura gelernt, dass sie ihren Kummer nicht in Alkohol ertränken konnte. Die Linderung ihres Schmerzes währte stets nur sehr kurz. Dafür war der gespürte Schaden, den sie ihrem eigenen Körper zufügte umso schlimmer. Wie viele Menschen schafften es nicht bis zu dieser Einsicht und verloren sich dann auf dem Weg in die Abhängigkeit?

Statt zur Weinflasche griff Laura also zum Wasserkocher und bereitete sich einen herben Rauchtee zu. Der Wein war gut gewesen, auch ohne die begleitende Unterhaltung mit Flo. Was soll's, dachte sie bei sich, dann versuche ich es eben ein anderes Mal wieder. Wenn Flo einmal gekommen ist, wird sie es auch wieder tun. Deshalb kann ich ja trotzdem noch meinen freien Abend geniessen. Laura liess sich seufzend in den grossen Sessel sinken und nippte vorsichtig an dem heissen Getränk.

Sie dachte an gemeinsame Abende am Kamin mit ihrer Schwester. Einmal hatte Floriane ein deftiges Mahl am offenen Feuer zubereitet. Sie hatte einen Grillrost über den glühenden Holzscheiten befestigt und anschliessend Lammkoteletts darauf gegart. Zusammen mit frischem, getoasteten Brot und einer riesigen Schüssel Salat konnten die Schwestern ein vorzügliches Mahl geniessen. Die Fettspritzer hatte Laura allerdings allein entfernen müssen, da Floriane nach einem Anruf von ihrer Kollegin noch ins Studio musste. „Studio" nannte Flo das kleine Büro, in dem sie freiwilligen Dienst für das Jugend-Nottelefon leistete. Vor allem um die Zeit der Zeugnisvergabe war diese Telefonnummer eine rege genutzte Hilfe sogar der jüngsten Schülerinnen und

Schüler. Die Mitarbeiterinnen des Sorgentelefons schenkten Trost und machten den Anrufern Mut, zu ihren Fehlern und schlechter schulischer Leistung zu stehen. Manchmal boten sie auch an, die Kinder auf ihrem Heimweg zu begleiten. Obwohl die Anrufer üblicherweise anonym blieben, waren die Helferinnen überzeugt, den Teenagern einen guten Dienst zu erweisen. Flo hatte immer ein grosses Herz für Kinder gehabt. Das war wohl auch ihre Motivation gewesen, auf Lehramt zu studieren. Sie wollte der modernen, bewegungs-unfreudigen Gesellschaft einen Weg ebnen für ein gefestigtes und ausgeglichenes Leben.

„Ach Flo, wir hatten's schon noch gut zusammen", murmelte Laura in ihren Tee.

„Klar, und wir werden es auch weiterhin gut haben", kam die Antwort aus der anderen Ecke des Wohnzimmers. Laura drehte sich erschrocken um, so dass ihr der heisse Tee über die Hand schwappte.

„Mensch, hast du mich jetzt aber erschreckt! Wo warst du denn so lange? Ich warte schon seit Stunden auf dich!"

„Na, jetzt übertreib aber nicht", erwiderte Floriane schmunzelnd. „Du wartest erst seit 2 Gläsern Wein und einer halben Tasse Tee. Das ist noch gar nichts gegen die Zeit, die manche auf meiner Seite schon warten bis sie endlich jemand ruft."

„Du meinst, du warst die ganze Zeit hier und hast mir zugesehen? Warum hast du denn nichts gesagt? Du musst doch gewusst haben, dass ich mit dir reden wollte, oder?"

„Lass es mich mal so ausdrücken: Ich wusste wohl, dass du unser gestriges Gespräch fortsetzen willst. Du hast dabei aber mal wieder nur an dich gedacht.

Du wolltest mir vom gestrigen Abend mit Paul, Leony und Kathy vorschwärmen, von der erfolgreichen Präsentation heute und davon, dass dein Chef dich vor lauter Begeisterung beurlaubt hat für den Rest des Tages. Aber es ging dir nur um dich selber. Du hast schon früher oft so lang und ausdauernd über deinen Tag und deine Erlebnisse erzählt, dass für mich keine Zeit mehr blieb."

Laura staunte.

„Und das sind die Regeln, die euch – Geister von den Lebenden trennen? Ist das so streng? Ich meine, du kannst dich mir erst zeigen, wenn ich eine gewisse Einsicht an den Tag lege und meinen ganzen seelischen Ballast für mich behalte?"

„Na ja, ganz so ist es nicht. Ehrlich gesagt war das heute ganz allein meine Idee. Quasi meine kleine Rache für all die vollgequatschten Abendessen."

„Oh, Flo! Das ist so... so..." setzte Laura ärgerlich an. Dann besann sie sich jedoch und fuhr fort: „Ist das wahr? Habe ich dich wirklich immer mit meinen Angelegenheiten überhäuft?"

„Nicht immer, aber so häufig, dass es mich gestört hat."

„Das ist mir nie aufgefallen. Tut mir leid. Aber für eine Entschuldigung ist es jetzt wohl zu spät. Das war jetzt wohl eines der Themen, die wir schon früher hätten klären sollen."

„Kein Problem. Entschuldigung ist angenommen. Vielleicht bekomme ich dafür jetzt Gelegenheit dir all das zu erzählen, wozu ich früher nicht gekommen bin."

„Ich fürchte, dass ich tatsächlich nach deinem Tod festgestellt habe, dass ich vieles nicht über dich weiss. Nun bin ich bereit fürs Zuhören. Also, schiess los! Was möchtest du loswerden?"

„Hm, so spontan gibt es eigentlich nichts, was ich erzählen könnte. Ich habe ja keinen Job und keine Hobbies mehr, die meine Tage füllen."

„Ja, stimmt. Gibt es denn viele andere da, wo du bist? Ich meine – Geister? Ich sehe ja nur dich. Aber da müssen doch tausende, ach hunderttausende, nein Millionen anderer Wesen sein, dort wo du dich sonst aufhältst. Ist das nicht ein riesiges Gedränge?"

Flo ging durch den Raum und setzte sich auf ihren alten Lieblingsplatz. Sie zog die Beine auf die Couch und sass Laura nun im Schneidersitz gegenüber.

„Nein", fuhr sie fort, „von Gedränge kann keine Rede sein. Es sind immer genau so viele andere da, wie man braucht. Und es begegnen einem auch immer nur Gleichgesinnte."

„Was meinst du mit Gleichgesinnten?"

„Na, wenn ich zum Beispiel Lust habe, mit Kindern zu spielen, dann finde ich eine Horde Jungen und Mädchen, eine Wiese, einen Ball, alles, was Spass macht. Und wenn ich über einen geschichtlichen Vorfall nachgrüble, dann treffe ich jemanden, der vielleicht ein Augenzeuge war oder der eine Menge über diese Dinge weiss."

„Wow, das klingt ja phantastisch! Und wie sieht es mit der Zukunft aus? Kannst du auch in die Zukunft sehen? Oder kannst du sie sogar beeinflussen?"

„Das ist nicht so einfach zu sagen. Was immer ich dir erzähle, wird auch einen Einfluss auf dein Leben haben. Es verändert deine Gefühle und dein Verständnis. Ich kann dich vielleicht auf einen möglichen Weg hinweisen, aber ich kann dich nicht zwingen, ihn zu wählen."

„Kannst du Krankheiten erkennen?"

„Ja, das kann ich. Das ist eine komische Sache. Es ist, als ob ich in den Körper eines anderen hindurchsehen kann. Und dort, wo etwas nicht in Ordnung ist, nehme ich eine Art Vibration wahr. Das ist schwer zu beschreiben. Ich weiss ganz einfach, was da nicht stimmt."

„Und kannst du es denn auch heilen? Kannst du diesem Menschen helfen?"

„Nein, Laura, das liegt nicht in meiner Macht. Vielleicht gibt es solche Wesen, die die Kraft dazu haben. Keine Ahnung. Aber das Schicksal eines Menschen können wir nicht verändern. Du musst dir das in etwa so vorstellen: Es gibt einige Dinge im Leben, die sind einfach vorherbestimmt. Das ist zum Beispiel dein Geburtstag und dein Todestag. Egal, ob du bei einem Flugzeugabsturz ums Leben kommst oder dir ein Dachziegel auf den Kopf fällt. Du kannst deinem Tod nicht entkommen. Wenn also ein Flugzeugabsturz für dich geplant ist und du steigst nicht in das Flugzeug, dann wirst du stattdessen von einem Dachziegel erschlagen oder du fällst beim Schuhebinden so ungeschickt vom Stuhl, dass du dir das Genick brichst. Du siehst, es würde also gar nichts bringen, wenn ich diesen Menschen davon abhalte, in das Flugzeug zu steigen."

„Und deshalb konnten wohl auch Mama und Paps nicht aufhalten, dass du so schwer krank wurdest."

„Genau. Sie hätten mir das wohl mitteilen können, aber was hätte das schon gebracht? Oder würdest du tatsächlich gerne vorher wissen, wann du stirbst? Dein ganzes Leben wärst du doch nur darauf fixiert, wann es passiert. Und je näher der Zeitpunkt kommt, umso weniger kannst du das Leben selbst geniessen, weil du immer an das Ende denken musst."

„Du hast gesagt, dass es Dinge gibt, die vorherbestimmt sind und solche, die sich ändern lassen. Was kann man denn nun verändern?"

„Nun, ich könnte dir zum Beispiel zeigen, wo eine schöne Wohnung frei wird, wenn du umziehen möchtest. Oder ich könnte dir den Tipp geben, diesen Sommer nicht in die Toskana zu fahren, weil das Wetter eklig sein wird."

„Na, das ist doch immerhin schon mal etwas. Apropos Wetter… Wie wird denn das Wetter in Davos? Oder sollte ich meine Skier lieber zu Hause lassen?"

„Nein, nein. Das war doch nur ein Beispiel. Das Wetter in Davos wird gut. Da mach' dir mal keine Sorgen."

„Ich mach mir ja gar keine Sorgen. Wieso sagst du das so komisch? Wird dort denn irgendetwas passieren, was ich wissen sollte?"

„Nun werde mal nicht gleich nervös. Ich weiss halt auch nicht alles im Voraus", meinte Floriane ausweichend. Dann fuhr sie fort: „Es ist nicht gerade so, dass ich dein Leben wie in einem Kinofilm vor mir sehe. Eigentlich wäre ich ja mit dir zusammen auf die Piste gekommen. Das fällt halt dieses Jahr aus. Du wirst doch trotzdem fahren, oder?"

„Ja, Chris und die Zwillinge haben schon dafür gesorgt, dass ich nicht kneife. Und schliesslich kommt ja Kathy auch mit. Schade eigentlich, dass Paul nicht Ski fährt."

„Nanu, was höre ich denn da? Ein Mann ohne Haare, mit heiserer Stimme, mittellos und sogar ohne Auto. Und du erwähnst freiwillig seinen Namen?"

„Ach, halt doch die Klappe", rief Laura und warf lachend ein Kissen durch die Schwester.

„Oups, du warst ja schon immer dünn, aber jetzt treffe ich dich gar nicht mehr. Das ist richtig ungerecht",
gluckste sie atemlos. Und während beider Lachen
noch durch die Wohnung klang, lösten sich Florianes
Konturen langsam auf.

Kapitel 6

Von nun an suchte Laura jeden Tag das Gespräch mit ihrer Schwester. Schon bald reichte es aus, an ein gemeinsames Erlebnis zu denken. Sie brauchte weder Musik noch ausgiebige Träumereien, um Floriane herbeizurufen. Obwohl die Geschwister vor Florianes Tod zusammengewohnt hatten, empfand Laura diese neue Zweisamkeit als intensiver. Sie schaffte es, die Geduld ihrer Schwester nicht mehr ausschliesslich für ihre Zwecke auszunutzen, sondern nahm sich ausgiebig Zeit, auch Florianes Gedanken zu ergründen.

Bislang ungeklärt war für Laura bisher die Frage, inwiefern Flo in die Zukunft sehen konnte. So beschloss sie eines Tages im Februar, Floriane nochmals darauf anzusprechen.

„Flo, bist du da?" rief sie beim Öffnen der Haustüre. Sie schleppte ihre Einkaufstüten in die Küche und begann, die Vorräte in die Schränke einzuräumen. Sie stellte die Milch und den Käse in den Kühlschrank und zuckte zusammen, als sie feststellte, dass sie wieder einmal Vanille-Joghurt gekauft hatte, obwohl dies Flo's Lieblingsdessert gewesen war. Sie selber ass lieber fruchtige Milchspeisen. Seit sie einen so regen Austausch mit Floriane pflegte, war es ihr bereits mehrmals passiert, dass sie Lebensmittel für Floriane gekauft oder die Portionen für zwei statt für eine Person bemessen hatte. Nun schaute sie versonnen auf den Joghurt in ihrer Hand. Traurigkeit überkam sie beim Gedanken, dass auch die wertvollen Gespräche mit Floriane nicht darüber hinwegtäuschten, dass diese Art des Zusammenlebens nicht mehr all die Dinge einschloss, die sie früher für selbstverständlich gehalten hatte.

„Du hast mir einen Vanille-Joghurt mitgebracht. Das finde ich aber lieb von dir", liess sich nun Floriane aus der Türe vernehmen. Laura drehte sich tapfer lächelnd um. Achselzuckend meinte sie: „Ja, die Gewohnheit war mal wieder stärker." Floriane lehnte lässig am Türrahmen. Nun kam sie langsam auf Laura zu.

„Kein Grund zur Sorge, Schwesterherz. Ich kenne jemanden, der ebenso auf Vanille-Joghurt steht."

„Ach ja?" Laura zog die Augenbrauen hoch und musterte ihre Schwester neugierig.

„Ausser dir kenne ich niemanden, der diese Marke so abgöttisch liebt."

„Na, dann probiere es doch mal bei deinem Nachbarn Paul. Der stellt nämlich heute fest, dass sein Lieblings-Joghurt wieder mal ausverkauft ist, weil er zu spät dran war. Und ausserdem freut der sich riesig, wenn du mal wieder ‚hallo' sagst."

„Was du so alles weißt. Und wie soll ich ihm deiner Meinung nach erklären, woher ich um seine Leidenschaft weiss? Über Joghurt haben wir uns bisher nämlich noch nie unterhalten."

„Ach Laura, stell dich doch nicht so schwerfällig an. Sag einfach, du hättest zu viel gekauft und frag, ob er dir nicht etwas abnehmen möchte. Er weiss doch nicht, dass du seine nächtlichen Gelüste bereits kennst."

„Ich weiss nicht", meinte Laura unschlüssig, „Seit unserem letzten Pizzaessen haben wir kaum miteinander gesprochen. Entweder war er in Eile oder ich war gerade auf dem Sprung. Ich kann doch jetzt nicht einfach so..."

„Jetzt hör aber auf", fuhr Floriane sie an, bevor Laura ihre Bedenken weiter vertiefen konnte. „Du sollst ihn ja nicht gleich heiraten. Du willst ihm nur ein paar Joghurts anbieten. Das kann doch nicht so schwierig sein. Ausserdem könntet ihr auch mal zusammen ins Kino gehen. Es ist schliesslich Freitagabend und Frauen in deinem Alter gehen am Wochenende in den Ausgang."

„OK, ist ja schon gut. Ich gehe ja schon. Hauptsache du hörst endlich auf. Aber verkuppeln lasse ich mich nicht – auch nicht von dir! Ich mach das nur, weil es zu schade ist, wenn der Joghurt schlecht wird."

So stapelte sich Laura die fünf Vanille-Joghurts auf den linken Arm und balancierte sie unter dem genüsslichen Grinsen ihrer Schwester zur Wohnung hinaus.

Floriane zählte langsam: „Eins, zwei, drei, vier... Klatsch."

Aus dem Flur war ein kurzer Schrei, dann ein Fluchen und Schnaufen zu vernehmen.

„Hoppla, die Frauen fliegen heute aber wieder tief", ertönte Pauls lachende Stimme durch das Treppenhaus.

„Hilf mir lieber auf, du Scherzkeks", schnappte Laura. Paul liess sich nicht lange bitten und rettete zunächst die noch unversehrten 3 Joghurtbecher aus Lauras Armbeuge, bevor er ihr galant die Hand bot. Mit einem grossen Schritt überwand Laura die Joghurt-Lache, die sich grosszügig über die untersten drei Treppenstufen verteilte.

„Oh je, das ist ja eine schöne Schweinerei", meinte sie betrübt.

„Warum treibst du dich überhaupt so schwer beladen auf meiner Etage rum?" fragte Paul verwundert, aber immer noch grinsend. Sein Blick fiel auf die Becher in seiner Hand.

„Hey, das sind ja meine Lieblings-Joghurts. Die waren ausverkauft, als ich vorhin in der Migros war. Und du wirfst das wertvolle Zeug hier so über den Boden!"

Laura verzog säuerlich das Gesicht.

„Ich habe viel zu viel eingekauft und wollte nun versuchen, die Ware unauffällig unter deiner Tür durchzuschieben. Leider haben sich die Becher standhaft gewehrt. Aber wo du sie nun schon in der Hand hast: Behalte sie doch einfach."

„Laura, du bist ein Schatz. Wie kann ich das je wieder gut machen?"

„Wie wäre es, wenn du dafür die Leichen hier von der Treppe entfernen würdest? Übrigens kannst du meine Hand jetzt wieder loslassen. Ich falle schon nicht um."

Mit einem leisen Bedauern liess Paul seine Finger von ihrer Hand gleiten.

„Komm doch auf einen Kaffee rein. Ich wische das hier inzwischen schnell auf. Bin gleich wieder da."

In Pauls Küche stehend beobachtete Laura unauffällig, wie behände Paul zunächst mit einer Rolle Küchenpapier und anschliessend mit einem Aufnehmer die Spuren ihres Missgeschicks eliminierte.

Als Paul die Wohnungstür hinter sich schloss, tat Laura, als sei sie vertieft in die Computerzeitschrift auf dem Küchentisch. Die zerdrückten Joghurt-Becher schwenkend meinte Paul belustigt: „Hier sieht man ihre Trümmer rauchen, der Rest ist nicht mehr zu gebrauchen – wie Wilhelm Busch zu sagen pflegte. Setz dich doch. Ist Kaffee in Ordnung?"

„Ja, gern", antwortete Laura. „Was machst du eigentlich heute Abend?" fragte sie anschliessend mit dem festen Vorsatz, ihrer Schwester zu beweisen, dass sie durchaus allein in der Lage war, für einen abendlichen Ausgang zu sorgen. Paul setzte die glänzende Espresso-Maschine auf den Herd und fischte eine Packung Schokoladenkekse aus den Tiefen einer Schublade.

„Heute Abend gehe ich mit einem Kollegen ins Kino. Er hat vor Ewigkeiten zwei Karten für eine Vorpremiere organisiert und nervt mich nun schon seit mindestens drei Wochen damit, den Termin nicht zu vergessen."

Das Läuten des Telefons unterbrach ihre Unterhaltung. Laura hörte, wie Paul das Gespräch entgegennahm. Nach kurzer Zeit kehrte er zurück mit den Worten: „Hey, deine Pechsträhne ist für heute vorüber, Baby! Mein Kollege liegt mit Grippe im Bett. Das ist deine grosse Chance, bei einer absolut knalligen Premiere dabei zu sein. Hast du Lust?"

„Was ist denn das für ein Film?" wollte Laura skeptisch wissen. Der Ausdruck „knallig" entsprach nicht unbedingt dem Genre, das sie üblicherweise zu ihrer Unterhaltung auswählte.

„Och, ich weiss auch nicht so genau. Dem Titel nach geht es um Raucher. Möglicherweise so ein tiefsinniger Umweltfilm", meinte Paul, wohl wissend, dass Laura Actionfilme verachtete. Das wäre doch gelacht, wenn er es nicht schaffen würde, diese hübsche Lady endlich einmal einen Abend für sich allein zu haben.

„Ach komm, lass uns doch einfach hingehen. Schlimmstenfalls gehen wir halt etwas trinken, wenn es dir nicht gefällt."

„Na ja, gut. Wann fängt das denn an?"

„20.30 Uhr im Kino ABC. Wir haben also noch Zeit, unseren Espresso auszutrinken und dann gegen sieben aufs 13er Tram zu springen. Vielleicht solltest du allerdings noch eine frische Hose anziehen. Bei Mondschein könnte ich in Versuchung geraten, dir die letzten Reste des Vanille-Joghurts abzuluchsen."

Laura schaute erschrocken an sich herab.

„Oh je, das ist ja schon ganz eingetrocknet."

Hastig sprang sie auf und war mit drei Schritten bei der Türe.

„Es ist ja schon viertel vor sieben. Hol mich einfach ab, wenn du so weit bist. Bis gleich!"

Zwei Stufen auf einmal nehmend eilte Laura die Stufen hinauf zu ihrer Wohnung. Hastig riss sie sich die verschmierten Kleider vom Leib. Ein Blick in den Spiegel auf ihre faden Haare überzeugte sie davon, dass genug Zeit für eine Dusche sein musste. Also sorgte sie hastig dafür, dass ihr Körper in eine wohl duftende Duschbadwolke gehüllt wurde. Zusätzlich liessen ihre geübten Hände eine pfiffige Frisur auf ihrem geröteten Kopf entstehen. Nachdem sie in ein paar schwarze Jeans und ihren roten Lieblings-Pullover geschlüpft war, blickte ihr aus dem Spiegel eine gut gelaunte, junge Frau entgegen. „Na also", meinte sie zu sich selber, „das scheint doch noch ein nettes Wochenende zu geben."

Ihre offene Frage, ob Flo in die Zukunft sehen konnte hatte sich nun auch beantwortet. Offenbar besass die Schwester diese Fähigkeit tatsächlich. Daraus musste sich doch noch ein anderer Nutzen ziehen lassen ausser einem netten Kinoabend, sinnierte sie. Pauls Klopfen an der Türe unterbrach ihre Überlegungen. Rasch eilte sie zur Tür und öffnete strahlend.

Der Kinobesuch wurde ein einziger Reinfall. Zunächst mussten Laura und Paul im Nieselregen Schlage stehen bis die Türen zum Kino geöffnet wurden. Anschliessend drängte sich eine Meute Sechzehn- bis Zwanzigjähriger grölend und schubsend in den Kinosaal, so dass Laura und ihr Begleiter letztendlich mit Plätzen am rechten Rand der dritten Reihe vorliebnehmen mussten. Bereits beim Vorspann hatte Laura das ungute Gefühl, dass es sich bei dieser Vorpremiere mit Sicherheit nicht um einen Umweltfilm handelte. Vielmehr liess die überlaute Filmmusik einen Actionfilm der härteren Sorte erwarten. Nach 15 Minuten meinte Laura, ihre frische Kleidung müsse mit Blut und Schlamm bespritzt sein. Eine Actionszene jagte die andere. Beim dritten Massaker sprang Laura entnervt auf und drängte sich gegen das Murren der Zuschauer auf den hinteren Rängen in Richtung Ausgang. Im Foyer holte sie erst einmal tief Luft. Das war ja die reinste Tortur. In dem Gedränge vor dem Filmstart hatte Laura keine Gelegenheit gehabt, die Filmplakate anzusehen. Hätte sie sich doch mehr darum bemüht, wäre ihre Laune nun sicherlich nicht auf einem derartigen Tiefpunkt angelangt. Ein Blick zur Türe des Filmsaales zeigte ihr, dass Paul ihre Flucht offenbar noch nicht einmal bemerkt hatte. Das konnte doch wohl nicht wahr sein. Sie beschloss, ihm noch ein paar Minuten Zeit zu geben, zu ihr zu stossen. Sicherlich suchte er lediglich nach einem anderen Ausgang, um die anderen Zuschauer nicht noch mehr zu verärgern. Laura schlenderte also durch die Vorhalle und studierte die anderen Filmplakate. Als Paul nach weiteren 10 Minuten immer noch nicht aufgetaucht war, beschloss Laura, den Abend allein zu beenden. Sie trat in die dunkle Nacht hinaus und schlug den Weg zur Bahnhofstrasse ein. Hier gab es stets beleuchtete Schaufenster und einige Fussgänger, egal wie ungemütlich das Wetter auch war. Das Kinn tief in ihre Jacke geschoben, schlenderte Laura durch die Strassen. Im ,0815' - einer In-Kneipe – standen die Leute Schulter an Schulter. Laura stiess die Tür auf und kämpfte sich bis zur Theke durch.

„Ein Campari-Orange", schrie sie dem Barkeeper ins Ohr. Der nickte ihr verstehend zu und erschien kurz darauf mit dem gewünschten Getränk. Langsam verblasste Lauras Wut auf Paul und den missratenen Abend. Die Musik und die fröhlichen Leute um sie herum hoben ihre Stimmung. Und nach dem dritten Schluck musste Laura sogar leise lächeln. War es möglich, dass Flo das absichtlich so eingefädelt hatte? Sie wusste doch ganz genau, dass Laura nicht auf diese blutrünstigen Streifen stand. Der Film wäre sicherlich genau nach Flo's Geschmack gewesen. Na, das konnte ja lustig werden, wenn ihre Schwester immer noch versuchte, sie an der Nase herumzuführen. Andererseits hatte sie erreicht, dass sich Laura für einen Freitagabend hübsch gemacht hatte und letztendlich auch in einer Bar unter Menschen gekommen war. Sinnierend hob Laura ihr Glas. „Prost, Schwesterherz." Und danke für den lustigen Abend, setzte sie in Gedanken hinzu. Ein bebrillter 68er-Typ missverstand ihr Grinsen, das ihm ihr Spiegelbild zuzusenden schien und hob ebenfalls sein Glas. Alle weiteren Kontaktversuche seinerseits verliefen jedoch fruchtlos, da die junge Frau entweder in ein unsichtbares Telefon zu sprechen schien oder Selbstgespräche führte. Beides war ihm nicht sympathisch, so dass er seine Aufmerksamkeit schliesslich wieder seinem Bier zuwandte.

Laura hatte indessen das Antlitz ihrer Schwester entdeckt. Praktischerweise stand Flo ihr direkt gegenüber, also auf der anderen Seite der Bar. So schaute Laura scheinbar ihr Spiegelbild an, was auf die meisten Gäste nicht weiter auffällig wirkte. Florianes Stimme klang klar und deutlich an ihr Ohr. Es war sogar eher so, dass sie die Stimme direkt im Ohr hörte, so dass sie auch ihre Antworten nicht schreien musste sondern sich in normalem Plauderton unterhalten konnte.

Inzwischen lachten die beiden Frauen herzhaft über Flo's Versuch, Laura mit Paul in einen Actionfilm zu schicken.

„Du hast mich ganz schön manipuliert heute Abend", meinte Laura nun. „Wenn du schon Einfluss nehmen kannst auf die Zukunft, dann könntest du mir ja wenigstens bei etwas Nützlichem helfen."

„Sicher kann ich das. Du musst lediglich die richtige Frage stellen. Dann lässt sich das schon einrichten", erwiderte Flo herausfordernd.

„OK, dann hätte ich gerne morgen 6 Richtige im Lotto!"

„Bist du sicher, dass das dein Wunsch ist?"

„Klar, das ist doch eine ganz einfache, klare Aussage."

„Kein Problem. Dein Wunsch soll in Erfüllung gehen. Hast du denn einen Lottoschein ausgefüllt?"

„Ja, ausnahmsweise habe ich für einen ganzen Monat gespielt. Es sind die gleichen drei Spalten, die Chris und ich früher immer ausgefüllt haben."

Floriane schmunzelte. Solange die Wünsche ihrer Schwester so kurzfristiger Natur waren, brauchte sie keine grossen Vorbereitungen oder Abklärungen zu treffen, um für eine Umsetzung zu sorgen. Auf diese Weise hatte sie mehr Zeit, um sich mit diesem Johannes zu beschäftigen, dem sie bereits einige Male begegnet war. Sie hatte Johannes als attraktiven Mann mit einem äusserst lebhaften Wesen kennengelernt. Er hatte schon zahlreiche kleine Korrekturen auf dem Weg der Lebenden vollbracht, die diese als „Wunder" empfunden hatten. Für die Ziehung der Lottozahlen war er sicher der richtige Ansprechpartner.

Nach Lauras zweitem Campari-Orange verabschiedete sich Floriane von ihrer zufriedenen Schwester und machte sich auf die Suche nach Johannes.

Laura zahlte indessen und machte sich leicht schwindlig auf den Heimweg.

Kapitel 7

Als Laura am nächsten Morgen die Zeitung aus ihrem Briefkasten holen wollte, fand sie vor ihrer
Wohnungstür eine Tüte mit frischen Brötchen und
einen Briefumschlag von Paul. Auf der weissen Karte
las sie:

Ach, dass der Mensch so häufig irrt
und nie recht weiss, was kommen wird!
Der Film mich hielt in seinem Bann,
ich bin ja nun einmal ein Mann.
Erst als meine Hand die Deine nicht fand
Bemerkte ich, dass du davongerannt.
Nachdem ich Dich nicht traf in der Pause
Nahm ich an, Du seiest nach Hause.
Also ging auch ich, ganz unverdrossen
Wo ich dann fand deine Türe verschlossen.
So hebe ich entschuldigend mein Pfötchen
Nimm wenigstens zum Trost die Brötchen.
Ich selber werde in meiner dunklen Kammer dösen
Bis du mich wirst von meiner Schmach erlösen.
Sobald du bereit bist mir wieder die Hand zu reichen
hoffe ich auf dein erlösendes Zeichen.

Erst beim Lesen dieser Zeilen wurde Laura bewusst,
wie rücksichtslos Pauls Verhalten am Vortag eigentlich gewesen war. Ohne Flos Gesellschaft im ‚0815'
hätte Laura die Brötchen jetzt wohl mit Konfitüre
bestrichen und an Pauls Türe geworfen. Stattdessen
liess sie sich von ihrem Duft betören und freute sich
auf das Frühstück. Nichtsdestotrotz wusste sie ein-

mal mehr, warum sie sich nicht wirklich zu Paul hingezogen fühlte. Er war ihr ein angenehmer Begleiter, wenn sie nicht allein in einem Restaurant sitzen wollte. Auch einen schnellen Kaffee und eine anspruchslose Unterhaltung konnte sie mit dem reimenden Nachbarn durchaus geniessen. Doch zärtliche Gefühle stellten sich dabei nie ein – offenbar im Gegensatz zu Paul. Sie musste Acht geben, dass sie ihn nicht zu sehr ermunterte. Keinesfalls wollte sie die lockere Beziehung zu ihm aufs Spiel setzen.

Es konnte also nicht schaden, Paul ein wenig im eigenen Saft schmoren zu lassen und ihm zu zeigen, dass sie sein Verhalten vom letzten Abend nicht billigte.

Mit ihrer Zeitung und einer grossen Tasse Kaffee liess sich Laura die Brötchen schmecken und freute sich auf die bevorstehenden freien Tage.

Sie hatte sich vorgenommen, bereits dieses Wochenende zu planen, was sie am kommenden Samstag zum Skifahren mitnehmen wollte. Die gemeinsamen Skiferien mit Kathy, Chris und den Zwillingen versprachen eine anregende und keinesfalls langweilige Zeit. Mit ihren sechs Jahren rasten Max und Tim bereits mit einem beachtlichen Tempo die Hänge hinab. Dabei waren sie ziemlich hart im Nehmen. Stürze, bei denen ihrer Mutter schier das Herz vor Schreck stehen blieb, steckten sie locker weg. Meist schüttelten sie sich wie nasse Hunde, um dann ohne Verzug ihre Skier und Stöcke wieder zusammen zu suchen. Bis auf zahlreiche blaue Flecken waren sie bisher vor wirklich ernsten Verletzungen glücklicherweise verschont geblieben.

So verbrachte Laura den Samstag mit Einkaufen, Merkzettel schreiben und Einzelteile zu suchen und bereit zu legen. Zwischendurch telefonierte sie zwei Mal mit Kathy und drei Mal mit Chris beziehungsweise Tim. Laura fühlte sich, als bereite sie eine 6-monatige Expedition vor. Brauchte sie für eine Woche vier oder doch lieber fünf Hosen? Welche Oberteile liessen sich damit kombinieren, ohne dass sie spezielle Socken dazu einpacken musste? Sollte sie Schminksachen mitnehmen? Dann müsste sie allerdings auch Abschminke einpacken. Sie entschied sich dagegen. Da sie von tollem Wetter ausging, sollte ihre schon bald sonnenverwöhnte Haut in ihrer ganzen Natürlichkeit zur Geltung kommen. Lackiere ich mir zuvor die Nägel? Lieber nicht, dann muss ich auch keinen Nagellackentferner mitnehmen, um nach zwei Tagen das Schlachtfeld zu bereinigen. Chris tat sich sicherlich nicht so schwer in ihrer Kleiderwahl. Andererseits hatte sie wohl genug damit zu tun, genügend Ersatzwäsche für die Zwillinge zu organisieren und verstauen.

Ehe sie sich versah, dämmerte es bereits und Laura beschloss, den Abend mit Schinkengipfeln und Käseküchlein bei einem Glas Wein fortzusetzen. Im Kühlschrank lachte sie eine kleine Flasche Sekt an. Ach ja, der Sekt! Den hatte sie kühl gestellt wegen ihres bevorstehenden Lottogewinns. Flo hatte schliesslich versprochen, ihr sechs Richtige zu vermitteln. Kaum zu glauben, dass sie den ganzen Nachmittag keinen Gedanken daran verschwendet hatte. Zugegebenerweise konnte Laura noch nicht so recht glauben, dass es so einfach sein sollte. Ein Blick auf die Uhr liess sie eilig den Fernseher einschalten. Sie konnte sich nicht erinnern, wann sie das letzte Mal die Ziehung der Lottozahlen im Fernsehen verfolgt hatte. Nun wollte sie es auch richtig geniessen. Sie legte einen

Block und einen Kugelschreiber bereit und lauschte der Zusicherung der Moderatorin, dass sich die Kugeln in ordnungsgemässem Zustand befänden und die Ziehung nun begänne. Laura rutschte auf die äusserste Kante des Sessels. Die Backofenuhr kündigte an, dass ihr Abendessen fertig sei. Doch das konnte Laura nun natürlich nicht mehr vom Geschehen auf dem Bildschirm weglocken. Die Spannung stieg. Eifrig schrieb Laura die Zahlen auf, die auf den Kugeln standen. Eine nach der anderen landete in einer durchsichtigen Röhre. Wie hypnotisiert notierte Laura sie. Nach der Nennung der Zusatzzahl betrachtete Laura nachdenklich die Werte auf ihrem Zettel. Die Backofenuhr piepste immer noch. Die Nummern kamen ihr zwar vage bekannt vor, aber so ganz schienen sie doch nicht zu stimmen. Eilig sprang Laura vom Sessel auf und kramte die Einzahlungsquittung der Lottoannahmestelle aus ihrem Portemonnaie hervor. In der ersten Kolonne fand sie die Zahlen sieben und zwölf. Zwei Richtige! Das reichte nicht gerade, um den Rest des Lebens sorglos zu verbringen. Die zweite Kolonne beinhaltete die Drei und die Vierundzwanzig. Wieder nur zwei Richtige. Und in der dritten Kolonne stimmten die Siebzehn und die Fünfundzwanzig. Laura konnte es nicht glauben. Flo hatte doch gesagt, es sei kein Problem, sechs Richtige im Lotto zu bewerkstelligen. Warum hatte sie nun lediglich zwei Richtige? Damit holte sie ja nicht einmal ihren Einsatz wieder herein. Plötzlich stutzte Laura. Ein ungläubiger Gesichtsausdruck erschien auf ihrem Gesicht. Das konnte doch wohl nicht wahr sein? Drei mal zwei Richtige? Oh, Flo, du Biest!

„Du wusstest doch genau, dass ich sechs Richtige in
einer Kolonne gemeint habe und nicht drei mal zwei
Richtige in drei Feldern! Flo! Komm gefälligst her,
damit ich meine Wut an dir auslassen kann", rief
Laura aufgebracht. „Floriane! Zeig dich! Ich will mit
dir reden!"
Doch dieses Mal schien ihre Schwester andere Dinge
wichtiger zu finden als den Wutausbruch einer frus-
trierten Lottospielerin. Ein leicht beissender Geruch
erinnerte Laura daran, dass ihr Abendessen gerade
seine essbare Konsistenz einzubüssen schien. Sie
befreite die dunkelbraunen Blätterteigröllchen und
die verschrumpelten Teighäufchen in den dampfen-
den Förmchen aus der qualmenden Backröhre und
warf sie auf einen Kuchenrost zum Auskühlen.
Glücklicherweise waren noch genügend Käseküchlein in der Packung vorhanden, dass sie eine weitere
Portion in den Ofen schieben konnte. Der Anblick
ihres verbrannten Abendessens versöhnte Laura
nicht unbedingt mit dem entgangenen Lottogewinn.
Zum Trotz öffnete sie den Sekt und trank den ersten
Schluck direkt aus der Flasche.
Erst als die Lottofee sich schon lange lächelnd von
ihrem Publikum verabschiedet hatte und das Vora-
bendprogramm in seiner ganzen Langeweile über die
Mattscheibe flimmerte, wandelte sich Lauras Ärger
in Heiterkeit. Als sie den wertlosen Lottozettel und
die Gewinnzahlen schliesslich in den Abfall warf,
musste Laura breit grinsen über ihre eigene Naivi-
tät. Was wäre wohl gewesen, wenn sie ihren Wunsch
nach einem Lottogewinn korrekt ausgedrückt hätte?
Wären die sechs Zahlen dann in einem einzigen
Kästchen gestanden? Laura wurde klar, dass ihr die
Verbindung mit Flo tausend Mal wichtiger war als

ein Hauptgewinn im Lotto. Und diese Art, ihr auf sanfte Weise eins auszuwischen, war so typisch für ihre jüngere Schwester, dass sie sich den Rest ihres Lebens an diesem Humor erfreuen wollte. Das war mit keinem Geld der Welt zu bezahlen.

Kapitel 8

Am letzten Arbeitstag vor ihren Skiferien fuhr Laura auf dem Heimweg zu Christine, um bereits die grössten Gepäckstücke einzuladen. Christine und die Zwillinge sollten bereits am Samstagmorgen mit Laura zusammen nach Davos fahren. Kathy würde am Sonntag mit dem Zug nachkommen.

Als Laura beschwingt an der Wohnungstür läutete, öffnete ihr ein verheulter Tim die Tür.

„Nanu, was ist denn mit dir los?" fragte Laura und nahm ihren kleinen Patenjungen gleich in die Arme.

„Ach, es ist, weil Mami doch krank ist – und jetzt können wir nicht in die Ferien fahren", schluchzte der Junge verzweifelt. Laura kramte ein Taschentuch aus ihrer Hosentasche und liess Tim hineinschnäuzen. Unauffällig wischte sie sich die feuchte Schleimspur vom Hals. Jetzt war absolut nicht der geeignete Augenblick um über Rotz am Hemdkragen nachzudenken.

„Was hat denn deine Mami?" fragte sie weiter.

„Sie hat Fieber und liegt schon den ganzen Tag im Bett", berichtete der Junge.

„Mirella hat schon Wadenwickel gemacht und Tee gekocht. Aber Mami hustet nur und mag nicht mal mit uns Geschichten anhören. Und Skifahren können wir nun auch nicht...!" Erneut schluchzte das kleine Kerlchen in ihren Armen auf.

„Na na, jetzt beruhige dich doch. Wir gehen jetzt mal zu deiner Mami und dann sehen wir weiter, was wir mit unseren Ferien machen."

Tim führte sie in Christines abgedunkeltes Schlafzimmer. Die stets fröhliche Frau lag mit hochrotem

Kopf in ihrem Bett und hatte die Augen geschlossen. Beim Eintreten fragte Laura leise: „Chris, bist du wach?"

Die grünen Augen blinzelten in das Licht der Nachttischlampe.

„Oh, Laura, du bist das. Schau mich nur an. Von einer Stunde auf die andere hat's mich erwischt. Ich bin ja weiss Gott nicht wehleidig, aber im Moment fühle ich mich so schwach, dass es mir schon davor graut, wenn ich zur Toilette muss."

Laura trat an das Bett ihrer Tante und legte ihre kühle Hand auf deren Stirn.

„Mensch, du glühst ja regelrecht. Hoffentlich ist das nichts Ernstes."

„Nein, nein. Das geht schon wieder vorbei, allerdings wohl kaum bis morgen früh. Ich fürchte, du musst mit Kathy allein in die Skiferien fahren."

Aus der Ecke des Zimmers ertönte ein lautes Schniefen.

„Ich will aber Skifahren gehen!" rief Tim vehement. Mit trotzigem Gesicht und laufender Nase stapfte er aus dem Zimmer und liess die Tür lautstark ins Schloss fallen.

„Es tut mir ja wirklich leid um die Zwillinge, aber in meinem Zustand kann ich beim besten Willen nicht mitkommen", meinte Christine.

„Daran besteht wohl kein Zweifel. Aber warum können Tim und Max denn nicht allein mit mir und Kathy nach Davos fahren? Sie sind doch alt genug, dass sie eine Woche ohne dich auskommen", merkte Laura an.

„Ich weiss nicht. Die beiden sind ziemliche Wirbelwinde. Ist dir klar, auf was du dich da einlassen willst?"

„Keine Sorge, mit den beiden werde ich schon fertig. Und Kathy ist ja schliesslich auch dabei. Die strahlt immer so eine gewisse natürliche Autorität aus. Und sie liebt Tim und Max. Wäre doch gelacht, wenn wir vier nicht eine unvergessliche Woche miteinander verbringen würden. Was meinst du? Kann ich den beiden die frohe Nachricht überbringen?"

„Mir soll's recht sein. Eine Woche ohne die Nervensägen trägt sicherlich auch zu meiner Genesung bei. Gepackt habe ich sowieso schon. Das habe ich gerade noch geschafft bevor ich meinen ersten Schwächeanfall hatte."

„Prima, dann will ich es ihnen gleich sagen. Und anschliessend können sie mir helfen, das Auto zu beladen. Die werden sich freuen!"

Kurz nachdem Laura das Schlafzimmer verlassen hatte verkündete ein ohrenbetäubendes Geschrei, dass die Mitteilung bei den beiden Kindern zweifellos auf Begeisterung gestossen war.

Mit lautem Geplapper wurde das Auto beladen. Die Zwillinge stritten bereits darum, wer hinter Laura sitzen und wer welche Bücher zuerst lesen durfte auf der Fahrt.

Laura spielte einen Moment lang mit dem Gedanken, die Kinder bereits heute Abend mit zu sich nach Hause zu nehmen, um Tante Christine ein zu entlasten, entschied sich dann jedoch dagegen, da sie selber noch einiges vorzubereiten hatte und um ihre eigene Nachtruhe bangte. Die bevorstehende Woche würde ihr noch genügend Gelegenheit geben, die Jungen in den Schlaf zu wiegen – oder wie auch immer das in diesem Alter von Statten ging.

So verabschiedete sie sich bald von der hustenden Christine und den aufgeregten Kindern und versprach, letztere am nächsten Morgen um 10 Uhr abzuholen.

Am Abend fand sie noch Gelegenheit, mit Floriane zu sprechen.

„Werde ich dich auch in Davos sehen können?" fragte Laura die Schwester besorgt. „Vielleicht habe ich mir da doch ein wenig zu viel vorgenommen. Ich meine, mit sechs Jahren sollte ein Kind doch schon recht vernünftig sein. Aber bisher habe ich die Zwillinge noch nicht sehr aufgeklärt erlebt. Und dann muss man ja auch ständig für etwas Essbares sorgen und beim Skifahren aufpassen und schauen, dass sie nicht von fremden Männern angesprochen werden und, und, und..."

„Was du dir schon wieder für Gedanken machst! Sie sind schliesslich keine Babys mehr. Die melden sich schon, wenn sie Hunger haben. Und weil du ihre Patentante bist und nicht ihre Mutter, darfst du sie in dieser Woche auch nach Strich und Faden verwöhnen. Das heisst jeden Tag Pommes oder Spaghetti bis es ihnen zu den Ohren rauskommt. Du machst das schon! Und zur Beruhigung werde ich mich auch noch um euch kümmern. Ich verspreche dir, ich werde da sein, wenn du mich brauchst."

Trotz dieser beruhigenden Worte wälzte sich Laura die halbe Nacht im Bett hin und her. Konnte sie diese Verantwortung wirklich übernehmen? Sie stellte sich vor, dass Tim und Max ihre Kinder wären. Würde sie ihre Kinder einer fremden Person für eine Woche anvertrauen? Schwer vorstellbar. Andererseits war sie ja auch keine völlig fremde Person. Sie kannte die Zwillinge seit deren Geburt und in ihrer gewohnten Umgebung hatte sie die Kinder auch bereits häufig gehütet. Vielleicht waren sie in einer fremden Umgebung sogar etwas anhänglicher, was die Angelegenheit ungemein vereinfachen würde.

Gegen drei Uhr gingen ihr die Ideen aus, was alles passieren könnte. Sie fiel in einen leichten Schlaf, aus dem sie bereits um sechs Uhr wieder erwachte. Augenblicklich waren all ihre Ängste wieder da. Da an Schlaf sowieso nicht mehr zu denken war, sprang sie aus dem Bett und bereitete alles für die dreistündige Fahrt mit zwei wilden Kerlen vor. Sie schmierte Nutellabrote, schnitt Äpfel in mundgerechte Stücke und füllte Tee in drei Wärmebecher. Neben Rosinen und Nüssen füllte sie auch Butterkekse und Schokoriegel in bunte Vorratsdosen – stets bedacht immer gleich viele Stücke in jede Dose zu füllen. Schliesslich wusste sie genau, dass die Kinder mit Argusaugen darüber wachten, dass niemand übervorteilt würde.

Laura betrachtete den Berg an Proviant. Wieder einmal überkam sie das Gefühl, für eine wochenlange Reise planen zu müssen.

Die Reise verlief erstaunlich ruhig. Tim und Max mampften mit Begeisterung die vorbereiteten Brote, tauschten sogar ihre Apfelschnitze aus und erzählten Laura abwechselnd die Geschichten aus ihren Bilderbüchern. Auf der Passstrasse nach Davos wurden die beiden dann aber doch noch unruhig. Die hohen Schneewälle am Strassenrand und der Blick auf die schneebedeckten Berge liessen sie in den buntesten Farben von Schneeballschlachten und Skirennen phantasieren. Laura war froh, als sie schliesslich ihre Ferienwohnung erreichten.

Mit Elan machten sich die drei daran, das Auto auszuladen und ihre Bleibe mit Leben zu füllen.

Nach einer ersten Portion Spaghetti mit Tomatensauce, die Laura bereits vorgekocht mitgebracht hatte, beschloss Laura mit ihren beiden Schützlingen den Ort zu erkunden. Natürlich war sie nicht zum ersten Mal in diesem Skiort, doch mit zwei aktiven Bürschchen wie Tim und Max empfand sie alles als neue Herausforderung. Menschenschlangen mit geschulterten Skiern schoben sich in Richtung der Bushaltestellen. Es war ein einziger Slalomlauf beim Versuch, den gefährlichen Drehungen der ungeübten Touristen auszuweichen. Snowboardfahrer schrien sich über ihre eigenen Kopfhörer hinweg in einer Sprache an, die Laura zunehmend unbekannter vorkam. Sie schleuste die Jungen in einen Lebensmittelladen, um vor Ladenschluss noch ein paar Vorräte für das bevorstehende Wochenende einzukaufen. Die befürchtete Bettelei bei den Süssigkeiten und an der Kasse blieb erfreulicherweise aus. Laura hätte nicht erwartet, dass sich ihre Begleiter derart diszipliniert verhielten. Zur Belohnung spendierte sie sich und den Kindern eine Bündner Nusstorte.

Zurück in ihrer 3-Zimmerwohnung machten die drei es sich mit ihrer süssen Errungenschaft und 3 Bechern heisser Schokolade auf dem Balkon bequem. Die untergehende Sonne schenkte ihnen einige letzte Strahlen wärmenden Lichts. Tim und Max überboten sich gegenseitig in ihren Ideen für die morgige erste Skiabfahrt. Laura liess sie plappern und genoss die Aussicht auf die verschneiten Berghänge. Bisher hatte alles bestens geklappt. Warum machte sie sich eigentlich Sorgen? Es würde eine wunderbare Woche werden. Lächelnd wandte sie sich ihren Patenjungen zu und verfolgte deren Gespräch bis der anbrechende Abend sie in die behagliche Wärme ihrer Wohnung trieb.

„Magst du mit uns eine Runde Malefiz spielen?" fragte Tim.

„Das ist eine prima Idee. Habt ihr denn das Spiel mitgebracht?"

„Ja, ich glaube, Mami hat einen ganzen Koffer nur mit Spielsachen für uns gepackt. Damit könnten wir den ganzen Winter hier verbringen. Ich hole es."

In Windeseile war das Spielbrett aufgestellt und eine lustige Schlacht um die weissen Steine begann. Am Ende waren Lauras Spielsteine völlig bewegungslos, während diejenigen der Zwillinge ohne Hindernisse auf das Ziel zueilten. Max gewann mit einem lauten Siegesgeheul. Tim konnte seine Niederlage recht gut ertragen, nachdem er Lauras hoffnungslos eingekeilte Figuren betrachtet hatte.

Nach zwei weiteren Durchgängen stand es 3:0 für die Zwillinge – Max entschied zwei Spiele für sich, Tim immerhin eines. Laura machte es normalerweise mehr aus, zu verlieren. Aber ein Blick in die strahlenden Kinderaugen war ihr mehr wert als der triumphale Augenblick, als erster durchs Ziel zu marschieren.

Nach einem einfachen Abendessen machten sich die Kinder ohne grosses Murren bereit fürs Bett. Da sie sich nicht einigen konnten, wer von ihnen im oberen Etagenbett liegen durfte und wer unten schlafen sollte, steckte Laura beide kurzerhand zusammen in das

obere Bett, was wiederum grosse Begeisterungsstürme hervorrief.

Laura machte es sich noch ein wenig vor dem Fernseher gemütlich und registrierte erleichtert, dass bereits nach kurzer Zeit Ruhe im Kinderzimmer ein-
kehrte.

Ihre Nerven entspannten sich langsam. Die Kinder
benahmen sich wirklich anständig. Ihre Angst vor
dem „Abenteuer Skipiste" verzog sich und machte
einer erfrischenden Vorfreude Platz. Morgen wollte
sie bereits früh mit Tim und Max auf das Jakobshorn
hinauffahren. Kathy würde erst kurz vor 15 Uhr an-
kommen. Bis dahin sollten die Jungen einigermassen
erschöpft sein, so dass sie einen gemütlichen Abend
miteinander verbringen konnten.

Kapitel 9

Laura wurde unsanft an der Schulter gerüttelt. „Aufstehen, Laura! Wie lange willst du denn noch schlafen?" Vier Hände schüttelten und schaukelten an ihrem müden Körper. „Wir wollen doch Skifahren! Steh endlich auf!" Schlaftrunken öffnete Laura ihre Augen. Ihre morgendliche Heimsuchung stand in Schlafanzügen und verstrubbelten Haaren vor ihrem Bett. „Was soll das? Tim, Max! Es kann doch noch keine acht Uhr sein. Es ist noch fast dunkel draussen. Kommt, legt euch noch eine Stunde ins Bett. Ich wecke euch dann schon", murmelte sie heiser. „Nix da, es ist sogar schon dreizehn Minuten nach Acht", antwortete Tim aufgeweckt. Die Zahnlücke in seinen Schneidezähnen machte seine Aussprache unwiderstehlich. „Schon nach Acht?" wunderte sich Laura und zwang sich in eine aufrechte Sitzposition. Ihr Blick wanderte zum Fenster. Eigentlich sollte doch auf dieser Seite die Sonne hineinscheinen. Doch alles, was sie erkennen konnte war ein dichter grauer Vorhang vor dem Fenster. „Wie ist denn das Wetter?" fragte sie Max. „Es schneit wie verrückt. Das gibt einen klasse Tag zum Skifahren!" meldete dieser begeistert. „Na ja, zum Skifahren sollte der Schnee besser bereits am Boden sein und sich nicht erst einen Weg dorthin suchen müssen." „Aber wir fahren doch trotzdem, oder?" fragte Tim nun kleinlaut.

Beim Anblick seines enttäuschten Gesichtes brachte Laura es einfach nicht über ihr Herz, den beiden eine Absage zu erteilen. Sie hatten sich doch so sehr darauf gefreut. Sicherlich würde sich das Schneegestöber noch ein wenig beruhigen bis sie auf der Piste wären.

So liess sie sich von der Begeisterung der Jungen anstecken. Sie scheuchte sie ins Badezimmer und bereitete indessen das Frühstück vor. Blitzartig waren die beiden wieder zur Stelle. Laura hatte noch nie gesehen, wie zwei Wesen ihr Frühstück in solch einem Tempo verdrücken konnten. Mit Mühe beendete auch sie ihre Mahlzeit bevor die beiden ihr den Teller unter dem frisch gestrichenen Brot wegzogen und in die Spülmaschine einräumten. Flugs war der Tisch abgeräumt und Tim und Max kämpften bereits mit ihrer Skiausrüstung. Laura räumte das nötigste weg, damit es bei ihrer Heimkehr nicht allzu unordentlich wäre und kümmerte sich dann um ihr eigenes Outfit.

Schon bald waren die drei unterwegs zur Bushaltestelle. Tim und Max sahen sich in ihren hellblauen Skianzügen zum Verwechseln ähnlich. Normalerweise hatte Laura keine Probleme, die beiden auseinander zu halten. Max' Augen standen ein wenig weiter auseinander als Tims und auch sein Grübchen auf der linken Wange war wesentlich ausgeprägter als bei seinem Bruder. Am meisten fiel jedoch Tims zurückhaltendere Art auf. Er war wesentlich sensibler als Max, der dies stets zu seinem Vorteil auszunutzen wusste.

Lauras Skianzug war schwarz mit gelben Blumen-
mustern. Es war zwar nicht mehr das neueste Mo-
dell, aufgrund der perfekten Passform konnte sie sich
aber bisher nicht dazu durchringen, ihn zu ersetzen.
Kleinere Schwachstellen hatte sie liebevoll geflickt,
so dass sie nur bei genauerem Hinsehen zu entdecken waren.

Nach einer kurzen Fahrt mit dem Dorfbus reihten
sie sich nun vor der Gondelbahn in die Schlange der
Wartenden ein. Tim und Max schoben drängend
vorwärts, jedoch nicht ohne ständig Blickkontakt mit
Laura zu halten und sie damit zum Folgen zu bewegen.

Nach etwa 20 Minuten kamen sie endlich an der
Bergstation an. Die Sicht war nach wie vor schlecht.
Dicke Schneeflocken fielen aus einer grauen Wolken-
decke. Immerhin war es fast windstill, so dass sie
wenigstens die Piste einigermassen erkennen konnten. Alle drei setzten ihre Skibrillen auf, schlossen
die letzten Verschlüsse an Skischuhen und Anoraks
und machten sich an die erste Abfahrt.

Tim und Max beherrschten das Skifahren bereits
erstaunlich gut. Nach zwei Skikursen konnten sie
selbständig die Pisten hinabrauschen.

„An der nächsten Gabelung warten wir aufeinander",
rief Laura den beiden noch hinterher, bevor diese
eine wilde Jagd begannen. Kopfschüttelnd und lachend schaute Laura ihnen nach. Dann stiess sie sich
kraftvoll ab und glitt den Abhang hinab.

Sie fuhren bereits seit einer geraumen Weile. Teilweise verlor Laura die Kinder aus den Augen. Nach
kurzer Zeit entdeckte sie die flinken Zwillinge jedoch
stets wieder.

„Hallo Laura!" hörte sie plötzlich eine Stimme hinter sich.

„Hallo Tina, Jakob! Wie schön, euch wieder mal zu sehen. Seid ihr schon lange in Davos?" rief Laura fröhlich zurück.

„Gestern erst angekommen", antwortete die kleine Frau, während sie winkend auf Laura zuhielt. Sie drehte sich noch einmal um sich selbst und kam mit überkreuzten Skiern zum Stillstand. „Und Ihr?" fuhr sie fort, „Sind Kathy und Christine auch bei dir?"

Ihr voluminöser Begleiter rauschte in einer beeindruckenden Schneewehe heran und stäubte sie bis zu den Hüften ein. Er überragte seine Frau um mindestens zwei Köpfe.

„Jakob!" prustete Laura und klopfte sich den Schnee von der Hose. „Unverbesserlich, wie immer! Kathy kommt erst heute Nachmittag. Leider ist Christine kurzfristig krank geworden. Deshalb bin ich nun allein mit den Zwillingen unterwegs."

Jakob und Tina verbrachten schon seit Ewigkeiten ihre Ferien in Davos. Laura schätzte ihr Alter auf Mitte Fünfzig. Laura und Kathy hatten vor drei Jahren auf dem Rodelweg der Schatzalm einen heftigen Zusammenstoss mit den beiden Deutschen erlitten. Nachdem sie im Tal ihre Blessuren mit einigen Gläsern Röteli, einer Likörspezialität aus dem Bündnerland, betäubt hatten, waren sie jedoch rasch dicke Freunde geworden. Während des Jahres beschränkte sich der Kontakt auf einige wenige Telefonate und Glückwunschkarten. Wenn es sich irgendwie einrichten liess, traf man sich jedoch im März am gemeinsamen Feriendomizil.

„Wo sind denn die beiden Rabauken jetzt?" unterbrach Jakob polternd ihre Erinnerungen.

Laura schaute sich um. Sie spürte, wie sich ihre Nackenhaare aufrichteten. Sie schaute suchend über die Piste, konnte jedoch keinen der blauen Skianzüge entdecken. Ein kalter Schauer rann ihr über den Rücken.

„Sie müssen hier irgendwo sein", antwortete sie ausweichend. Tina und Jakob folgten ihrem Blick. „Welche Farbe haben denn ihre Anzüge?" erkundigte sich Tina.

„Hellblau", erwiderte Laura einsilbig. Das Herz schlug ihr bis zum Hals. „Ich muss sie suchen. Ich habe ein ganz komisches Gefühl."

Sie schaute in die aufmerksamen Augen ihrer Bekannten.

„Wir helfen dir!" kam die entschiedene Antwort.

Augenblicklich setzen sie sich in Bewegung.

Der Wind hatte inzwischen aufgefrischt. Der Schnee fiel nun in dichten Wehen und behinderte die Sicht zusätzlich. Die drei Personen fuhren in grossen Kurven talwärts. Sie bemühten sich, jeweils bis an den äussersten Rand der Piste zu gelangen. Schon bald erreichten sie den Skilift. Von den Kindern gab es nach wie vor keine Spur. Laura spürte, wie ihr Tränen in die Augen stiegen. Verzweifelt versuchte sie, sie zurück zu drängen.

„Ich fahre nochmals rauf und suche oben. Vielleicht sind sie allein auf den Skilift in der Überzeugung, dich rasch wieder einzuholen. So hätte ich in ihrem Alter jedenfalls gedacht." Jakob versuchte es mit einem aufmunternden Schulterklopfen. Rasch machte er sich auf den Weg zur Sesselbahn.

Laura schaute Tina ratlos an.

„Ich glaube nicht, dass sie allein mit dem Skilift gefahren sind. Wir haben immer aufeinander gewartet.

Das war so abgemacht. Wir müssen sie unterwegs übersehen haben."

Ihr Blick fiel auf eine Gruppe Frauen am Rande der Piste. Etwas Blaues schimmerte zwischen den bunten Skianzügen hindurch.

„Tina, schau mal. Dort drüben. Lass uns mal dort hinfahren."

Kaum hatte sie den Satz beendet, schoss sie bereits auf die Herumstehenden zu.

„Tim! Max!" rief sie beim Näherkommen.

„Laura!" antwortete eine erstickte Kinderstimme.

„Tim! Gott sei Dank!"

Der Kreis der Frauen öffnete sich und gab den Blick auf den weinenden Tim frei. Laura sprang aus den Skiern und eilte auf den Knaben zu. Erleichtert drückte er sich an sie. Vage nahm Laura Stimmen aus dem Hintergrund wahr, die etwas sagten wie „Junge Mütter ohne jegliches Verantwortungsgefühl".

Sie schickte ein paar Worte des Dankes an die Umstehenden, die sich bereits wieder anschickten, den Ort der vermeintlich glücklichen Wiedervereinigung zu verlassen, um sich vor dem schlechter werdenden Wetter in die nächste Berghütte zu verziehen.

„Tim, Schatz, warum bist du denn hier alleine? Wo ist Max?" fragte Laura, während sie den immer noch schluchzenden Jungen in den Armen wiegte.

„Ich weiss nicht. Ich bin ganz allein!" brach es aus dem Kleinen hervor. „Wir haben ein Wettrennen gemacht. Und Max hat mir einen kleinen Vorsprung gegeben. Ich schoss also die Piste herunter. Es klappte richtig gut. Aber als ich am Lift ankam, war Max nicht mehr da. Ich hab mich doch unterwegs nicht umgesehen. Dann hätte er mich doch eingeholt."

„Bist du sicher, dass du vor ihm hier angekommen bist und er dich nicht doch noch überholt hat? Vielleicht hat er angenommen, du folgst ihm auf den Skilift?"

„Nee, ich bin ganz sicher, dass ich als erster hier war. Es waren fast keine Leute am Lift. Und er wäre nie ohne mich wieder hochgefahren. Wir haben immer auf einander gewartet."

Dicke Tränen kullerten über das kleine Gesicht. „Was hätte ich denn machen sollen?"

„Ist ja schon gut. Du hättest gar nichts machen können", tröstete Laura ihren Cousin. „Vielleicht ist er gestürzt und konnte nicht schnell genug wieder aufstehen."

„Aber du bist doch nach mir gekommen. Da hättest du ihn doch sehen müssen", schniefte Tim.

„Wahrscheinlich sind wir zu schnell gefahren. Wir müssen ihn übersehen haben."

„Wir? Ist Kathy denn schon da?" Erst jetzt sah Tim Tina, die in ihrem weissen Skianzug inzwischen fast unsichtbar war.

„Erinnerst du dich noch an Tina? Sie und ihr Mann Jakob waren auch letztes Jahr hier."

„Ja, ich weiss. Sie haben uns zu Weihnachten diese letzten zwei Barbapapa-Bücher geschenkt. Ein erkennendes Lächeln huschte über Tims Züge.

Laura wusste, dass sie dringend nach Max suchen musste.

„Komm, wir fahren jetzt zusammen mit dem Skilift hinauf. Dann gehst du mit Tina zusammen einen heissen Kakao trinken, während ich nochmals nach Max suche. Er kann ja schliesslich nicht verschwunden sein. Anschliessend fahren wir mit der Gondelbahn zurück ins Tal und machen für heute Feierabend", meinte Laura aufmunternd zu Tim. Sie versuchte ein Lächeln, was Tim erleichtert erwiderte. Nur Tina sah die blanke Angst in ihren Augen.

Als sie auf die Sesselbahn zu glitten bemerkte Laura, dass der Wind erneut aufgefrischt hatte. Er blies ihnen die Schneeflocken in die Gesichter und hinterliess ein unangenehmes Brennen auf ihren Wangen. Inzwischen waren sie die einzigen Skifahrer am Lift. Sie warteten an der automatischen Zutrittskontrolle. Erschreckt mussten sie feststellen, dass der Lift sich nicht mehr bewegte.

„Hallo!" rief Laura den Mann in der Kabine an. „Warum fährt denn der Lift nicht?"

Der bärtige Bergbahnangestellte schob seinen Kopf ein kleines Stück aus dem Häuschen. „Sie sehen doch, der Liftbetrieb ist eingestellt. Der Wind ist einfach zu stark."

„Wir müssen aber unbedingt noch einmal hochfahren."

„Tut mir leid. Ich habe meine Anordnungen. Sie sollten sich unverzüglich ins Tal begeben. Der Kleine fliegt Ihnen sonst noch davon."

„Bitte. Wir müssen dort hinauf. Der Bruder des Kleinen ist auf der letzten Abfahrt verloren gegangen. Wir müssen ihn dringend finden! Bitte, stellen Sie die Anlage noch einmal an! Wir MÜSSEN nochmals da rauf!"

Der Damm ihrer aufgestauten Tränen brach beim Anblick der schaukelnden Sessel.

„Bitte!" schluchzte sie verzweifelt.

„Warten Sie!" Der Bärtige verschwand im Innern seines Kontrollraumes und griff zum Telefon.

Nach einer unendlich langen Minute setzte sich der Lift in Bewegung.

„Kommen Sie. Aber der Kleine fährt nicht mit. Das ist wirklich zu gefährlich. Eine von Ihnen muss mit ihm ins Tal fahren."

Tina legte beschützend den Arm um Tim. „Geh, Laura. Ich bringe Tim sicher ins Tal. Ich nehme ihn mit zu mir ins Hotel. Du weißt ja, wo das ist. Ruf mich an, sobald du mehr weißt."

Entschlossen führte sie Tim aus dem Lift-Zugang.

„Schnell, junge Frau. Der Wind hat gerade ein wenig nachgelassen. Ich habe bereits oben Bescheid gegeben, dass Sie kommen. Mein Kollege wird sie bei Ihrer Suche begleiten. Wenn der Wind nicht nachlässt, haben Sie aber nur einen einzigen Versuch, den Jungen zu finden. Nochmals können wir die Anlage jedenfalls nicht wieder anstellen. Dann müssen wir abwarten bis der Sturm sich legt."

Kapitel 10

Während der Seilbahn-Angestellte Laura auf den Sessel half und den Windschutz schloss, verschwanden Tina und Tim im Schneegestöber. Laura zitterte vor Angst. Ihr Gesicht brannte, ihre Hände waren eiskalt. Ihr Herz schlug ihr bis zum Hals. Wie hatte das nur passieren können? Sie hatte die Verantwortung für diese kleinen Kerlchen übernommen und jämmerlich versagt. Wie konnte sie ihrer Tante je wieder unter die Augen treten? Wo war Max nur? Warum hatten sie ihn bei ihrer Suche nicht gefunden? Lauras Phantasie liess die schlimmsten Bilder vor ihrem inneren Auge entstehen. Beruhige dich, ermahnte sie sich immerzu. Ich werde ihn finden. Nur die Ruhe bewahren!

Auf der Kunststoffscheibe hatte sich bereits eine dünne Schneeschicht gebildet. Laura verrenkte sich den Kopf in der Hoffnung auf eine bessere Aussicht auf die Piste. Von hier oben sollte sie Max doch eher entdecken können. Doch der Schneesturm erstickte jede Möglichkeit im Keim.

Verzweifelt schloss Laura einen Moment die Augen. Hilf mir, flüsterte sie leise. Bitte Flo, komm her und hilf mir! Wenn ich dich jemals gebraucht habe, dann jetzt, flehte sie inbrünstig.

Der Lift kam mit einem groben Ruck zum Stillstand. Die Schutzabdeckung öffnete sich und ein grauhaariger Mann mit stahlgrauen Augen half ihr aus dem Sitz.

„Hallo, ich bin Werni. Und wie heisst du?" rief er ihr gegen den Wind zu.

„Ich heisse Laura, Laura Pabig", erwiderte Laura und folgte ihm in den Schutz der Steuerungszentrale. „Und jetzt erzähl mir mal, was passiert ist."
Laura rieb sich unruhig die halb erfrorenen Hände, während sie sich bemühte, ihrem Gegenüber die Situation mit möglichst ruhiger Stimme zu erläutern.
Nachdem sie geendet hatte, warf Werni einen skeptischen Blick auf das Wetter.
„Es hat keinen Zweck, die Suche auf Skiern fortzusetzen", meinte er. „Noch einmal können wir den Lift nicht in Gang setzen. Und zu Fuss kommen wir nicht schnell genug wieder hinauf."
„Aber wir können doch jetzt nicht einfach aufgeben!" rief Laura aufgebracht. „Der Junge liegt hier oben irgendwo im Schnee und erfriert, wenn wir ihn nicht finden!"
„Keine Panik, Laura! Ich habe ja auch nicht gesagt, dass wir gar nichts tun. Wir werden den Pistenbulli nehmen. Damit können wir zuerst die eine Seite der Piste absuchen und anschliessend wieder hinauffahren, um die andere Seite zu kontrollieren. Glücklicherweise gibt es keine weiteren Abzweigungen, die er genommen haben könnte. Das erleichtert die Suche. Komm mit. Wir haben keine Zeit zu verlieren."
Laura stapfte hinter Werni durch den Schnee. Mit ihren Skischuhen fühlte sie sich wie ein Astronaut in der Sahara.
Werni führte sie zu einer überdimensionierten Garage, dessen Tor sich nun lautlos öffnete. Er half Laura in die Kabine und startete augenblicklich den Motor. Das Gefährt setzte sich ruckelnd in Bewegung.
„Hier, nimm das Fernglas. Ich werde zunächst auf der rechten Seite bleiben. Öffne das Seitenfenster.

Durch die Scheiben ist nicht viel zu erkennen", wies er sie an.

Meter für Meter pflügte sich der Bulli die Piste hinab. Lauras Augen brannten vom Wind, der durch das Fenster hineinblies. Verzweifelt suchte sie den Abhang ab, erkundete den Waldrand und jeden Zentimeter des Schutzzauns. Zweimal meinte sie am Rand etwas Hellblaues aufblitzen zu sehen. Es waren jedoch lediglich ein verloren gegangener Handschuh und eine Plastiktüte, die der Wind sogleich davontrug.

Je weiter hinab Werni den Pistenbulli lenkte umso mutloser wurde Laura. Schon war in der Ferne die Skistation erkennbar. Max, wo bist du nur? Fragte sie unentwegt. Und Flo! Wo steckst du? Ich brauche dich. Bitte hilf mir doch! Ist denn da niemand, der mir helfen kann?

Der Pistenbulli hielt am Skilift an. Werni stiess die Fahrertür auf. Eine Windböe wehte eine Ladung Schnee ins Innere des Fahrzeugs und bedeckte den Fahrersitz augenblicklich mit einer weissen Schicht. Laura wischte gedankenverloren darüber. Ihr Begleiter stapfte durch den Schnee zum Kontrollhäuschen. Er warf einen kurzen Blick in den Raum, kam aber sogleich zurück.

„Mein Kollege ist wohl bereits zu Tal gefahren", meinte er bei seiner Rückkehr. Er griff zum Funkgerät und meldete sich mit den Worten „Geri, bitte kommen, hier Werni."

„Ja, Werni, ich bin auf dem Weg ins Dorf", kam die krächzende Antwort. „Habt Ihr den Jungen gefunden?"

„Nein, bis jetzt noch nicht. Ich habe den Pistenbulli genommen", erwiderte Werni. „Wir kehren jetzt um und suchen noch mal die linke Pistenseite ab. Die Sicht ist aber sehr schlecht. Wenn der Bub in einer Schneewehe steckt, stehen unsere Chancen ziemlich schlecht, ihn zu finden."

„Melde dich, sobald ihr wieder oben seid. Sobald ich im Tal bin werde ich die Hundestaffel informieren. Die sollen sich schon mal bereitmachen."

„In Ordnung, Geri, mach ich. Werni over und out."

Wernis und Lauras Blicke trafen sich. Die Panik der jungen Frau war förmlich greifbar. Er legte ihr beruhigend die Hand auf den Arm.

„Wir werden den Kleinen schon finden. Horch in dein Herz hinein. Lass dich leiten von deinen Gefühlen. Schliess die Angst aus deinen Gedanken aus und konzentriere dich nur auf Max. Jetzt fahren wir wieder hinauf. Ich bin sicher, dass wir ihn bald finden."

Laura erschauderte beim Blick in diese ehrlichen grauen Augen. Sie schluckte den Klos hinunter, der ihr im Hals steckte und nickte tapfer.

„OK. Setz dieses Höllengefährt in Bewegung. Max hätte sicherlich gern etwas Warmes zu Essen."

„So ist's gut, Mädchen. Auf geht's."

Ruckelnd setzte sich das Fahrzeug wieder in Bewegung. Flo, flehte sie. Flo, schick mir jemanden zu Hilfe! Du hast doch gesagt, du müsstest nur daran denken und schon ist die richtige Person zur Stelle. Ich brauche nun jemanden, der mir zeigt, wo Max ist. Also tu endlich etwas!

Laura suchte erneut den Pistenrand ab. Ihr Blick wanderte den Hang hinauf. Was war das dort oben? Stand dort jemand?

„Fahr mal etwas noch weiter nach links. Da hin, wo die Bäume sind. Ist da etwas?"

Werni lenkte den Pistenbulli in die beschriebene Richtung, erwiderte aber nichts.

Laura traute ihren Augen kaum. Da stand doch jemand und winkte!

„Da! Noch ein Stück weiter! Da muss er sein!"

Werni warf ihr einen fragenden Blick zu, der ihr jedoch entging. Laura wurde immer aufgeregter. Da stand tatsächlich eine Person im Schnee und winkte aufgeregt. Der Mann trug eine dunkelgrüne Jacke. Nun wies er auf die schneebedeckte Baumgruppe und gestikulierte wild. Strahlend schaute Laura Werni an. Dieser blickte jedoch konzentriert auf die Schneedecke.

Werni stoppte den Pistenbulli und schaute Laura fragend an. Diese riss augenblicklich die Türe auf und sprang in den hüfthohen Schnee. Wo war denn jetzt der Mann? Sie hatte ihn doch ganz deutlich winken gesehen. Laura kämpfte sich durch den Schnee und schaute verwirrt über die weisse Fläche. Der Wind heulte und schleuderte Tannenzapfen durch die Luft. Genervt wandte sie ihr Gesicht ab vom Wind. Etwas traf sie an der Stirn.

„Verd...", setzte sie an, verstummte jedoch, als ihr klar wurde, dass das Geschoss aus der falschen Richtung kam. Der Wind wehte ihr die Haare von hinten ins Gesicht. Wie konnte sie dann etwas an der Stirn treffen? Ausserdem handelte es sich nicht um einen Ast oder Tannenzapfen, sondern um einen Schneeball.

Inzwischen war auch Werni herangekommen.

„Hast du etwas entdeckt?" fragte er.

„Ich bin sicher, dass Max hier ist. Ich habe doch den Mann..."

Ein weiterer Schneeball segelte an ihnen vorbei. Beide verfolgten ungläubig die Flugbahn. Und da sahen sie ihn liegen.

„Max – um Himmels Willen!"

Laura stürzte auf das hellblaue Etwas zu, das da unter einem Baum lag. Max' Gesicht war Blut überströmt, sein rechtes Bein lag in einem fürchterlichen Winkel verdreht im Schnee. In der kraftlosen Hand hielt das Kind einen weiteren Schneeball. Laura wusste gar nicht, wie sie ihn anfassen sollte. Sie war so erleichtert, dass die Suche endlich beendet war. Doch nun hatte sie grosse Angst, dass sie doch noch zu spät gekommen waren. Aus der Kehle des Kleinen drangen nur einige wimmernde Laute. Dann verdrehte er die Augen und verlor das Bewusstsein.

Werni drängte Laura sanft beiseite und nahm Max auf die Arme. „Gut, dass wir mit dem Pistenbulli hier sind. So müssen wir ihn nicht mit dem Schlitten zu Tal bringen. Los, steig ein. Ich lege ihn dir auf den Schoss. Er braucht dringend einen Arzt."

Während der Fahrt hielt Laura Max vorsichtig in ihren Armen. Werni hatte eine Isolierfolie über sie ausgebreitet, um Max mit zusätzlicher Wärme zu versorgen. Sie wischte Max das Blut aus dem Gesicht und stellte fest, dass seine Unterlippe aufgesprungen war. Zwei Zähne fehlten. Unruhig wälzte sich Max hin und her.

„Johannes..." stöhnte er leise. Johannes? fragte sich Laura. Wer war denn bloss Johannes? Vielleicht war das der Mann, den sie gesehen hatte. Aber wohin war er so schnell verschwunden? Wie sollte er bei diesem Wetter denn unbeschadet ins Tal finden? Und wenn er tatsächlich Max gefunden hatte und ihm beigestanden war, dann wollte sie ihm doch danken. Nun, das konnte warten. Sie würde schon herausfinden, wer ihr Helfer war. Wichtig war nun erst einmal, dass Max ins Krankenhaus kam und dort ärztlich versorgt wurde. Alles Weitere würde sich finden.

Unterwegs unterrichtete Werni den Notdienst. Im Dorf wartete bereits der Krankenwagen, der sie und Max ins Krankenhaus brachte.

Nun ging alles sehr schnell. Während Max untersucht wurde, wartete Laura im Aufenthaltsraum.

Tim und Tina kamen ihr in den Sinn. Da das Telefonieren mit einem Mobiltelefon im Spitalbereich untersagt war, hielt sie nach einer Telefonzelle Ausschau und suchte die Nummer von Tinas und Jakobs Hotel heraus. Sie liess sich mit ihrem Zimmer verbinden und erfuhr, dass es allen dreien gut ging. Nach einer grossen Tasse heisser Schokolade und zahlreichen Keksen war es Tina gelungen, den total erschöpften Tim ins Bett zu bringen, wo er jetzt gerade schlief.

Rasch berichtete Laura über die aufregende Rettungsaktion.

Schliesslich meinte Tina erleichtert: „Jetzt bin ich aber wirklich froh, dass Ihr Max gefunden habt. Wir haben uns grosse Sorgen gemacht. Hoffentlich ist er nicht zu stark unterkühlt. Das Bein wird schon wieder heilen.“

„Ja, der Notarzt meinte, er sei in bemerkenswert guter Verfassung. Seine Temperatur war nicht so tief wie befürchtet, obwohl er schätzungsweise zwei Stunden bewegungslos im Schnee gesessen ist.“

„Was ist eigentlich mit Kathy? Kommt sie direkt zu dir ins Krankenhaus?“

„Kathy? Oh je, die habe ich ja total vergessen. Wie spät ist es denn?"

„Jetzt ist es viertel vor drei. Wann kommt denn Kathys Zug an?"

Laura kramte in ihrem Portemonnaie nach dem Notizzettel mit der Ankunftszeit der Freundin.

„Mist, der Zug komm um 14:50 Uhr an. Kathy hat keinen Wohnungsschlüssel und ich kann hier unmöglich weg."

„Kein Problem, Laura. Jakob kann sie mit dem Auto am Bahnhof abholen. Kathy kann ja dann erst mal ihre Sachen im Auto lassen und zu dir ins Krankenhaus kommen. Vielleicht weißt du dann auch schon mehr über Max' Gesundheitszustand."

„Ach Tina, was würde ich nur ohne dich machen? Ich danke dir!"

Nach dem Gespräch ging Laura zurück zum Warteraum.

In der Sitzgruppe hatte ein junger Mann Platz genommen und schaute sie an.

„Kennen wir uns?" fragte sie nervös.

„Noch nicht. Ich wollte mich nur informieren, wie es Max geht", erwiderte er ruhig.

„Waren Sie das auf der Piste, der mir da gewunken hat?"

Er stand auf und kam auf sie zu. Sein Gang war elegant und geschmeidig. Seine warmen braunen Augen glänzten im Neonlicht. Laura stellte fest, dass er gut einen Kopf grösser war als sie. Er lächelte sie an, reichte ihr jedoch nicht die Hand. Sein Alter war schwer zu schätzen. Um die Augen waren feine Lachfältchen auszumachen. Er konnte aber nicht wesentlich älter sein als sie selber.

„Mein Name ist Johannes Hauser", sagte er nun mit seiner ruhigen Stimme.

Laura bekam eine leichte Gänsehaut.

„Ich bin Laura Pabig. Und der Knirps, dem Sie heute das Leben gerettet haben, ist mein Cousin Max. Aber das haben Sie wohl schon herausgefunden."

„Ja, ich habe Max gefunden und ein wenig mit ihm geredet. Er ist ein prachtvoller Bursche. Ich fahre selber nicht Ski und habe auch kein drahtloses Telefon. So konnte ich nichts weiter tun, als auf Hilfe zu warten und dafür sorgen, dass Max nicht den Mut verliert."

„Wenn Sie nicht gewesen wären, hätten wir Max sicher nicht gefunden – zumindest nicht so schnell. Ich möchte Ihnen so gerne danken."

Laura ging einige Schritte auf ihn zu, wollte seine Hände umfassen, die so warm und kräftig aussahen. Doch ihr Gegenüber machte einige Schritte rückwärts und hob beschwichtigend die Arme.

„Keine Ursache. Das hätte doch jeder getan. Ich bedaure nur, dass ich nicht mehr für ihn tun konnte. Aber ich bin sicher, dass er sich rasch wieder erholen wird."

Ein Arzt betrat den Wartesaal und unterbrach ihre Unterhaltung.

„Frau Pabig?"

„Ja, das bin ich", antwortete Laura. „Wie geht es Max?"

Der Arzt lächelte sie beruhigend an. „Er ist ein wenig unterkühlt und das Bein musste gerichtet werden. Wir müssen aber nicht operieren. Es war lediglich ausgerenkt. Seine Lippe mussten mit vier Stichen genäht werden. Das sieht aber schlimmer aus als es ist."

„Dann geht es ihm gut? Er wird keine bleibenden Schäden zurückbehalten?"

„Alles wird wieder gut. Die verlorenen Zähne wachsen ja wieder nach. Es waren glücklicherweise noch Milchzähne. Vielleicht sieht man eine kleine Narbe an der Lippe, aber bei Buben ist das ja nicht so tragisch. Wenn Sie möchten, können Sie nun zu ihm."

„Ja, gern."

Laura wandte sich um, um Johannes zu fragen, ob er sie begleiten wolle. Doch dieser war bereits wieder verschwunden. Seltsam, dachte sie. Der Mann hat ein besonderes Talent einfach spurlos zu verschwinden. Möglicherweise hatte er ja Max erzählt, wo wer wohnte. So könnte sie ihn auch später noch aufsuchen. Der Gedanke daran zauberte eine zarte Röte auf ihre blassen Wangen. Dieser Johannes war ein überaus attraktiver Zeitgenosse. Es würde sie überhaupt keine Überwindung kosten, ihn zum Dank zum Essen einzuladen.

Kapitel 11

Als Laura das Krankenzimmer betrat, telefonierte Max bereits wieder. Von der Strapaze war ihm kaum etwas anzumerken. Vielmehr klang es, als erzähle er einem guten Freund die spannendsten Szenen aus dem letzten James Bond Film.

„Ja, Laura ist nun auch bei mir. Möchtest du sie gerne sprechen?" fragte er nun.

Er reichte ihr den Hörer mit einem stolzen Lächeln und fügte an: „Mami würde dich gerne sprechen."

Lauras Wangen begannen zu glühen. Schweiss trat ihr auf die Stirn. Sie hätte sich gerne einige Minuten auf das Gespräch mit Christine vorbereitet. Wie sollte sie nur reagieren? Warum hatte sie die Tante nicht schon früher angerufen? Woher wusste Christine eigentlich schon von dem Unglück? Zögernd ergriff sie den Hörer und strich Max über den Kopf.

„Hallo Christine", setzte sie an.

„Laura, ich bin ja so froh, dass du bei Max bist. Geht es dir gut?" ertönte die immer noch heisere Stimme ihrer Tante.

„Mir? Eh ja, mir geht es ganz gut. Ich weiss nicht, was ich sagen soll. Christine, es tut mir so leid. Ich weiss, so etwas hätte nicht passieren dürfen. Und ich verstehe auch, wenn du mir nun Vorwürfe machst und nichts mehr mit mir zu tun haben möchtest. Ich meine, es war so furchtbar..."

Laura konnte nicht mehr weiterreden. Die Tränen rannen über ihr Gesicht. Die ganze Anspannung der vergangenen Stunden überwältigte sie. Schluchzend und völlig kraftlos liess sie sich auf die Bettkante sinken.

„Um Himmels Willen, Laura! So beruhige dich doch!"
rief Christine durch das Telefon. „Ich mache dir doch
gar keine Vorwürfe. Max hat mir bereits berichtet,
wie das alles passiert ist. Dich trifft absolut keine
Schuld. Das hätte mir ebenso passieren können. Bitte, hör doch auf zu weinen."
Doch Laura war am Ende ihrer Kräfte. Sie brachte
keinen zusammenhängenden Satz mehr heraus. Die
aufgestaute Verzweiflung schnürte ihr den Hals zu.
Sie rang nach Luft und hyperventilierte sobald sie
wieder atmen konnte. Eine zarte Kinderhand nahm
ihr den Telefonhörer aus der Hand. Max lauschte
den Anweisungen seiner Mutter und beendete dann
das Gespräch. Dann betätigte er den Rufknopf. Nach
kurzer Zeit kümmerte sich eine freundliche Kran-
kenschwester um Laura. Sie bekam ein Beruhi-
gungsmittel und durfte sich in das freie Bett in Max'
Zimmer legen. Schon bald war sie eingeschlafen.
Sie bemerkte nicht, dass Kathy und Jakob ins Zimmer kamen. Max hatte sich schon wieder so weit er-
holt, dass er Verlangen nach seinem Bruder zeigte.
Nach einem kurzen Gespräch mit dem behandelnden
Arzt einigte man sich darauf, Laura noch ein wenig
schlafen zu lassen. Kathy nahm den Wohnungsschlüssel an sich und verliess mit Jakob das Zimmer,
um das Gepäck in die Wohnung zu bringen. Später
wollten sie zusammen mit Tim zurückkommen. Bis
dahin erwartete der Arzt auch bei Laura eine nervli-
che Beruhigung.
„Darf ich mir jetzt etwas wünschen? Wenn man im
Krankenhaus ist, bekommt man doch alles, was man
gerne hätte, nicht?" rief Max den beiden noch hinterher. Lachend machten sie sich auf den Weg, in der

Gewissheit, dass der Knabe wohl keine bleibenden Gemütsschäden davongetragen hatte.

Laura erwachte, weil sie sich beobachtet fühlte. Langsam öffnete sie eines ihrer schweren Augenlieder – und blickte in wunderbare braune Rehaugen. „Oh, hallo", murmelte sie. „Welch angenehme Überraschung."

„Willkommen zurück", erwiderte Johannes.

„Gleichfalls. Wohin waren Sie denn so schnell verschwunden?" fragte Laura.

„Ich wollte nicht stören bei Ihren familiären Gesprächen."

Laura setzte sich auf und schaute sich im Zimmer um. Max war inzwischen eingeschlafen. Sein Gesicht lag rosig auf dem weissen Kopfkissen. Die genähte Lippe bot einen unangenehmen Blickfang.

Johannes folgte ihrem Blick. „Das kommt schon wieder in Ordnung", meinte er. „Ich hatte das Gefühl, noch mal zurückkommen zu müssen, weil Sie mir einen ziemlich angeschlagenen Eindruck gemacht haben. Offenbar lag ich damit richtig."

„Ja, das war wohl alles etwas zu viel für mich. Ich habe mir wahnsinnige Vorwürfe gemacht. Und als ich dann Max' Mutter am Telefon hatte, habe ich gedacht, sie würde mich beschimpfen und zurechtweisen. Doch das tat sie gar nicht. Na ja, sie hat ja auch nicht mitbekommen, wie das genau gelaufen ist. Jedenfalls – als die Vorwürfe dann ausblieben und sie sogar nach meinem eigenen Befinden fragte, da wusste ich auf einmal nicht mehr wohin mit meinen Gefühlen."

„Ich bin froh, dass es Ihnen jetzt wieder besser geht."

„Hey, bevor Sie sich nun wieder in Luft auflösen, würde ich Sie gerne zum Essen einladen. Ich weiss, dass ich das niemals entgelten kann, was Sie für uns getan haben. Aber ein Essen sollte doch drin liegen, oder?"

Johannes schenkte ihr ein verführerisches Lächeln, das Laura augenblicklich wieder die Röte in die Wangen trieb.

„Wie wäre es stattdessen mit einem Ausflug im Pferdeschlitten? Ich finde, Sie sollten Ihre Erinnerungen an den Schnee in ein positiveres Licht tauchen. Ich würde Sie gerne zu einer kleinen Ausfahrt entführen."

„Das klingt wunderbar. Aber eigentlich wollte ich mich ja bei Ihnen erkenntlich zeigen."

„Sie belohnen mich mit Ihrer reizenden Anwesenheit."

Laura fühlte, wie ihre Nerven vibrierten. Hätte sie nicht im Bett gesessen, wären ihr wohl die Knie weich geworden bei diesen schmeichelhaften Worten.

„Max würde ein Ausflug im Schlitten sicherlich auch gefallen", meinte Laura vorsichtig. War das nun eine Verabredung, die nur sie beide betraf oder sollte das ein Familienausflug werden?

„Ich bin sicher, dass Max und Tim noch ausreichend Gelegenheit finden werden, einen Ausflug im Pferdeschlitten zu unternehmen. Es würde mich freuen, ein paar ungestörte Stunden mit Ihnen verbringen zu dürfen. Meinen Sie, das lässt sich einrichten?"

Lauras Herz vollführte einen Trommelwirbel. „Sicher, klar, gern", stotterte sie.

„Wunderbar, dann hole ich Sie am Dienstagabend um sechs Uhr ab. Max hat mir genau erklärt, wo Sie wohnen."

Er erhob sich und schlenderte zur Tür.

„Bis Dienstag dann – und noch gute Besserung!"

„Danke. Bis Dienstag."

„Und Max scheint auch gerade wieder zu erwachen", meinte Johannes.

Laura schaute auf Max, der sich gerade gähnend in seinem Bett reckte. Als sie wieder zur Tür blickte, war Johannes verschwunden.

„Johannes..." Leise flüsterte sie seinen Namen den weissen Krankenzimmerwänden entgegen. Was für ein Mann...

Sie schwang die Beine aus dem Bett und setzte sich zu Max, der ihr schelmisch seine Zahnlücke zeigte.

„Hey, was gibt's zu grinsen?" fragte Laura beschwingt.

„Du magst ihn, nicht wahr?"

„Wen?"

„Na, Johannes! Er war doch gerade noch hier. Und Ihr habt zusammen geflüstert."

„Ich dachte, du hast geschlafen!"

„Hab ich ja auch. Darum habe ich ja auch nicht genau mitbekommen, was er gesagt hat. Ich bin erst aufgewacht, als er sich verabschiedet hat. Hat er mir etwas mitgebracht?"

„Himmel, Max! Sei doch nicht so egoistisch! Der Mann hat dir wahrscheinlich das Leben gerettet. Das sollte doch fürs erste reichen, meinst du nicht? Wie war denn das nun eigentlich? Du hast mir noch gar nicht erzählt, was genau passiert ist."

„So genau weiss ich das auch nicht mehr", erklärte Max ruhiger. Sein Gesicht war wieder ernst geworden.

„Tim und du wolltet ein Rennen fahren zum Lift runter", half Laura seiner Erinnerung nach. „Weisst du das noch?"

„Ja, das weiss ich noch. Ich habe Tim mindestens 10 Minuten Vorsprung gelassen. Er ist ja so lahm und hätte sonst gar keine Chance gehabt."

„Ja, ja mein Rennfahrer." Laura wuschelte Max durch die Haare. „In 10 Minuten wäre dein Bruder schon wieder mit dem Skilift hinaufgefahren und hätte dich trotzdem noch überholt. Aber wir wollen mal nicht so kleinlich sein. Tim ist also vorausgefahren. Und dann?"

„Als ich Tim schon fast nicht mehr gesehen habe, bin ich jedenfalls auch los. Ich weiss noch, dass ich mich geärgert habe, dass ich ihm so viel Vorsprung gegeben habe. Darum musste ich natürlich umso schneller fahren. Ich gab also mächtig Gas und raste den Hang hinunter. Und dann weiss ich nur noch, dass ich im Schnee gelegen bin und keine Luft mehr bekommen habe. Mein Bein hat furchtbar wehgetan und als ich mit der Hand mein Gesicht befühlt habe, war da Blut. Ich wollte rufen, aber das ging irgendwie nicht. Dann muss ich wohl eingeschlafen sein. Als ich wieder aufgewacht bin, sass Johannes neben mir. Er half mir, bis zu einem Baum zu rutschen und erklärte mir, dass ich meine Jacke bis oben hin zumachen sollte, damit mir nicht so kalt ist. Dann haben wir uns unterhalten. Ich habe ihm von Mami und dir erzählt, von Tim, Kathy, Mirella und Claudia. Und er hat mir von sich erzählt. Und zwischendurch ist er immer wieder bis zur Piste gelaufen, um nachzusehen, ob du schon kommst. Er sagte, er hätte kein Handy. Kannst du dir das vorstellen? Heute hat doch jeder ein Handy. Und er wollte mich nicht allein lassen. Als der Sturm dann aufzog, hatte ich schon ein wenig Angst. Aber er hat mich mit seinen Geschichten abgelenkt und gemeint, du kämst schon bald und würdest mich holen."

„Warum hat er dich denn nicht zurück zur Piste getragen? Dort hätten wir dich doch viel schneller gefunden."

„Ich weiss auch nicht. Er sagte nur so etwas wie, seine Kraft würde leider nicht ausreichen, um mich zu tragen. Ich habe gedacht, dass er wohl eine Krankheit hat, so wie der Vater von Mirella. Der kann nicht mehr so gut laufen und muss sich immer hinsetzen. Wenn er mal zu Besuch kommt, müssen Mami und Claudia ihn die Treppe rauftragen. Allein schafft der das gar nicht mehr."

Seltsam, dachte Laura. Johannes sah eigentlich gar nicht krank oder schwach aus. Aber was wusste sie schon von solchen Gebrechen? Hauptsache war ja auch, dass er bei Max geblieben war und ihr schliesslich gezeigt hatte, wo das Kind zu finden war. Max bemerkte ihre Nachdenklichkeit gar nicht. Er fuhr mit seinem Bericht fort: „Irgendwann konnte ich kaum noch etwas sagen, so sehr haben meine Zähne geklappert. Da hat sich Johannes neben mich gesetzt und wir haben mit Ästen und Tannenzapfen um die Wette geworfen. Und dann muss ich wohl wieder eingeschlafen sein. Denn als ich aufwachte, warst du und der alte Mann da und habt mich gerettet."

Laura musste trotz der Tragik der Situation über Max' Bericht lächeln. Bei ihm klang das alles wie ein grosses Abenteuer. Dass ihn dieser Unfall hätte das Leben kosten können, war für so einen jungen Menschen unvorstellbar. Und auch Laura wollte sich lieber nicht ausmalen, was geschehen wäre, wenn sie Max nicht rechtzeitig gefunden hätten.

Die Tür ging auf und herein stürmte ein aufgeregter Tim, gefolgt von Kathy, Tina und Jakob. Max wurde umlagert und freute sich, ein weiteres Mal von seinem Abenteuer berichten zu können.
Nach einem Gespräch mit dem behandelnden Arzt verabschiedeten sich alle von Max. Laura folgte der Empfehlung des Arztes, Max eine Nacht zur Beobachtung im Krankenhaus zu lassen. Wenn alles gut ginge, könnte sie ihn am folgenden Tag mit nach Hause nehmen. Der Gipsverband sollte kein grosses Hindernis für den 6-Jährigen darstellen.

Kathy und Laura brachten den erschöpften Tim ins Bett und zogen sich dann in ihre Zimmer zurück. Tina und Jakob hätten sie gerne zum Abendessen eingeladen, aber Laura wollte nur noch ihre Ruhe.
Sie stellte fest, dass sie seit Kathys Ankunft kaum ein Wort mit der Freundin gewechselt hatte. Für heute fehlte ihr jedoch die Kraft, die Ereignisse des Tages ein weiteres Mal zu durchleben. Sie war daher sehr froh, als Kathy vorschlug, den Abend zu beenden.

Am nächsten Morgen stand Laura bereits um halb acht auf und bereitete für ihre Freundin und Tim das Frühstück. Sie schaffte es sogar, rasch beim Bäcker frische Brötchen zu kaufen. Dann öffnete sie Kathys Zimmertür, damit der Duft des frischen Kaffees hineinströmen konnte. Sogleich öffnete Kathy die Augen und strahlte ihre Freundin an.

„Komm rein, damit ich dich endlich mal richtig begrüssen kann!" rief sie ihr zu. Behände sprang Kathy aus dem Bett und augenblicklich lagen sich die beiden Frauen in den Armen. Laura hätte schon wieder heulen können. Es tat so gut, die Wärme einer mitfühlenden Person um sich zu spüren. Als sich ein weiteres Paar kleinerer Arme um die beiden schloss, trennten sie sich lachend voneinander.

„Mensch, wir sind ja vielleicht ein sentimentaler Haufen! Los, los, das Frühstück wartet. Und dann kenne ich noch jemanden, der sicherlich grosse Sehnsucht nach uns hat", rief Laura immer noch bewegt über die rege Anteilnahme der beiden.

Nach einem fröhlichen Frühstück machten sich die drei auf den Weg zum Krankenhaus. Max wartete bereits ungeduldig und zeigte ihnen stolz, wie gut er mit seinem Gipsbein laufen konnte. Laura spürte eine gewaltige Erleichterung, dass Max das Erlebte so leicht nahm. Sie war mächtig stolz auf ihre beiden Cousins, die nun begeistert verschiedene Fortbewegungsmöglichkeiten mit den Krücken ausprobierten. Das Bild der herumalbernden Buben rührte sie tief in ihrem Herzen und sie fragte sich, ob sie das gleiche auch einmal für ihre eigenen Kinder empfinden würde. Dazu fehlte ihr natürlich ein ganz wichtiges Detail: ein Mann – ein Mann wie Johannes zum Beispiel, womit ihre Gedanken wieder bei dem attraktiven Retter angekommen waren.

An Skifahren war nun natürlich zunächst einmal nicht mehr zu denken. Stattdessen machten es sich die vier in ihrer Wohnung gemütlich. Sie bereiteten gemeinsam eine riesige Pizza zu und verbrachten den Rest des Tages mit Spielen und Herumalbern. Von Zeit zu Zeit gönnte sich Laura einen Gedankensprung zu Johannes, den sie bereits morgen wiedersehen würde.

Kapitel 12

Am nächsten Morgen wurde Laura von strahlendem Sonnenschein geweckt. Staubkörner tanzten durch den Raum und aus der Küche schwebte bereits der verlockende Duft frischen Kaffees in ihr Zimmer. Sie streckte die Arme über den Kopf und gönnte sich ein erfrischendes Gähnen. Ihr erster Gedanke wanderte zu einem äusserst attraktiven Mann, den sie endlich heute Abend wiedersehen würde. Wer hätte gedacht, dass aus einer erschreckenden Situation ein solch erquickendes Kribbeln im Bauch entstehen könnte. Sie lächelte immer noch als Flo neben ihrem Bett erschien.

„Na, so gut gelaunt heute morgen?" fragte Floriane, während das Sonnenlicht ihre langen Haare in glän‍zendes Gold verwandelte.

„Och, ich musste gerade an die verführerischsten braunen Augen denken, in die eine Frau jemals bli‍cken durfte..."

„Du meinst doch wohl nicht etwa Johannes?"

„Du kennst ihn? Ach klar, du kennst ja schliesslich jeden. Ist er nicht unwiderstehlich? Eine Stimme wie dunkler Samt und eine Ausstrahlung wie ein junger Gott."

„Laura – ich fürchte, du steigerst dich da in etwas hinein..."

„Hmmm, ich glaube fast, ich bin ein klein wenig ver‍liebt."

„Laura, du kennst diesen Johannes doch kaum."

„Na und? Es ist doch wissenschaftlich bewiesen, dass sich in den ersten Sekunden nach einer Begegnung entscheidet, ob man sich sympathisch ist oder nicht.

Und bei mir fielen diese ersten Sekunden ganz klar zu seinen Gunsten aus. Und ich glaube, das ging Johannes auch nicht anders."

„Ja, das mag schon sein. Aber Johannes ist ein Herzensbrecher. Er flirtet gern. Und er kann keine Beziehung eingehen, weil..."

„Genau, weil er eben noch nicht die Richtige gefunden hat. Darum bin ich froh, dass seine Traumfrau noch nicht aufgetaucht ist. Ob er mich heute Abend wohl küsst?"

„Oh Laura! Wach auf und hänge nicht solchen unsinnigen Träumen nach. Du wirst nur enttäuscht werden. Er kann dich nicht..."

„Ja, du hast recht" unterbrach Laura ihre Schwester ärgerlich.

„Es ist tatsächlich wie ein Traum. Doch ich will daran teilhaben, ich will endlich wieder mein Herz mit Glück füllen. Seit du fort bist, habe ich das Gefühl, das Leben findet ohne mich statt. Ich funktioniere einfach irgendwie, aber manchmal weiss ich nicht mehr, wofür ich morgens aufstehe. Während ich arbeite, sehne ich das Wochenende herbei. Und am Wochenende ersticke ich schier an der Leere, so dass ich mir wieder die Arbeit herbeiwünsche. Ich will endlich wieder etwas anderes in mir spüren als Schmerz und Trauer. Ich will dieses Kribbeln im Bauch, ich will Aufregung und Neugier, die Spannung auf den nächsten Augenblick. Warum willst du mir das unbedingt kaputt machen? Warum gönnst du mir nicht, mich endlich wieder lebendig zu fühlen?"

„Laura, ich missgönne dir das doch gar nicht. Im Gegenteil. Ich wünsche mir so sehr, dich wieder glücklich zu sehen. Aber Johannes ist nicht so, wie du ihn dir vorstellst. Du machst ihn zu jemandem, der er nicht ist und niemals sein kann. Bitte glaube mir. Er kann dir nicht das geben, was du dir erträumst."

„Hör auf, Flo! Hör sofort auf. Was ich von Johannes erhoffe und welche Wünsche er mir erfüllen kann, das kannst du getrost mir überlassen. Und jetzt geh bitte und lass mich allein. Ich lasse mir diesen Tag nicht von dir verderben."

Augenblicklich verblasste Flo. Das letzte, was Laura sah, war das verletzte und traurige Gesicht ihrer Schwester. Seufzend zog sie sich die Bettdecke über den Kopf. Sie verstand Flo einfach nicht. Warum nur hatte sie sich so aufgeregt? Schliesslich hatte Johannes durch sein beherztes Helfen bewiesen, dass er ein mutiger und aufrechter Mann war. Warum sollte er ihr das Herz brechen? Sie wollte jetzt einfach nicht mehr darüber nachdenken.

Die Stunden bis zum Abend vergingen quälend langsam. Ständig schaute Laura auf die Uhr, nur um festzustellen, dass erst eine halbe Stunde vergangen war seit ihrem letzten Kontrollblick. Kathy hatte Tim und Max auf die Sechs-Uhr-Vorstellung ins Kino eingeladen. Nachdem die drei sich um fünf Uhr auf den Weg gemacht hatten, kehrte endlich Ruhe ein in der Wohnung. In ihrem Inneren hingegen war es mit der Ruhe vorbei. Dort herrschte ein heilloses Chaos.

„Flo, komm doch her und sag mir, was ich anziehen soll", bat Laura schliesslich. Aber von der Schwester fehlte jede Spur. So einfach war das mit Geistern wohl nicht. Die konnten auch beleidigt sein. Trotzig durchsuchte Laura ihre wenigen Kleidungsstücke, die für eine Schlittenfahrt überhaupt in Frage kamen. Da sie keinen Wert darauf legte, während der

Fahrt durch Zähneklappern die Romantik zu stören, entschied sie sich für ihre langen Skiunterhosen und die wattierte Jeans. Dazu zog sie ihren neuen cremefarbigen Rollkragenpullover und die Jeansweste an. Bei den Jacken hatte sie natürlich keine Auswahl. Sie hatte nur ihre Skijacke dabei. Das sollte aber kein Hindernis sein. Schliesslich konnte auch ein Traummann wie Johannes nicht davon ausgehen, dass den Damen für den Fall eines Rendezvous mehrere Jacken zur Verfügung standen. Ein Blick in den Spiegel veranlasste Laura, aus Kathys Necessaire ein wenig Make-up und Lippenstift auszuleihen. Wieso nur hatte sie ihre eigenen Sachen zu Hause gelassen?

Schliesslich war sie mit ihrem Erscheinungsbild zufrieden. Sie wollte ja auch nicht aussehen wie ein aufgetakelter Teenager bei seinem ersten Date. Sie schaute auf die Uhr: Fünf Minuten vor sechs. Puh, das wäre geschafft. Gerade in dem Moment, als sie sich auf die Couch setzte, läutete es. Laura sprang auf, griff nach ihrer Jacke und lief zur Tür. Strahlend öffnete sie. Doch zu ihrer Verwunderung stand dort nicht Johannes (der ihr gemäss ihren Traumvorstellungen noch einen kleinen Blumenstrauss mitzubringen hatte), sondern ein junger, pickeliger Typ mit Kopfhörern im Ohr. Er schaltete die Musik ab und schielte auf einen Zettel, während er fragte: „Frau Pabig?"

„Ja, das bin ich", antwortete Laura.

„Ich bin Ihr Fahrer. Bitte kommen Sie. Die Kutsche wartet unten an der Strasse."

Verblüfft folgte Laura dem jungen Mann. Doch als sie die Kutsche mit dem Schimmel davor sah, begann sie zu lächeln. Auf dem Rücksitz winkte ihr Johannes zu. Verlegen winkte sie zurück. Ihr jugendlicher Begleiter half ihr beim Einsteigen und kletterte dann selbst auf den Bock.

„Wenn Sie noch etwas brauchen, sagen Sie es einfach." Mit diesen Worten drehte er sich nach vorn, stülpte sich die überdimensionalen Kopfhörer wieder über und knallte mit der Peitsche. Nahezu lautlos setzte sich der Schlitten in Bewegung. Nur das dumpfe Pochen eines Schlagzeugs drang aus seinem Kopfhörer.

„Der Abend muss wunderbar werden, wenn er mit dem Anblick einer so zauberhaften Frau wie Ihnen beginnt", begrüsste Johannes sie galant.

„Guten Abend! Die Freude ist ganz meinerseits", ging Laura auf seine Wortwahl ein. Sie schenkte ihm ein strahlendes Lächeln, das sich in seinen glänzenden Augen spiegelte.

Einige Zeit folgte der Schlitten der verschneiten Strasse, bevor er in einen schmalen Waldweg einbog. Der Mond schaute durch die Tannen und sorgte mit dem schimmernden Schnee für eine wahre Märchenlandschaft.

„Ich glaube, es wird langsam Zeit, dieses lächerliche 'Sie' aus dem Weg zu räumen", sagte Johannes. „Ich würde mich freuen, wenn Sie mich Johannes nennen würden."

„Ich heisse Laura", erwiderte Laura berauscht.

Johannes strahlte.

„Erzähl mir etwas von Dir! Eine attraktive junge Frau wie du hat doch sicher haufenweise Verehrer. Wie kommt es, dass du nur in Begleitung von zwei charmanten aber doch sehr jungen Herrn reist?"

„Nun, mit den Verehrern hält sich das ziemlich in Grenzen", erwiderte Laura. „Tim und Max sind meine Patenjungen. Leider ist ihre Mutter kurzfristig krank geworden. Deshalb bin ich mit ihnen und meiner Freundin Kathy allein nach Davos gekommen."
„Lebst du mit deiner Freundin Kathy zusammen?"
„Oh je, nein, das könnte ich wohl nicht aushalten. Ich habe mit meiner Schwester zusammengewohnt bis letztes Jahr. Nun lebe ich allein. Und du?"
„Ich möchte auch nicht mit deiner Freundin Kathy zusammen wohnen", lachte er sie an. Dann wies er auf ein paar Rehe, die zwischen den Tannen zu ihnen herübersahen.
Schweigend setzten sie ihren Weg fort. An einer kleinen Lichtung hielt der Kutscher das Pferd an. Er drehte sich zu ihnen um und sagte: „Wir werden hier eine kleine Pause machen. Sie können eine Runde um den See laufen, wenn Sie möchten. In 15 Minuten geht es weiter."
Laura stieg aus der Kutsche, Johannes folgte ihr. Langsam spazierten sie auf den mondbeschienenen See zu. Keine einzige Welle krauste die spiegelglatte Oberfläche.
„Ist das nicht traumhaft?" flüsterte Laura ergriffen.
„Ja, das ist es", erwiderte Johannes leise.
Jetzt wird er mich in den Arm nehmen, rauschte es durch Lauras Kopf. Ihr Herz schlug so laut, dass sie befürchtete Johannes müsse es hören. Sie standen am Ufer des Sees und betrachteten die lautlose Landschaft. Das Pferd schnaufte in einiger Entfernung. Laura schaute Johannes an, studierte sein ruhiges Gesicht. Seine Haut hatte im Licht des Mondes einen transparenten Schimmer. Ihre Blicke verschmolzen zu einem glühenden Strahl. Laura wollte

gerade die Augen schliessen in Erwartung des lang ersehnten Kusses, als Johannes sich plötzlich abwandte und ein Handy aus der Tasche zog. Mit eiligen Schritten entfernte er sich von ihr und liess sie mit klopfendem Herzen zurück. Oh, wie sie diese Mobiltelefone hasste! Das hätte sie Johannes wirklich nicht zugetraut, dass er in einem solchen Moment einem unbekannten Anrufer den Vorzug gab. Warum hatte er das Gerät überhaupt dabei? Laura stutzte. Hatte Max nicht erzählt, Johannes habe gar kein Handy?

Johannes erschien wieder auf der Lichtung. Sein Gesicht war ernst. „Es tut mir unendlich leid, Laura, aber ich muss sofort gehen", sagte er.

„Ist etwas passiert?" wollte Laura wissen.

„Ja, ein Umstand, der keinen Aufschub duldet. Ich muss sofort aufbrechen und dich allein zurückfahren lassen. Von hier aus kann ich eine Abkürzung nehmen und bin zu Fuss schneller. Du bist mir doch nicht böse, oder?"

Was sollte man auf so eine Frage schon antworten, schoss es Laura durch den Kopf. Natürlich war sie ihm böse. Aber wenn sie ihn jemals wiedersehen wollte, konnte sie das wohl kaum zugeben. Also sagte sie nur: „Kein Problem. Es muss ja etwas sehr Dringendes sein. Geh nur. Der Kutscher kennt ja den Weg."

Johannes deutete eine Verbeugung an und schritt auf den nahen Waldrand zu.

„Alles einsteigen! Wir können weiterfahren", ertönte es vom Kutscher. Laura wandte sich seufzend dem Rufenden zu. Als sie sich nochmals umdrehte, war Johannes bereits im Wald verschwunden.

Sie stieg in die Kutsche, die sich sogleich in Bewegung setzte. Dass Passagiere unterwegs ausstiegen, schien hier keine Besonderheit zu sein, wunderte sich Laura. Dann fiel ihr auf, dass Johannes ihr immer noch nicht gesagt hatte, wo er wohnte. So ein Mist! Wie sollte sie nun Kontakt mit ihm aufnehmen? Na ja, wofür hat man denn eine jenseitige Schwester, fragte sie sich. Es sollte für Flo doch wohl keine Schwierigkeit darstellen, näheres über Johannes herauszufinden.

Der heutige Abend hatte jedenfalls seine Romantik gründlich eingebüsst. Die Kälte kroch ihr unter die Jacke. Fröstelnd zog sie die Wolldecke bis zum Kinn und betrachtete die vorbeiziehende Landschaft.

Als ihr jugendlicher Chauffeur ihr vor ihrer Haustür aus der Kutsche half, drückte er ihr zum Abschluss noch ein Couvert in die Hand. Er wünschte ihr einen guten Abend und schlurfte zurück zu seinem Gespann. Laura legte das Couvert und den Wohnungsschlüssel auf die Anrichte und setzte Teewasser auf. Enttäuscht setzte sie sich dann ins Wohnzimmer und zappte durch die Fernsehkanäle. Doch ihre aufgewühlten Gedanken konnten keine Ruhe finden.

Was war das nur für ein verkorkster Abend? Es hatte doch so vielversprechend angefangen. Was konnte so wichtig sein, dass Johannes sie ohne Zögern allein zurückliess – und darüber noch vergass, ihr seine Adresse zu geben. Sie wusste ja noch nicht einmal, in welcher Stadt er wohnte. Immerhin schien er Schweizer zu sein. Aber seinen Akzent konnte sie nicht zuordnen. Heutzutage wechselten die Leute ja auch häufig den Wohnort, so dass sich gewisse Ausdrücke und die Sprachmelodie anderer Gegenden mit dem eigenen Dialekt vermischten. Ihre Mutter hatte noch jeden Akzent zuordnen können. Auch wenn derjenige schon lange in einem anderen Kanton lebte, ihre Mutter hörte sofort die sprachlichen Wurzeln ihres Gegenübers heraus. Laura wünschte sich, sie hätte nicht nur in dieser Beziehung das Feingefühl ihrer Mutter geerbt. Sie selber hatte sich schon oft in anderen Menschen getäuscht. Wenn sie jemanden kennenlernte, neigte sie dazu, ihm oder ihr viel zu schnell von ihren persönlichen Gedanken zu erzählen. Leider war das schon mehrfach zu einer Enttäuschung geworden, weil sie erfahren musste dass diese neuen Bekanntschaften das Vertrauen missbrauchten und Dinge weitererzählten, die nicht für die Öffentlichkeit bestimmt waren. Sollte sie sich auch nun wieder in einem Menschen getäuscht haben? War Johannes wirklich nicht der charmante, spritzige junge Mann für den sie ihn hielt? War sie so blind? Vielleicht war er verheiratet und seine Frau hatte ihn angerufen. Nein, das konnte sie sich nicht vorstellen. Wenn ein Mann verheiratet war und nur auf ein Abenteuer aus war, lud er eine neue Bekanntschaft doch nicht auf eine Schlittenfahrt ein. Oder doch? Warum eigentlich nicht? Man wurde nicht gesehen, war ungestört und die Kutscher waren sicherlich verschwiegen. Nein, das wollte sie einfach nicht glauben.

Der Ermittler auf dem Fernsehbildschirm zog seine Sonnenbrille aus und schaute den Verdächtigen an. „Ich habe dich durchschaut", schienen seine Augen zu sagen. Es dauerte noch weitere fünf Minuten und eine 7-minütige Werbepause bis der Verbrecher in Handschellen abgeführt wurde. So einfach war das im Film. Der Protagonist durchschaut einfach jeden Trick.

Ich wünschte, das würde mir auch mal gelingen, ging es Laura durch den Kopf.

Sie ging in die Küche und machte sich ein belegtes Brot. Als sie das gebrauchte Geschirr weg räumte, kamen Tim, Max und Kathy zurück. Es gab einen aufgeregten Bericht über die Pizzeria, in der sie gegessen hatten und anschliessend eine weniger detaillierte Beschreibung des Films, den sie sich angeschaut hatten. Laura liess sich treiben im Wortstrom der beiden Jungen, lächelte an den richtigen Stellen und empörte sich, wenn es von ihr erwartet wurde. Schliesslich liessen sich die beiden ohne grosse Diskussionen ins Schlafzimmer dirigieren. Laura wollte sich gerade unauffällig in ihr Zimmer zurückziehen, als Kathy sie ansprach: „Was ist eigentlich los? Der Abend lief wohl nicht ganz so, wie du dir das vorgestellt hast, oder?"

„Ach, frag nicht. Es war ein einziger Reinfall!"

„Komm her und erzähl mir davon. Du kannst doch mit dieser Laune nicht schlafen gehen. Davon bekommt man schlechte Träume und runzlige Zehennägel."

„Wen interessieren schon meine Zehennägel?"

„Oh, oh, das muss aber ziemlich übel gewesen sein. Was ist passiert? Habt Ihr unterwegs seine Frau getroffen? Oder hat man dich für seine Tochter gehalten? Hat er sich in den Kutscher verliebt? Nun sag schon! So schlimm kann es doch nicht gewesen sein!"

„Hast du eine Ahnung!" Laura setzte sich zu ihrer Freundin auf die Couch und berichtete von den Ereignissen der vergangenen drei Stunden.

Als sie ihren Bericht beendet hatte, meinte Kathy nur: „Übel, übel. Das sieht ja wirklich so aus, als ob

da eine böse Ehefrau im Hintergrund lauert. Warum hast du ihn denn nicht direkt darauf angesprochen?"
„Wie hätte ich denn? Es ging alles so schnell. Nachdem er mich darüber in Kenntnis gesetzt hatte, dass er fortmüsse, war er quasi auch schon verschwunden. Ausserdem war ich ja völlig überrascht. Wer rechnet denn mit so etwas?"
„Und du hast noch nicht einmal eine Adresse von ihm? Oder eine ungefähre Ahnung, wo er wohnt? Nur seinen Namen? Nun, der ist immerhin nicht so geläufig. Wenn du einfach alle Telefonbucheinträge durchprobierst, findest du ihn vielleicht – vorausgesetzt, der Name stimmt."
Laura war zum Heulen zumute. Sie wollte die Hoffnung aber noch nicht aufgeben. „Er meldet sich bestimmt morgen oder übermorgen. Es muss ja etwas Schlimmes passiert sein. Vielleicht hatten seine Eltern einen Unfall oder ein Freund steckt in Schwierigkeiten. Möglicherweise war es ja auch etwas Geschäftliches. Ich weiss ja nicht, was er beruflich macht."
„Natürlich. Wahrscheinlich steht morgen ein Riesenblumenstrauss vor der Türe. Morgen soll das Wetter recht stürmisch sein. Aber für Donnerstag haben sie eine phantastische Fernsicht vorausgesagt. Lass uns am Donnerstagmorgen hochfahren zum Weissfluhjoch und ein wenig Sonne tanken. Bisher ist dein mysteriöser Charmebolzen ja immer ziemlich unerwartet aufgetaucht. Wer weiss? Vielleicht treffen wir ihn ja dort oben. Und jetzt mach nicht mehr so ein Gesicht. Andere Mütter haben auch nette Söhne!"

Auf dem Weg in ihr Zimmer fiel Lauras Blick auf den Umschlag, den ihr der Kutscher gegeben hatte. Sie riss ihn auf und staunte nicht schlecht, als sie die Rechnung für ihre romantische Schlittenfahrt in der Hand hielt. Auch das noch! Was war denn das für ein Typ, der seiner neuen Flamme auch noch die Rechnung für den romantischen Abend servieren liess? Lauras Trauer schlug in Wut um. So ein unverschämter Kerl! Der sollte ihr noch mal unter die Augen kommen. Dem würde sie mächtig die Leviten lesen.

Kapitel 13

Die Wut auf Johannes hatte ihrem inneren Gleichgewicht nicht geschadet und Laura trotzdem einen tiefen und traumlosen Schlaf ermöglicht. Floriane liess sich nicht blicken, aber das störte die immer noch unterschwellig gereizte Laura nicht. Den Mittwoch verbrachten die Freunde mit einem ausgiebigen Spieltag, was Max' Genesung auch zugute kam. Für den Donnerstag stimmten die Zwillinge freudig dem Vorschlag einer Fahrt auf den Gipfel zu, nachdem die beiden Frauen ihnen ein Schnitzel mit Pommes Frites in Aussicht gestellt hatten.

So machten sie sich gegen zehn Uhr auf den Weg auf den 2400 m hohen Berg.
Im Restaurant herrschte wenig Betrieb. Die drei Gipslosen hatten beschlossen, ihre Skier mitzunehmen und abwechselnd Max Gesellschaft zu leisten, während die anderen sich auf der Piste amüsieren konnten. Nun war es an Laura, die Bretter anzuschnallen. Tim und Kathy wollten inzwischen zu Kakao und Kuchen übergehen.

Laura wählte eine anspruchsvolle Piste. Schon bald spürte sie, wie die Bewegung ihre schlechte Laune vertrieb und die Sonne auch ihr verletztes Herz zu wärmen vermochte. Sie schnitt saubere Bögen in den Schnee, legte sich so sehr in die Kurve, dass sie mit ihren dicken Handschuhen den Schnee streicheln konnte. Sie fühlte sich wie in einer Carving-Reklame. Hungrig nach mehr, fuhr sie dreimal hintereinander die gleiche Piste hinunter bevor sie sich eine kleine

Ruhepause am Rande des Abhangs gönnte. Eine winzige Berghütte wartete mit einer Sonnenbeschienen Holzbank auf, der Laura nicht widerstehen konnte. Sie löste die Skier und liess sich auf dem kühlen Holz nieder. Es war unterhaltsam, das Treiben auf dem weissen Pfad zu verfolgen. So nah des Gipfels waren zwar keine Skischulen unterwegs, aber dennoch liessen die Kapriolen einzelner Skifahrer vermuten, dass sie die Wahl der schwarzen Piste eher aus Angeberei denn aufgrund ihres fahrerischen Könnens gewählt hatten. Jetzt gerade versuchte ein vollschlanker Mittvierziger in seiner offenbar nagelneuen Ausrüstung die Buckelpiste zu überwinden. Er drückte dabei jedoch dermassen die Beine durch, dass der Verdacht aufkam, er habe die Ski nicht an den Füssen, sondern an den Oberschenkeln montiert. Laura grinste in sich hinein und amüsierte sich köstlich, als der Beobachtete schliesslich eine Hundertachtzig-Grad Wende vollzog und nun rückwärts in einer Art Stemmbogen den Hang hinab rutschte. Seine Stöcke versuchte er als Enterhaken zu verwenden, mit denen er wild um sich schlug.

Lauras Lachen erfror auf dem Gesicht, als sie eine vertraute Stimme neben sich vernahm.
„Schön, dass ich dir mit meinem Benehmen nicht die Laune verderben konnte."
Johannes nahm ungefragt neben ihr Platz und bedachte sie mit einem reuigen Lächeln.
„Du kannst mir doch verzeihen, dass ich dich gestern allein gelassen habe?" fügte er noch hinzu.
Laura wirbelten all die bösen Worte durch den Kopf, die seit gestern ihre Gedanken durchkreuzten. Sie wusste, wenn sie ihn nun ansähe, würde sie wieder

dahin schmelzen. Diese Genugtuung wollte sie Johannes aber nicht gönnen. Er sollte ruhig noch ein wenig schmoren. Sie verschränkte die Arme vor der Brust und Blickte demonstrativ in eine andere Richtung.

„Was du mit deiner freien Zeit anfängst, ist ja schliesslich deine eigene Angelegenheit. Du bist mir keine Rechenschaft schuldig."

„Oh-oh, da ist aber jemand mächtig sauer."

„Erspar mir deine sarkastischen Bemerkungen und lass mich doch einfach in Ruhe, ja?" erwiderte Laura bissig.

„Nun sei doch nicht so hart mit mir. Glaub mir, ich hätte den Abend viel lieber mit dir verbracht. Aber diese dringende Familienangelegenheit hat einfach keinen Aufschub geduldet. Ich musste mich sofort darum kümmern."

„Ja klar, eine Familienangelegenheit. So was hatte ich mir schon gedacht. Wahrscheinlich deine Frau, die unbedingt wissen wollte, wo du dich herumtreibst und warum du nicht zum Abendessen nach Hause kommst", schoss Laura zurück.

„Laura, bitte schau mich doch an."

Widerwillig wandte Laura ihm ihr Gesicht zu.

„Meine Frau ist tot. Es gibt also überhaupt keinen Grund, eifersüchtig zu sein."

„Entschuldige bitte. Das konnte ich ja nicht wissen."

Der tiefe Blick, der sie verband, liess einige Sekunden verfliegen.

„Es tut mir ehrlich leid", erwiderte Laura nun sichtlich zerknirscht.

„Ist ja nicht deine Schuld. Ich werde dir die Lage erklären, aber nicht jetzt. Ich brauche noch ein wenig Zeit."

„Kein Problem. Aber überlass mich bitte nicht mehr so einem pubertären Kutscher. Das war mir ziemlich unangenehm."

„Keine Sorge, es wird keine jugendlichen Pferdeführer mehr geben – versprochen. Aber warum bist du allein unterwegs? Wo ist denn der Rest der Bande?"

„Die Zwillinge geniessen mit Kathy das Kuchenbuffet, so dass ich ein paar Schwünge machen konnte. Und du? Wieder mal zu Fuss unterwegs?"

„Mir gefällt das Skifahren nicht so gut wie das Laufen. Mir ist einfach wohler, wenn ich mit beiden Beinen auf dem Boden stehe", lachte Johannes unschuldig. „Du, sei nicht böse, aber ich muss wieder los. Wollte nur sicher sein, dass du nicht mehr ärgerlich bist. Wie lange bleibst du eigentlich in Davos?"

Schon erhob sich Johannes und spendete ihr ein wenig Schatten, so dass sie ihm ins Gesicht sehen konnte.

„Wir fahren Samstagmorgen wieder heim. Sehen wir uns morgen?"

„Kann sein", erwiderte Johannes geheimnisvoll. „Ich find dich schon. Mach's gut!"

Laura schaute dem schlanken Mann noch kurz nach bis er hinter einer Biegung verschwand. Was sollte denn das heissen? Ich finde dich schon. Herrgott, jetzt hatte sie doch schon wieder vergessen, ihn nach seiner Adresse zu fragen. Was ist, wenn er mich morgen nicht findet, fragte sich Laura nervös.

Der Freitag verging ohne ein Zeichen von Johannes. Schweren Herzens machte sich Laura am Samstagmorgen mit ihren Begleitern auf den Heimweg – ohne eine Ahnung zu haben, ob oder wie sie Johannes jemals wiedersehen sollte.

Sie schloss ihre Wohnung auf und drückte die Türe mit dem Fuss auf, so dass sie mit ihrem Koffer hindurch passte. Die Zwillinge waren wohl behalten bei deren Mutter abgeliefert und Kathy genoss auch bereits ihre Heimkehr in ihren modernen Loft. Laura steckte den Schlüssel von innen auf das Schloss und atmete tief durch. Kein Laut war zu hören. Nach der lebhaften Woche mit den beiden Jungen schien die Stille den Raum mit erdrückender Leere auszufüllen. Das Atmen fiel ihr schwer. Ihre Post lag ordentlich auf dem Sideboard im Eingang. Die Luft war kühl. Paul hatte die Heizung noch nicht wieder aufgedreht. Laura liess ihr Gepäck im Korridor stehen, die Jacke achtlos darüber geworfen. Langsam schritt sie durch die verlassenen Räume. Nacheinander drehte sie die Heizkörper höher. Laura liess den Blick über den Kaminsims wandern, betrachtete die Bilder der lachenden Menschen auf den Fotos: Floriane mit Kathy am Strand, Flo mit Laura auf einer Grillparty, ihre Eltern mit dem neuen Auto, Flo mit Laura vor einer Berghütte in Österreich. Warum nur war sie so allein? Warum wollte niemand bei ihr bleiben? Sie nahm Florianes Schulabschluss-Foto in die Hand, wischte den feinen Staubfilm ab und drückte es an ihr Herz, während eine Träne ihren einsamen Weg suchte. Flo! Dachte sie flehentlich. Komm doch wenigstens du zu mir zurück. Lass uns nicht mehr böse aufeinander sein. Ich brauche dich doch!
Eine Hand legte sich auf ihre. Laura öffnete die Augen.
„Flo! Endlich bist du wieder da. Ich dachte schon, ich hätte dich für immer verloren. Aber…" Irritiert betrachtete sie die Hand auf ihrer. „Ich dachte immer,

du könntest mich nicht berühren. Du kannst es ja doch!"

„Ich habe auch lange dafür geübt. Es ist gar nicht so einfach und kostet mich sehr viel Kraft. Für eine Umarmung reichen meine Fähigkeiten leider nicht aus. Es tut mir so leid, Laura."

„Ich fühle mich so verlassen. Nach dieser Woche auf engstem Raum mit den beiden Kobolden habe ich das Gefühl, in dieser leeren Wohnung zu ersticken. Und Johannes – du hattest wahrscheinlich recht. Er hat sich nicht mehr gemeldet. Ach, eigentlich ist ja auch gar nichts passiert. Wir haben uns ja nicht einmal geküsst. Er strahlte einfach so eine Wärme aus. Ich fühlte mich so wohl bei ihm, als ob ich ihn schon lange kennen würde. Er hatte so etwas Vertrautes an sich, so wie du mir vertraut bist. Ich rede einen ganz schönen Unsinn, wie?"

„Mach dir keine Gedanken. Ich glaube übrigens nicht, dass Johannes die gleichen Gefühle für dich hegt wie du für ihn. Oder hat er dir je Avancen gemacht, die darauf hingedeutet haben, dass er an einer Beziehung mit dir interessiert war?"

„Hm – doch – ein wenig schon. Wir sind schliesslich zusammen mit dem Pferdeschlitten gefahren. Und er hat mich im Krankenhaus besucht. Und seine Augen sind so glänzend und so tiefgründig... Ach Flo, kannst du mir nicht helfen, ihn zu finden? Ich habe nicht mal seine Adresse! Bring ihn zu mir! Bitte! Dann werden wir ja sehen, welche Absichten er wirklich hegt. Wirst du das für mich tun, Schwesterchen?" Lauras Augen waren auf die ihrer Schwester geheftet. Sie griff nach Florianes Hand, doch die konnte sie nicht fassen.

„Du weisst nicht, worauf du dich da einlässt, Laura",
flüsterte Flo nun. Er hat dich zwar in Davos aufge-
sucht, aber ich bin nicht sicher, ob es gut wäre, wenn
er dich hier besuchen würde."
„Aber du kannst es, nicht wahr? Du kannst ihn irgendwie hierher bringen. Bitte, Flo tu es für mich!"
„Ich werde sehen, was ich machen kann. Aber sei
hinterher nicht enttäuscht, wenn er nicht so ist, wie
du dir das vorgestellt hast."
„Ganz bestimmt nicht. Du bringst ihn einfach her
und dann unterhalten wir uns. Und wenn er dann
diesen Zauber verloren hat, dann ist es auch gut.
Dann gehe ich mit Paul einen dieser schrecklichen
Actionstreifen im Kino ansehen. Versprochen!"
Bei dieser Aussicht musste auch Flo wieder lachen.
„Jetzt entspann dich! Zünde den Kamin an und kra-
me eine deiner alten Hitchcock-Schinken raus. Dann
geht's dir schnell wieder besser."
Floriane winkte ihrer Schwester noch einmal zu und
verschwand dann augenzwinkernd.

Kapitel 14

Laura kehrte gut gelaunt wieder an ihren Arbeitsplatz zurück. Auf ihrem Schreibtisch lagen zahlreiche Offertanfragen und auch ihre Mailbox freute sich, endlich wieder geleert zu werden. Zürich konnte zwar keinen blauen Himmel und schneebedeckte Landschaften bieten, trotzdem freute sich Laura über die gewohnte Aussicht auf den Park. Schon bald würden sich die ersten Krokusse durch den kahlen Boden kämpfen und als lustige Farbtupfer für Aufmunterung sorgen. Laura stürzte sich fröhlich in die Arbeit. Auch die nächsten Tage hielt ihre gute Stimmung an.

Am Wochenende lud sie Kathy, Paul und Leony zu sich zum Essen ein. Es wurde ein entspannter Abend, bei dem natürlich ihre Abenteuer in den Skiferien das Hauptthema waren. Laura vermied es jedoch, allzu viele Details über Johannes einfliessen zu lassen. Kathy, die gerne mehr über den Unbekannten erfahren hätte, hielt glücklicherweise ihr Schweigegelübte den anderen gegenüber was die misslungene Kutschfahrt betraf, wofür Laura ihr sehr dankbar war.

Die folgenden Wochen verstrichen im Strom der wohligen Alltäglichkeit. Floriane zeigte sich in unregelmässigen Abständen, brachte jedoch nie die gewünschte Nachricht, dass sie Johannes gefunden habe. Langsam verblassten Lauras romantische Gefühle für den seltsamen Mann. Paul bemühte sich rührend um Lauras Aufmerksamkeit, musste aber zu seinem grossen Bedauern feststellen, dass sich die Angebetete nicht zu mehr als drei Wangenküssen zur Begrüssung und zum Abschied hinreissen liess. Als Laura feststellte, dass Pauls Komplimente seltener wurden und auch ihr Handy immer seltener SMS von Paul anzeigte, entspannte sie sich langsam. Natürlich hatte sie Pauls Aufmerksamkeiten genossen, hatte aber auch nie den Mut gefunden, ihn offen auf seine Gefühle anzusprechen. Zu gross war ihre Angst gewesen ihn zu verletzen und damit eine wichtige Kameradschaft aufs Spiel zu setzen. Nun fühlte sich Laura ruhig und gelöst. Sie genoss die Treffen mit ihren Freunden, die Gespräche mit ihrer Schwester und die Befriedigung, die ihr ihre Arbeit vermittelte.

Die meisten Wochenenden genoss Laura die Gesellschaft ihrer beiden Patenkinder, die einen aufregenden Gegenpool zu ihren sonst ruhigen Abenden bildeten.

Endlich war es März. Tatsächlich hatten die ersten Schneeglöckchen ihre weissen Köpfchen durch die antauende Erde gestreckt. Laura genoss ihren Samstagnachmittag eingewickelt in eine warme Wolldecke auf ihrer Dachterrasse mit einem spannenden Buch. Ihre Augen flogen über die Seiten, vertieft in die Erlebnisse des Protagonisten. Plötzlich riss sie die Stimme ihrer Schwester aus ihrer Vertiefung.
„Laura! Laura, wo bist Du?" tönte es aus dem Wohnzimmer.
„Ich bin hier draussen! Was ist denn los? Warum musst du mich denn erst suchen?"
„Laura! Ich habe ihn gefunden!"

Laura sprang aus dem Sessel. Das Buch polterte zu Boden, die Seiten achtlos umgeknickt.

„Was? Wen hast du gefunden? Doch nicht etwa..."

Ihre Stimme wurde leiser. Behutsam hob sie ihr Buch auf und strich die Seiten wieder glatt. Sie war sich gar nicht so sicher, ob das nun eine gute Neuigkeit war. Ihr Leben erschien ihr in der letzten Zeit endlich wieder ruhig und behaglich. Sie war nicht bereit, sich in die nächste Enttäuschung zu stürzen.

Flo's aufgeregte Stimme zwang sie, ins Wohnzimmer zu gehen, wo ihre Schwester in aufgeregtem Auf und Ab durch das Zimmer eilte.

„Laura, da bist du ja. Stell dir vor, ich habe Johannes gefunden. Es war gar nicht so einfach und ich musste jede Menge Beziehungen spielen lassen bis ich zu ihm vordringen konnte. Aber jetzt weiss ich, wo er ist. Ich kann ihn zu dir bringen. Genaugenommen ist er quasi schon unterwegs." Der Redefluss ihrer Schwester wollte gar nicht mehr versiegen.

„Flo, warte doch einen Moment. Vielleicht ist es besser, wenn ich Johannes nicht mehr wiedersehe."

„Was? Ich suche mich durch alle Bewusstseinsebenen, um diesen Mann endlich ausfindig zu machen und du sagst mir, dass das alles umsonst war?"

„Nun ja, ich meine, was sollte ich schon zu ihm sagen. Du hattest wohl recht, als du mich vor ihm gewarnt hast. Was sollte ich schon mit so einem Typen anfangen, der mich einfach sitzen lässt auf einer romantischen Kutschfahrt? Er taucht plötzlich auf und verschwindet ebenso sang- und klanglos wieder, verspricht mir, dass wir uns wiedersehen und dabei vergisst er sogar, nach meiner Adresse zu fragen. Flo, ehrlich. Es gibt bestimmt erstrebenswertere Liebhaber."

„Nun warte mal einen Moment. Ich habe mich mit ihm unterhalten, Laura. Und er ist gar nicht so, wie ich gedacht habe. Eigentlich ist er sogar sehr nett. Bitte gib ihm die Chance, mit dir zu reden. Es gibt für alles eine Erklärung. Das eilige Telefonat – das war wirklich ein Hilferuf eines Familienangehörigen. Na ja, vielleicht nicht so, wie du dir das vorstellst, aber Hilferufe finden manchmal unerwartete Wege zu uns. Johannes hat ihn empfangen, konnte es dir aber nicht erklären, daher hat er so getan, als habe sein Handy geklingelt."

„Was? Wie? Ich verstehe kein Wort! Ein Hilferuf, den Johannes empfangen hat – und das Handy war nur eine Attrappe? Hat er etwa übersinnliche Fähigkeiten? Was erzählst du mir da? Gibt es bei euch auch irgendwelche Drogen?"

„Drogen? Nein, das klingt jetzt wahrscheinlich ziemlich verwirrend für dich."

„Verwirrend ist noch leicht untertrieben", seufzte Laura und liess sich in ihren Lesesessel fallen. „Ich versteh überhaupt nichts mehr."

„Am besten, Johannes erklärt dir das alles selber. Ich werde ihn jetzt gleich holen gehen."

„Was?? Jetzt? Bist du verrückt? Was soll ich denn sagen? Ich bin ja nicht mal geduscht! Und überhaupt – ich will Johannes nicht mehr sehen. Mein Leben läuft sehr gut ohne ihn. Und ihm geht es vermutlich auch viel besser ohne mich. Das hat er schliesslich auch bewiesen, als er sich einfach so aus dem Staub bzw. Schnee gemacht hat."

„Laura, es liegt ihm wirklich sehr viel daran, dass er dir sein Verhalten erklären darf."

„Wozu? Braucht er wieder mal jemanden, der mit ihm im Mondschein spazieren geht? Soll er sich doch jemand anderen suchen. Ich habe jedenfalls genug davon", erwiderte Laura aufgebracht.

„Jetzt reg dich doch nicht so auf, Laura. Johannes ist wirklich in Ordnung. Ich finde es wirklich wichtig, dass du dir zumindest anhörst, was er zu sagen hat. Bitte! Lass ihn mich zu dir bringen, Laura. Glaub mir: Du wirst es nicht bereuen!"

Laura rutschte unruhig in ihrem Sessel herum. Sie fuhr mit den Fingern über die Seiten ihres Buches, betrachtete die blaue Schrift auf den weissen Seiten und stellte sich vor, dass es die Geschichte ihres Lebens sei, die sie nun schreiben könnte, wenn sie nur nicht immer so feige wäre. Dann schaute sie in die Augen ihrer Schwester und sah, wie wichtig Flo das Treffen zwischen ihr und Johannes zu sein schien.

„Was hat er dir bloss erzählt, dass du dich so für ihn einsetzt", fragte sie schon eine Spur versöhnlicher.

„Du wirst es gleich erfahren", entgegnete Flo, bevor sie sich in Luft auflöste.

Laura sprang aus dem Sessel.

„Flo! Was machst du? Wo gehst du hin? Gib mir doch wenigstens einen Moment Zeit, um mir etwas anderes anzuziehen. Und wo soll denn Johannes so schnell herkommen?"

Irritiert schaute sie an ihren ausgewaschenen Trainingshosen hinab. Graue Wollsocken hingen kraftlos an ihren Füssen. Seufzend machte sie sich auf den Weg ins Schlafzimmer. Hexen konnte Flo schliesslich auch nicht. Rasch huschte sie zur Wohnungstür hinaus und drückte auf den Liftknopf. Sobald die Aufzugstür sich öffnete klemmte Laura einen alten Turnschuh zwischen die Türe, so dass sie sich nicht mehr schliessen konnte. In der Zeit, die ein Besucher brauchte, um die Stufen bis zu ihrer Wohnung emporzusteigen, konnte sie sich dreimal umziehen. Es gab also keinen Grund, in Panik auszubrechen.

Als sie erleichtert die Wohnungstür hinter sich schloss, blickte sie in braune Rehaugen.

„Johannes.... Wie bist du denn hier rein gekommen? Ich habe doch extra..."

Sein Lächeln brachte sie völlig aus dem Konzept. Hatte er sich etwa hinter der Tür versteckt und war hineingeschlichen während sie sich am Aufzug zu schaffen machte? Flo gesellte sich zu Johannes und hakte sich bei ihm ein. Die beiden sahen aus wie ein altes Ehepaar. Und sie passten auch irgendwie so gut zusammen. Dort, wo ihre Arme sich kreuzten, schienen ihre Konturen regelrecht ineinander über- zugehen. Laura wusste nicht, wie sie die Situation einschätzen sollte. Irgendetwas irritierte sie an dem Bild der beiden. Bei Flo hatte sie sich ja daran ge- wöhnt, dass sie immer ein wenig durchscheinend wirkte. Nun wurde ihr klar, dass Johannes Körper die gleiche Konsistenz aufwies.

„Hallo Laura!" vernahm sie nun die vertraute samt- weiche Stimme. „Ich hoffe, ich habe dich nicht er- schreckt."

Lauras Blick tanzte zwischen Flo und Johannes hin und her.

„Kann mir bitte mal jemand erklären, was hier ge- spielt wird? Ich verstehe nicht ganz."

„Ich glaube, du verstehst das ganz richtig", erwiderte Johannes ruhig.

„Soll das heissen, du bist gar nicht wirklich? Du bist – tot?"

Das letzte Wort wollte ihr fast nicht über die Lippen kommen, so endgültig und hoffnungslos hallte der Klang dieser drei Buchstaben immer noch in ihrem

Innern. „Aber du warst doch mit mir in Davos. Was ist passiert? Ist das der Grund, warum du dich nicht mehr gemeldet hast? Du bist verunglückt?"

Johannes wand sich unruhig an Florianes Arm „Eh, ja, ich hatte einen Unfall... Vor einiger Zeit... Einen Autounfall. Wir sind von der Strasse abgekommen und in einen Abgrund gestürzt. Es ging so schnell, dass ich gar nicht mitbekommen habe, was eigentlich passiert."

„Oh Johannes, es tut mir ja so leid." Lauras Gedanken überschlugen sich. Und sie hatte ihm Vorwürfe gemacht, dass er sich nicht bei ihr gemeldet hatte. Dabei lag er zu der Zeit womöglich schwer verletzt im Wrack seines Autos und hauchte mit seinem letzten Atemzug ihren Namen. Lauras Herz begann zu rasen.

Johannes verfolgte das Minenspiel in Lauras Augen. „Mach dir keine Gedanken. Niemand hätte mir noch helfen können. Ich war bereits tot als das letzte Rad am Auto zum Stillstand kam. Und es ist ja nun auch schon eine Weile her, kein Grund, sich aufzuregen."

Laura liess sich auf ihren Sessel sinken. Ein Schluchzen durchfuhr ihren Körper. Kein Grund, sich aufzuregen? Hatte sie endlich ihren Traummann gefunden, nur um ihn so bald wieder zu verlieren? Wenn sie sich doch nur mehr Mühe gegeben hätte, ihn wieder zu sehen, nach seiner Adresse gefragt hätte, vielleicht wäre er zur Unglückszeit bei ihr gewesen... Eine Welle des Schmerzes durchströmte sie, ergriff Besitz von ihrem Herzen, überschwemmte es und verdrängte alle hoffnungsvollen Gefühle.

„Laura, was tust du?" hörte sie Flo's Stimme aus weiter Ferne rufen.

„Verschliess dich nicht vor uns! Es hatte nichts mit dir zu tun... Johannes war doch schon..."

Laura öffnete die Augen. Dicke Tränen verschleierten ihren Blick. Der Schmerz über Johannes Verlust liess sie in elendes Schluchzen versinken. Hätte sie es verhindern können? Er, der ihrem Max das Leben gerettet hatte, war nun selber tot. Warum nur war ihr Leben überschattet von so viel Schmerz und Verlust? So wollte sie einfach nicht mehr weiterleben. Warum ging alles kaputt, was sie sich erträumte? Warum glitt jedes Bisschen Glück durch ihre Finger sobald sie versuchte, es fest zu halten? Tränen überströmt warf sie sich auf ihr Bett und weinte. Sie weinte all die Tränen, die sie in den vergangenen Monaten zurückgedrängt hatte. Sie konnte einfach keinen weiteren Schmerz mehr ertragen.

Nach einer endlos langen Zeit waren ihre Tränen versiegt. Ein trockenes Schluchzen schüttelte immer noch ihren Körper wie die Nachbeben nach einem schweren Erdstoss, nur dass diese Beben ihr Herz erschütterten. Laura hielt zunächst das Klopfen an der Tür für den Bass, der aus Pauls Wohnung zu ihr heraufdrang. Erst als sie Pauls Stimme dazu hörte, zwang sie sich, sich zu beruhigen.

Langsam schlich sie in den Flur, um Paul durch die geschlossene Tür zuzurufen: „Was willst du?"
„Laura, um Gottes Willen, was ist denn nur passiert? Ich stehe schon seit einer Ewigkeit hier und muss mit anhören, wie Du dir die Seele aus dem Leib heulst. Kleines, lass mich rein und lass mich an deinem Elend teilhaben. Bitte!"

„Es ist nichts, was deine Anwesenheit lindern könnte, Paul. Danke für deine Anteilnahme. Es tut mir
leid, dass mein Gefühlsausbruch dich belästigt hat."
„Laura, ich stehe nicht hier, weil ich mich über irgendwelchen Krach beschweren möchte. Ich bin hier,
weil ich mir Sorgen um dich mache. Bitte lass mich
rein."
Das Schweigen auf der anderen Seite liess Paul mutiger werden. „Hey, mach schon auf. Ich verspreche
auch, keinen Kommentar über deine Froschaugen
abzugeben. Ich werde ganz lieb sein, dir einen richtig
guten Kaffee kochen und dir meine Elefantenohren
leihen. Du darfst auch meinen Schmusehund streicheln. Laura..."
Ganz langsam kratzte er mit den Nägeln über die
Türe und machte dabei Geräusche wie ein herrenlo-
ses Hundebaby. Gegen ihren Willen musste Laura
lächeln. Dann drehte sie den Schlüssel im Schloss
und liess sich neben der Türe zu Boden gleiten.
Ganz langsam öffnete Paul die Tür und lugte vorsichtig hinein. Beim Anblick seiner Freundin zog sich
sein Herz schmerzhaft zusammen. Er liess sich neben ihr nieder und zog sie zärtlich an sich. „Wer hat
dir so viel Schmerz zugefügt, süsse Laura?"
Beim Klang dieser einfühlsamen Worte spürte Laura
erneut Tränen in sich aufsteigen. Es fühlte sich so
gut an, in Pauls Armen zu liegen. Sein Körper war
hart und warm. Sie spürte die Muskeln seines Ober-
arms in ihrem Nacken. Ganz leicht strich Pauls
Daumen über ihre Wange, nahmen den letzten Tränen ihre brennende Schärfe. Laura kuschelte sich in
Pauls Halsbeuge und sog seinen herben Duft in sich
auf.

„Erzähl mir, wer dich so aufgebracht hat. Das kann ja nur ein Kerl gewesen sein. Glaub mir, er ist es nicht Wert, dass du auch nur eine Träne an ihn verschwendest. Sag mir, wer es war und ich verhau ihn, bis er kapiert, die beste Frau der Welt verloren zu haben."

„Wie kommst du darauf, dass ein Mann Schuld ist an meinem Zustand?"

„Na, das sieht man doch auf den ersten Blick. Glaub mir. Das ist ein Umstand, auf den ich nicht gerade stolz bin. Aber nur ein Mann kann eine Frau in einen solchen Aufruhr versetzen. Ich habe da leider auch schon meine Erfahrungen gesammelt. Und die Opfer sahen immer genau so aus wie du jetzt."

Paul drehte ihr Gesicht so, dass sie sich in die Augen schauen konnten.

„Ich werde die Situation bestimmt nicht ausnutzen. Du kannst mir vertrauen."

Laura nickte vertrauensvoll. Im Moment war sie gar nicht mehr so sicher, ob es ihr nicht lieber wäre, wenn Paul die Situation ausnutzen würde. Ihre Seele verlangte so sehr nach Streicheleinheiten, dass sie sie bedenkenlos annehmen würde, egal, wer sie ihr anbot.

Doch Paul meinte es ernst. Er wusste, wie empfindsam die Frau in seinen Armen war und wie wichtig, ihr heute zu beweisen, dass er ihr immer ein guter Freund sein wollte. Deshalb meinte er: „Glaubst du, du schaffst es bis ins Wohnzimmer, damit ich mein Versprechen einlösen und uns einen Kaffee kochen kann?"

Wieder nickte Laura nur. Erschöpft liess sie sich von Paul auf die Füsse helfen und in seinem Arm zum Sofa geleiten.

Kapitel 15

Während Paul den Kaffee zubereitete beobachtete er Laura durch die Durchreiche. Bei ihrem Anblick musste er unwillkürlich lächeln. Diese hässlichen Wollsocken und die ausgebeulte Hose wiesen darauf hin, dass die Auseinandersetzung mit diesem Typen nicht hier in der Wohnung stattgefunden haben konnte. Er hatte seine Nachbarin noch nie in diesem Outfit gesehen und vermutete, dass sie sich auch nicht freiwillig so in der Öffentlichkeit zeigen würde – und schon gar nicht jemandem, dem sie ihr Herz geschenkt hatte. Wer mochte dieser Kerl wohl sein? Er konnte sich nicht erinnern, dass sie in letzter Zeit von einer neuen Bekanntschaft gesprochen hatte. Sie hatte sich auch nicht ausgesprochen abgesondert von ihm, Kathy und Leony, wie es bei einer frischen Liebschaft zu erwarten wäre. Da sie ihm jedoch nicht widersprochen hatte, als er seine Vermutung geäussert hatte, musste es sich um einen sehr mysteriösen Mann handeln. Und er war fest entschlossen, herauszufinden, was da vorgefallen war.

Pauls Klappern aus der Küche holte Laura wieder zurück aus ihren Grübeleien. Nun kam ihr Nachbar mit Kaffeebechern und Plätzchen beladen zu ihr ins Wohnzimmer und liess sich neben ihr auf der Couch nieder. Er hielt ihr eine Tasse hin und nickte ihr auffordernd zu. Nach dem ersten wohltuenden Schluck schob Paul noch ein Plätzchen in ihren Mund und forderte dann: „Und nun spuck's aus! Ich will alle gemeinen Details wissen, damit wir gemeinsam einen Plan ausarbeiten können, wie wir den Mistkerl aus deinem Herzen reissen können."

Laura dachte immer noch darüber nach, ob es schlau wäre, Paul die Wahrheit zu erzählen. Deshalb meinte sie nur:

„Es ist nicht so einfach. Ich fürchte, du würdest mir doch nicht glauben. Und helfen – ach, mir ist wohl wirklich nicht mehr zu helfen."

„Das kannst du getrost mir überlassen. Ich verspreche dir hoch und heilig, ich werde jedem Wort aus deinem zarten Munde Glauben schenken – und sei es noch so phantastisch. 'Der Wissende weiss, dass er glauben muss', wusste schon Friedrich Dürrenmatt zu sagen. Und jetzt leg los!"

Und Laura erzählte... Die ganze unglaubliche Geschichte: angefangen von ihren Gesprächen mit Flo, über Max Rettung bis zu dem furchtbaren Bekenntnis Johannes', das sie nun so unglücklich gemacht hatte.

Paul kam aus dem Staunen gar nicht mehr heraus.

„Ich muss schon sagen, du forderst meine Glaubensstärke ganz schön heraus. Du willst mir allen Ernstes erzählen, dass du mit Geistern redest und dass der Mann deiner Träume dir soeben eröffnet hat, dass er inzwischen gestorben ist?"

Laura schaute ihn mit grossen Augen an und nickte.

„Und du willst mich wirklich nicht auf den Arm nehmen?"

„Sehe ich vielleicht so aus, als würde es mich aufheitern, dir in meiner psychischen Verfassung einen solchen Bären aufzubinden?"

„Hm, das ist fast noch schwerer zu glauben als all das, was du mir bisher erzählt hast. Aber du verstehst hoffentlich, wenn ich noch ein paar Minuten brauche, um das zu verdauen..."

Paul erhob sich und lief durch das Zimmer. Nachdenklich schaute er durch den Wintergarten in die Abenddämmerung. Er spürte Lauras Blicke auf seinem Rücken, wusste, dass sie von ihm eine Bestätigung erwartete, dass er ihr vorbehaltlos Glauben schenkte – so, wie er es versprochen hatte. Doch wie hätte er ahnen können, dass sie ihm eine derart unglaubliche Geschichte auftischen würde?

Nach einiger Zeit, die Laura wie eine halbe Ewigkeit erschien, drehte sich Paul um und erklärte feierlich: „Ich glaube dir. Ich kenne dich wohl jetzt schon lange genug, um sagen zu können, dass du keine durchgeknallte Esoteriktante bist, die mir weismacht, sie könne mit Gedankenkraft Gabeln verbiegen oder chinesische Reissäcke zum Umkippen bringen. Das macht die Angelegenheit aber auch nicht einfacher. Dieser Johannes hat dir das Herz gebrochen – wenn auch nicht gewollt. Das tut mir so leid für dich. Ändern kann ich es leider nicht. Ich kann nur versuchen, dich ein wenig aufzumuntern."

Nun hellte sich Lauras Gesicht auf. „Allein weil du mir zugehört hast und mir glaubst, hilfst du mir schon wahnsinnig. Ich danke dir."

Sie stand auf und ging zu ihm ans Fenster. „Ich habe Johannes ja auch gar nicht richtig kennen gelernt. Vielleicht habe ich mir auch nur so eine Wunschvorstellung von ihm gemacht, die gar nicht der Realität entsprach. Es schmerzt halt allein die Vorstellung, gar nicht erst die Chance bekommen zu haben, ihn kennen zu lernen."

Ein untrügliches Knurren aus ihrer Magengegend durchschnitt die harmonische Stille zwischen ihnen.

Paul nutzte die Situation sofort aus, um zu fragen: „Hey, wann hast du denn zuletzt etwas gegessen – mal abgesehen von dem einen Plätzchen vorhin?"

„Keine Ahnung – wahrscheinlich zum Frühstück."

„Na, dann war das doch gerade eine ganz klare Aufforderung deines Magens, dass wir uns schleunigst etwas zu Essen besorgen sollten, findest du nicht?"

Laura schaute an sich herunter und versuchte, sich ihr geschwollenes Gesicht vorzustellen. „Ich glaube nicht, dass ich mich heute noch in der Öffentlichkeit zeigen möchte. Diese roten Augen bekomme ich auch mit kiloweise Schminke nicht weg."

„Na dann schlage ich vor, wir lassen uns was vom Thailänder kommen. Ich lade dich ein. Essen wir bei dir oder bei mir?"

Seit diesem Gespräch genoss Laura Pauls Gegenwart mehr denn je – wenn sie ihm auch nie die Gefühle entgegenbringen konnte, die er für sie hegte. In ihren einsamen Nächten träumte sie von Johannes, versuchte sich von seinen verführerischen Augen zu lösen, zu vergessen, was hätte sein können, wenn sie sich nur mehr um ihn bemüht hätte. Sie quälte sich mit dem Gedanken, dass sie den Unfall hätte verhindern können, wenn sie ihm klarer gezeigt hätte, wie gern sie mit ihm ausgegangen oder ihn getroffen hätte. Sie träumte vor dem Einschlafen von ihm, und der Schlaf setzte ihre Geschichte fort. Jeder Morgen begann mit dem vagen Gefühl, ein wunderbares Geschenk bekommen zu haben. Sobald sie ihre Augen öffnete überfiel sie die eiskalte Erkenntnis, dass sie die Schleife nicht rechtzeitig hatte öffnen können und ihr der Inhalt des Päckchens für immer versagt bleiben würde.

Paul begleitete sie auf ihren Joggingrunden durch die Stadt. Mehr als einmal halfen seine frisch gebügelten Taschentücher, ihre Tränenströme in geordnete Bahnen zu lenken.

Es war bereits Mai, als sie eines Abends in ihrem Wintergarten auf dem Boden hockte und einen Gartenplan betrachtete, den sie zur Fertigstellung mit nach Hause genommen hatte. Sie wollte in ihren eigenen Pflanzenbüchern noch nach einigen speziellen Sträuchern suchen, um den Gesamteindruck abzurunden. Sie spürte, wie sie eine Gänsehaut bekam und konnte sich des Eindrucks nicht erwehren, beobachtet zu werden. Sie hob den Kopf und schaute sich um. Im Korbsessel sass Johannes. Ihr Herz setzte aus, besann sich dann jedoch eines Besseren und raste los, als gelte es einen Weltrekord zu brechen.

„Johannes – wo warst du nur?"

Er schaute ruhig auf sie herab.

„Ich wollte ja zu dir kommen, aber du warst so verschlossen. Floriane hatte mich bereits gewarnt, dass es nicht so einfach werden könnte."

Laura fühlte sich seltsam berührt von seiner Gegenwart. Sie war zwar nervös, empfand gleichzeitig jedoch eine grosse Verbundenheit mit dem gut aussehenden Mann.

„Laura, ich muss mit dir reden. Und ich bin so froh, dass ich endlich Gelegenheit dazu habe. Ich brauche deine Hilfe."

„Wie könnte ich dir schon helfen?" wagte Laura zu entgegnen.

„Ich habe dir damals recht wenig von mir erzählt. Nun ist es Zeit, das zu ändern. Du weißt bereits, dass meine Frau nicht mehr lebt. Bei meinem Unfall war noch jemand im Auto. Mein achtjähriger Sohn sass auf der Rücksitzbank. Glücklicherweise wurde er nur leicht verletzt. Da wir keine Verwandten haben, wurde Ben nach seinem Spitalaufenthalt in einem Kinderheim untergebracht. Jetzt macht er eine schwere Zeit durch."

Johannes' Blick wich Lauras aus und schweifte unruhig im Zimmer umher. Laura hätte ihn am liebsten in den Arm genommen. Konnte das Schicksal noch grausamer sein? Der arme Kerl hatte seine Eltern verloren – wie sie. Sie wusste genau, wie er sich fühlte.

„Johannes, das ist so schrecklich. Was ist mit ihm?"

Johannes wandte sich wieder Laura zu. Er kniete sich zu ihr auf den Boden.

„Laura, du musst ihn finden. Er ist dabei, einen grossen Fehler zu begehen. Ich selber kann keinen Kontakt zu ihm herstellen. Ich habe es immer wieder versucht, komme aber einfach nicht zu ihm durch. Bitte, Laura! Du bist die einzige, die mir helfen kann. Nur durch dich kann ich ihn davon abhalten, eine Dummheit zu begehen. Finde ihn, und hilf ihn durch diese schwere Zeit hindurch."

„Wie heisst er und wo kann ich ihn finden?"

„Er heisst Ben – Ben Hauser. Leider kann ich dir keine genauen Angaben dazu machen, wo er sich aufhält. Für mich gibt es keine Ortsbezeichnungen. Ich kann nur mit der Seele eines Menschen Kontakt aufnehmen. Da spielt es keine Rolle, wo er sich befindet."

„Aber wie soll ich ihn dann finden? Ich kann doch nicht alle Kinderheime durchsuchen!"

Johannes Konturen wurden schwächer. Er war bereits dabei, sich aufzulösen.

„Laura, ich zähle auf dich. Ben braucht deine Hilfe. Bitte finde ihn!"

Damit verschwand Johannes aus ihrem Blickfeld und liess Laura irritiert zurück.

Kapitel 16

Paul nahm die neuesten Meldungen mit gemischten Gefühlen entgegen.

„Was willst du nun tun?" fragte er, nachdem Laura ihren Bericht beendet hatte.

„Keine Ahnung. Aber ich glaube, ich sollte irgendwie den kleinen Ben finden. Das bin ich Johannes schuldig."

„Schuldig? Du bist ihm überhaupt nichts schuldig. Wie kommst du bloss auf diese Idee?" brauste Paul auf. Ungeduldig rührte er in seinem Kaffee herum bis die weissen Schaumkronen wilde Tänze aufführten. Sie hatten sich zu einem Spaziergang am Zürichsee getroffen und genossen nun die ersten warmen Sonnenstrahlen auf der Terrasse eines Cafés.

Doch Laura liess sich heute nicht so leicht einschüchtern. Sie konterte vehement: „Na gut, dann nenne es halt nicht Schuldigkeit, sondern Dankbarkeit. Johannes hat Max mit grösster Wahrscheinlichkeit das Leben gerettet. Damit kann er doch wohl eine Gegenleistung von mir erwarten. Ausserdem hat er ja gesagt, dass niemand anderer ihm helfen kann, weil er nun mal nur mit mir in Kontakt treten kann."

„Aber du weißt doch weder wo du diesen Ben finden kannst noch worin eigentlich die Gefahr besteht, in der er angeblich schwebt. Und was willst du denn unternehmen, wenn du ihn wirklich findest? Erzählst du ihm er soll immer seinen Fahrradhelm aufsetzen, weil sein Papi dir erschienen ist und gesagt hat, er könne sich sonst verletzen?"

„Johannes wird mir dann schon noch sagen, wie ich Ben helfen kann. Womöglich ist er total unglücklich in dem Heim, in dem er jetzt lebt. Vielleicht wird er schlecht behandelt. Wahrscheinlich hat er schreckliche Sehnsucht nach seinen Eltern und vermisst eine liebevolle Betreuung."

„Und du willst diese liebevolle Betreuung sicherstellen?"

„Ja, warum denn nicht? Wenn das Heim nicht allzu weit weg ist könnte ich ihn ja regelmässig besuchen. Stell dir doch nur vor: Er ist etwa gleich alt wie Max und Tim. Die drei würden sich wahrscheinlich prächtig verstehen. Ich könnte ihn auch zu den Ferien zu mir einladen."

„Laura, komm wieder auf den Boden zurück. Du bist genauso eine Fremde für den Jungen wie all die anderen Leute, deren Job es ist, sich um Kinder wie ihn zu kümmern. Und die haben wenigstens eine entsprechende Ausbildung. Ich kann mir vorstellen, dass er sogar psychologisch betreut werden muss, um dieses Trauma zu verarbeiten."

„Wenn jemand das nachfühlen kann, was er durchleidet, dann bin das wohl ich. Welcher Psychologe weiss denn schon, was ein Kind in dieser Situation denkt und empfindet?"

„Ich weiss ja, dass du auch etwas Ähnliches erlebt hast. Das macht dich aber noch lange nicht zu einer Fachperson in Sachen ‚Verarbeitung traumatischer Erlebnisse'. Ich glaube, da überschätzt du deine pädagogischen Fähigkeiten."

Laura biss die Zähne zusammen bis ihre Lippen nur noch eine gerade Linie bildeten. Sie starrte an Paul vorbei auf ein vorbeiziehendes Kursschiff.

Paul legte seine Hand auf ihre und wartete bis sie sich ein wenig entspannte. „Ich wollte dich nicht verletzen. Bitte entschuldige. Du solltest einfach versuchen, die ganze Angelegenheit etwas distanzierter zu sehen. Ein Geist bittet dich um Hilfe. Und das einzige, was er dir zur Lösung der Aufgabe anbietet ist ein Name und der Hinweis, dass du in einem Waisenhaus nach einem circa 8-jährigen Jungen suchen sollst, der angeblich in Gefahr schwebt. Wie sicher kannst du sein, dass es diesen Ben wirklich gibt?"

Laura schaute in Pauls grüne Augen. „Ich bin so sicher, dass es diesen Ben gibt, wie ich weiss, dass sein Vater meinem Patenjungen das Leben gerettet hat. Er hat Max beigestanden und hat mich zu ihm geführt. Ohne ihn hätten wir Max niemals gefunden und er wäre dort oben erfroren. Warum sollte Johannes mir nicht die Wahrheit sagen?"

„Wie wäre es mit: Weil er tot ist und nicht existiert?"

„Sein Körper ist vielleicht tot, aber sein Geist ist vorhanden. Und der ist genauso real wie der von Flo!"

„... welche aber auch nur für dich existiert", fügte Paul leise hinzu.

„Was willst du eigentlich?" giftete Laura ihn an.

„Ich will dir helfen", antwortete Paul ruhig und sein Blick hielt den ihren genauso fest wie seine Hand ihre Hand hielt.

„Das klingt aber überhaupt nicht so", flüsterte Laura.

„Ich wollte nur feststellen, wie wichtig dir diese Geschichte ist und wie sicher du bist, dass du das wirklich durchziehen möchtest."

„Und – habe ich dich nun überzeugt?"

„Ja, das hast du. Wo fangen wir an?"

Noch am gleichen Tag listeten Paul und Laura alle Schweizer Kinderheime auf. Doch schon beim ersten Anruf, bei dem Laura versuchte, eine Auskunft über

einen achtjährigen Ben Hauser zu bekommen, musste sie feststellen, dass der Datenschutz unerfreulich
gute Arbeit leistete.

„Und aus welchem Grund suchen Sie nach diesem
Jungen?" fragte die eher unfreundliche Büroange-
stellte des ersten kontaktierten Heimes. Laura war
auf diese Frage nicht gefasst. So stammelte sie nur
etwas von einem Freund, der sie mit der Suche be-
auftragt habe. Mit dem Hinweis, dass sich dieser
Freund gefälligst selbst mit der Suche nach seinem
Kind befassen solle, wurde Laura ziemlich unsanft
aus ihren romantischen Kinder-Rettungsträumen
gerissen.

Sie begrub also die Vorstellung, an einem einzigen
Nachmittag das richtige Heim herauszufinden und
begann, an einer plausiblen Geschichte zu arbeiten,
die sie dem Pflegepersonal präsentieren könnte.

Einige Abende später brütete sie immer noch über
eine brauchbare Lösung. Sie wusste einfach zu wenig
über Ben und seine Familie, musste sie feststellen.

„Flo, ich komme einfach nicht weiter, kannst du mir
nicht helfen?" fragte sie hoffnungsvoll in den Raum.
Sie schaute sich im Zimmer um, konnte jedoch keine
Veränderung feststellen.

„Flo, Johannes, wo seid Ihr? Bitte erscheint doch. Ich
brauche Eure Unterstützung", versuchte sie es
nochmals.

Ihr Blick blieb auf dem Poster hängen, das einen Skifahrer bei einem phänomenalen Sprung zeigte. Hatte
sich die Person bewegt?

„Jetzt fange ich wirklich schon an zu spinnen", murmelte Laura vor sich hin, konnte aber den Blick nicht
abwenden von der Szene im Schnee. Tatsächlich: der
Akrobat schien den Kopf zu drehen. Erstaunt riss

Laura die Augen auf. Die Person auf dem Bild teilte sich und hervor trat Flo mit einem schelmischen Grinsen im Gesicht.

„Ist das nicht ein toller Trick?" fragte sie begeistert, „Johannes hat ihn mir gezeigt."

„Es sieht wirklich so aus, als ob die Person im Bild zum Leben erwacht", staunte Laura, bevor sich auch auf ihrem Gesicht die Denkfalten in Lachgrübchen verwandelten.

„Mensch, Flo, du hast mir vielleicht einen Schrecken eingejagt! Ich habe wirklich geglaubt, ich drehe durch. Aber sehr beeindruckend, diese Vorstellung. Schade, dass dein Publikum so begrenzt ist."

„Ja, ich sollte es vielleicht mal als Schlossgespenst versuchen. Da wäre der Effekt noch viel grösser. Wie kommst du mit der Suche nach Ben weiter?"

„Gar nicht. Am Telefon bekomme ich keine Auskunft und dann muss ich auch noch einen plausiblen Grund haben, um eine Auskunft über ein Kind zu bekommen. Und da kann ich ja schlecht etwas von einem Geist erzählen, der mir den Auftrag erteilt hat, seinen Sohn zu suchen."

„Tja, das klingt nicht so einfach. Wie wäre es, wenn du mit der verstorbenen Mutter befreundet gewesen wärst und dich nach ihrem Kind erkundigen möchtest."

„Warte mal, das klingt nicht schlecht. Sie ist ja auch schon vor längerer Zeit gestorben. Also wäre es ja möglich, dass ich erst nach dem Tod des Vaters nach dem Kind suche."

„Ja, das ist genial! Wenn du dann noch ein wenig auf die Tränendrüse drückst, bekommst du die Auskunft ganz sicher."

„Aber ich kenne ja noch nicht mal den Namen von Bens Mutter. Weißt du, wie sie geheissen hat?"

„Nö, aber ich werde gleich losdüsen und Johannes suchen. Bin gleich wieder da!"

Da Laura um die fehlende Zeitdimension im Jenseits wusste, machte sie sich keine Hoffnung, noch am gleichen Abend wieder von Flo zu hören. Umso erstaunter war sie, als die Schwester bereits nach fünf Minuten wieder erschien und ihr stolz den Namen von Johannes' Frau mitteilte: Anna.

Mit dieser Information machte sich Laura am nächsten Tag auf den Weg zu einem Kinderheim in der Nähe. Sie hoffte, durch ihr persönliches Auftreten eher die gewünschte Information zu bekommen. Das Anwesen lag in leicht erhöhter Lage am Rande eines grossen Waldgebietes. Einige Zeit blieb Laura im Auto vor dem Tor sitzen und beobachtete die im Garten spielenden Kinder. Es war eine bunte Mischung aller Altersklassen. Auf den ersten Blick hätte man meinen können, es handele sich um einen Tag der offenen Tür. Zahlreiche Erwachsene – überwiegend Frauen – befanden sich zwischen den spielenden Kindern. Laura läutete am Tor und wurde durch die Sprechanlage dazu aufgefordert, ihren Namen und ihr Anliegen anzugeben.

„Hallo, mein Name ist Laura Pabig, ich suche nach einem etwa achtjährigen Jungen, dem Sohn meiner verstorbenen Freundin und wollte fragen, ob Sie mir vielleicht weiterhelfen können", formulierte Laura vorsichtig.

„Wie kommen Sie auf die Idee, dass das Kind bei uns sein könnte?" fragte die weibliche Stimme.

„Ehrlich gesagt, ist dies der erste Ort, bei dem ich anfrage. Ich habe keine Ahnung, wo der Junge sich aufhält."

„Sind Sie allein?" fragte die Stimme weiter.

Laura stutzte. „Ja, ich bin allein."

Erst jetzt bemerkte sie eine Kamera, die langsam die Umgebung absuchte. Das war ja hier gesichert wie ein Gefängnis, schoss Laura durch den Kopf.

„Kommen Sie herein", forderte sie die anonyme Stimme nun auf, „den Weg entlang bis zum zweiten Gebäude. Dort die Treppe hinauf. Ich werde Sie dort erwarten."

Es klickte in der Leitung, dann schwang das grosse Eisentor auf. Nachdem Laura hindurchgetreten war, schloss es sich sogleich wieder. Was mochte der Grund für diese Sicherheitsmassnahmen sein, fragte sich Laura während sie den gepflasterten Weg entlang schritt. Wurden hier etwa gewalttätige Kinder betreut oder gar straffällige? Doch alles an diesem Gut machte einen überaus freundlichen Eindruck auf sie, angefangen vom ausgelassenen Kindergeschrei über die Klettergerüste und die halbfertigen Häuser aus Ästen und Zweigen bis zu den zahlreichen Kinderrädern, über die sie fast gestolpert wäre.

An der beschriebenen Treppe erwartete sie eine rundliche Frau mit blonden, wirren Haaren. Sie steckte in einer weiten Jeans-Latzhose und vertrieb sich die Wartezeit damit, verblühte Blüten aus einer Wolke von Begonien zu pflücken. Als sie Laura erblickte, taxierte sie sie zunächst mit einem kritischen Blick und schenkte ihr anschliessend ein strahlendes Lächeln.

Laura lächelte erleichtert zurück. Als sie oben angelangt war, streckte ihr die ältere Frau die erdige

Hand entgegen. „Ich bin Trudi Klein", stellte sie sich vor. „Leider habe ich Ihren Namen nicht ganz verstanden vorhin."

Laura ergriff ganz selbstverständlich die warme Hand und erwiderte: „Laura Pabig. Sie haben eine tolle Blumenpracht hier. Das zeugt von einem grünen Daumen."

Trudi Klein blickte auf ihre Hände und erschrak beim Anblick der Erdspuren. „Oh je, ich habe ganz vergessen, dass ich mitten in der Gartenarbeit war. Bitte entschuldigen Sie. Jetzt haben Sie sicherlich ganz verschmutzte Hände."

Laura sah auf ihre verschmierten Handflächen und zuckte lächelnd mit den Schultern. „Aber das macht doch nichts. Ich bin Gartenarchitektin. Möglicherweise stammt der Dreck noch nicht mal von Ihren Händen sondern noch von meiner gestrigen Arbeit in einer Parkanlage."

„Na dann bin ich ja beruhigt. Bitte kommen Sie doch herein", lud Frau Klein Laura nun mit einer offenen Geste ein.

Laura trat in das Licht durchflutete Zimmer, dessen Ausstattung ein wildes Sammelsurium bunter Möbel darstellte. Zahlreiche Kinderzeichnungen zierten die Wände. In den Regalen türmten sich unzählige Bücher und Zeitschriften. Jede freie Ecke war mit Pflanzen aller Art zugestellt.

„Sie sind Gartenarchitektin – wie schön. Das stelle ich mir sehr befriedigend vor", fuhr ihre Gastgeberin fort, während sie in einem ausladenden Sessel Platz nahm und Laura die Couch anbot.

„Ja, das ist es tatsächlich. Ich habe bereits als Kind davon geträumt, Pflanzen ins rechte Licht zu rücken und riesige Anlagen zu gestalten. Ich bin immer wieder selber überrascht, wie man einem Flecken Erde eine völlig andere Ausstrahlung verschaffen kann, indem man die richtigen Pflanzen am rechten Ort platziert."

„Bitte erzählen Sie mir von Ihrem Anliegen. Sie haben vorhin gesagt, Sie suchen nach dem Sohn einer Freundin. Wie heisst der Junge und wieso suchen Sie nach ihm?"

„Nun, die Mutter des Jungen hiess Anna Hauser. Wir sind zusammen zur Schule gegangen. Sie hat dann sehr früh geheiratet. Als ihr Sohn zur Welt kam, bat sie mich, die Patenschaft des kleinen Ben zu übernehmen. Da sie aber konfessionslos war, war das mehr eine inoffizielle Patenschaft. Wir haben uns dann einige Zeit aus den Augen verloren. Ich selber habe erst vor kurzer Zeit meine jüngere Schwester verloren. So kam es, dass ich zunächst gar nichts davon wusste, dass Anna gestorben war. Erst als ich durch Zufall vom tödlichen Unfall ihres Mannes erfuhr, erinnerte ich mich an mein Versprechen, mich im Falle einer solchen Tragödie um den Jungen zu kümmern." Laura machte eine Pause und beobachtete ihr Gegenüber. Sie fand die Geschichte sehr plausibel und hoffte, dass auch Frau Klein keine Ungereimtheiten feststellen würde.

„Wie alt, sagten Sie müsste dieser Ben nun sein?" fragte diese nun.

„Er müsste etwa acht Jahre alt sein."

„*Etwa* acht Jahre? Wenn Sie die Patin des Jungen sind, sollten Sie sich doch wohl an sein genaues Geburtsdatum erinnern, oder?"

Laura erstarrte innerlich.

„Eh, ja, wie gesagt, ich habe mich tatsächlich einige Zeit nicht um ihn gekümmert." Wie sollte sie sich aus dieser Situation bloss herausreden? Als Laura den Blick kurz abwandte, also ob sie nachdächte, sah sie Johannes neben dem Schreibtisch stehen.

„Er ist am 8. Juli geboren", flüsterte er, als ob es einen Unterschied mache, ob er laut oder leise spräche. „Jetzt fällt es mir wieder ein", beeilte sich Laura, das Gespräch fortzusetzen, „es war der 8. Juli. Ja, sein Geburtstag war an einem entsetzlich heissen Sommertag, dem 8. Juli."

Frau Kleins Gesicht entspannte sich wieder.

„Wissen Sie", fuhr sie fort, „wir müssen hier sehr vorsichtig sein. Wie Sie wohl bereits gesehen haben, ist unser Anwesen sehr gut gesichert. Damit wollen wir keinesfalls verhindern, dass die Bewohner nach aussen gelangen – obwohl das bei einigen ganz forschen Zweijährigen sicherlich angebracht ist. Wir nehmen in unserem Haus auch vorübergehend Mütter mit ihren Kindern auf, die eine Bleibe suchen, weil sie z.b. verfolgt oder misshandelt werden. Hier bekommen sie für einige Zeit ein Zimmer und dürfen alle Einrichtungen wie Küche und Wäscherei mitbenutzen. Einige der Frauen wussten nicht mehr ein noch aus und waren nahe daran, ihr Leben einfach fortzuwerfen. Hier finden sie ein wenig Ruhe und Geborgenheit. Wir helfen ihnen, wieder zu sich selber zurückzufinden und ihr eigenes Leben zu gestalten."

„Oh", erwiderte Laura erleichtert. „Ich habe mir schon Gedanken gemacht, ob Ihre Kinder wohl alle Schwerverbrecher sind."

„Kommen wir doch noch einmal auf Ben Hauser zurück. Sie sagen, beide Eltern sind verstorben. Der Vater ist jedoch erst kürzlich verunglückt."

Laura nickte.

Trudi Klein stand auf und ging zu ihrem Schreibtisch, auf dem ein altmodischer Computer-Bildschirm stand. Sie drückte umständlich auf einigen Tasten herum, setzte anschliessend eine wohl noch ältere Lesebrille auf und studierte die angezeigte Seite auf dem Bildschirm.

„Nun, hier bei uns haben wir keinen Jungen namens Ben Hauser. Wir haben sowieso nur wenige Vollwaisen. Die meisten unserer Kinder haben noch leibliche Eltern, die sich aber nicht um ihren Nachwuchs kümmern können."

Sie sah Lauras Enttäuschung. Die junge Frau war ihr sympathisch. Sie hatte so eine unschuldige Art an sich. Gleichzeitig umgab sie etwas Geheimnisvolles, dem sich die 52-jährige Trudi nicht entziehen konnte. Sie bewunderte deren Entschluss, sich aufgrund eines Patenversprechens tatsächlich um das Kind ihrer Freundin zu kümmern, auch wenn der Kontakt zur Mutter abgebrochen war. Das war wirklich nicht alltäglich.

„Hören Sie, Frau Pabig. Ich möchte Ihnen helfen. Geben Sie mir ein wenig Zeit und ich frage bei einigen anderen Kinderwohnstätten nach, zu denen ich gute Kontakte unterhalte. So kann ich sicherlich schneller etwas erreichen als wenn Sie selber jedes Haus einzeln anfahren."

„Das wäre wirklich phantastisch. Ich danke Ihnen vielmals", antwortete Laura aufspringend.

„Nur langsam mit der Dankesrede. Wenn ich etwas herausfinde, dann können Sie sich gerne erkenntlich zeigen. Ist es eigentlich auch möglich, dass Ben in einem weiter entfernten Heim untergebracht wurde?"

„Ja, das ist durchaus möglich. Ich weiss leider nicht genau, wo er vor dem Tod seines Vaters gewohnt hat, könnte das aber wohl noch herausfinden."

„Nicht nötig. Wissen Sie, manchmal kommen die Kinder auch in die Nähe ihrer Grosseltern, damit sie den Kontakt aufrechterhalten können. Das müssten wir dann auch noch berücksichtigen. Am besten, ich rufe Sie an, wenn ich etwas in Erfahrung bringen konnte. Würden Sie mir Ihre Kontaktdaten hierlassen?"

„Natürlich, gerne", antwortete Laura eifrig und fischte eine leicht zerdrückte Visitenkarte aus ihrem Portemonnaie.

„Dies ist meine Geschäftsnummer. Ich schreibe Ihnen aber noch meine Privatnummer hinten drauf, damit Sie mich jederzeit erreichen können."

Trudi Klein betrachtete das kleine Kärtchen in ihrer Hand und konnte ihr Glitzern in den Augen nicht verbergen. „Wenn ich Ihnen helfen kann, habe ich auch schon eine Idee, wie Sie es mir verdanken können – mit Ihren Fähigkeiten", meinte sie fröhlich und geleitete Laura zur Tür.

Ihr Blick folgte ihrem ungewöhnlichen Gast.

Kapitel 17

„Hat sich diese Frau Klein denn immer noch nicht gemeldet?", fragte Flo, während sie versuchte, mit dem Fuss eine Falte aus dem Teppich zu ziehen.
Laura beobachtete fasziniert das konzentrierte Spiel der Schwester und antwortete: „Nein, dabei ist es bereits drei Wochen her seit ich bei ihr war. Ich glaube, ich ruf da jetzt mal an. Andererseits – ich will ja nicht aufdringlich wirken."
„Vielleicht wartet sie sogar darauf, dass du dich meldest, um festzustellen, ob es dir wirklich ernst ist mit deiner Suche."
„Hm, das klingt plausibel. Bei unserem Gespräch hat sie mich ja auch ziemlich intensiv befragt. Wie gut, dass Johannes gerade aufgetaucht ist und mir mit dem Geburtsdatum geholfen hat. Ich weiss nicht, wie ich mich sonst aus dieser Situation hätte herausreden können."
„Johannes hat tatsächlich sehr feine Antennen dafür, wenn jemand Hilfe braucht."
Laura griff zum Telefon und wählte die Nummer die sie auf einem Zettel an die Pinwand geheftet hatte. Leider hörte sie nur den Anrufbeantworter. Sie wollte schon auflegen, besann sich dann jedoch eines Besseren und hinterliess eine Nachricht auf Band: „Hallo Frau Klein. Hier ist Laura Pabig. Ich wollte nur nachfragen, ob Sie bereits etwas herausgefunden haben, was den Sohn meiner Freundin betrifft. Es wäre nett, wenn Sie mich zurückrufen würden."
Als sie wieder aufsah, führte Floriane gerade einen Freudentanz auf. „Ich habe es geschafft! Sieh nur –

die Falte ist weg! Das habe ich mit meinem Fuss hingekriegt."

Laura staunte nicht schlecht. Es war das erste Mal, dass Floriane einen Gegenstand bewegen konnte. „Ich bin beeindruckt! Das muss jetzt aber wirklich ein grosses Stück Arbeit gewesen sein."

„Ja, wenn ich nur wüsste, wie ich das gemacht habe. Jetzt funktioniert es nämlich schon wieder nicht mehr. Aber wenn ich es einmal geschafft habe, dann klappt es auch noch mal. Das muss ich sofort Johannes erzählen! Tschüss!"

Augenblicklich war Flo verschwunden, noch bevor Laura einen Abschiedsgruss entgegnen konnte. Lächelnd schüttelte sie den Kopf. Was war das doch für eine seltsame Welt, in der sie und ihre Schwester da existierten?

Kurze Zeit später läutete es. Laura öffnete und war überrascht, Frau Klein vor der Tür zu finden.

„Na, das ist aber eine Überraschung, gerade erst habe ich versucht, Sie telefonisch zu erreichen", empfing Laura die Frau, deren Wangen glühten wie der Apfel aus Schneewittchen.

„Hallo Frau Pabig! Bitte entschuldigen Sie, dass ich so unangemeldet hereinschneie, aber ich wollte Ihnen die frohe Botschaft doch persönlich überbringen."

Laura geleitete ihre Besucherin ins Wohnzimmer. Sie schaffte es gerade noch, ihr ein Glas Wasser anzubieten bevor sie herausplatzte: „Sie haben ihn gefunden? Sie wissen tatsächlich, wo Ben sich aufhält?"

Frau Klein strahlte über das ganze Gesicht.

„Ja, es gibt tatsächlich einen Benjamin Hauser in einem Aargauer Heim. Das Alter stimmt, er ist Vollwaise, es spricht also alles dafür, dass das der Sohn Ihrer Freundin ist."

Laura konnte ihr Glück gar nicht fassen.

„Das ist ja phantastisch! Kann ich ihn besuchen?"

„Ich habe Ihnen hier die Adresse mitgebracht, habe aber keine Ahnung, in welcher emotionalen Verfassung der Junge ist. Wenn der Vater erst kürzlich verstorben ist, könnte es schwierig sein, das Vertrauen des Kleinen zu gewinnen. Aber das überlasse ich Ihnen. Die Leiterin, Helen Gutter ist jedenfalls informiert, dass Sie sich mit ihr in Verbindung setzen werden. Alles andere liegt jetzt in Ihren Händen."

„Oh, Frau Klein, wie soll ich Ihnen jemals danken? Das sind wirklich wundervolle Neuigkeiten. Ich bin sicher, dass ich einen Draht zu Ben aufbauen kann. Wissen Sie, ob es ihm gut geht? Ich meine, gefällt es ihm dort, wo er jetzt lebt?"

„Das kann ich nicht beantworten. Tatsache ist, dass er noch nicht sehr lange in diesem Heim ist und er durch den Tod seines Vaters aus seiner gewohnten Umgebung herausgerissen wurde. Das ist für einen Achtjährigen nicht leicht zu verkraften. Aber das Heim hat einen guten Ruf. Ich bin sicher, dass er sich über kurz oder lang dort einleben wird. Wenn Sie ihm dabei helfen können, umso besser."

Laura überlegte fieberhaft, worin die Gefahr bestehen könnte, von der Johannes gesprochen hatte. Sie konnte sich kein anderes Problem vorstellen als das, sich nicht wohl zu fühlen in der neuen Umgebung. Sie befürchtete daher, dass Ben plante, auszureissen. Darum beschloss sie, so rasch wie möglich das Heim zu besuchen und den Kontakt zu Ben herzustellen.

Eine Gelegenheit zu einem Ausflug nach Wettingen bot sich ihr bereits am nächsten Wochenende. Sie hatte im Internet über das Kinderheim recherchiert und herausgefunden, dass sie gemeinsam mit den örtlichen Schulen einen Sponsorenlauf veranstalteten. Sie verabredete daher mit Frau Gutter, sich beim Informationsstand zu treffen und einen zwanglosen Kontakt zu Ben herzustellen.

Die Mai-Sonne lockte die zahlreichen Zuschauer an die Getränke- und Eisstände. Man hatte die gefütterten Jacken endgültig gegen T-Shirts und leichte Sommerhosen ausgetauscht. Einige sehr optimistische Sonnenanbeterinnen waren bereits mit bauchfreien Tops und äusserst knappen Shorts anzutreffen. Für eine Sportveranstaltung waren die etwa 22 Grad Lufttemperatur jedenfalls nahezu optimal. Die Menschen schoben sich durch die Gassen der Altstadt, Kinder rannten umher und suchten noch letzte Sponsoren, es schien, als sei die ganze Stadt auf den Beinen, um dem Ereignis beizuwohnen.

Laura fand Helen Gutter sofort. Die Beschreibung, die ihr die etwa 40-jährige Frau am Telefon von sich durchgegeben hatte, traf exakt zu. Die langen hellblonden Haare umrahmten ein helles Sommersprossengesicht, welches dankbar zu sein schien für den Schatten, den ihm ein riesiger Strohhut schenkte. Die beiden Frauen waren sich auf Anhieb sympathisch, so dass sie sich bereits wenige Minuten nach dem Begrüssungszeremoniell beim Vornamen nannten.

Helen führte Laura zu einer Horde Kinder, die sich eifrig um zwei junge Männer scharten, die Startnummern verteilten.

„Ben ist der zierliche mit den dunklen Locken, der ziemlich am Rand steht, der mit den roten Schuhbändern."

Laura entdeckte den Jungen und fühlte sogleich eine Welle der Zärtlichkeit über sich hinwegschwemmen. Er war genau so, wie man ein einsames Waisenkind in einem rührenden Kinofilm darstellen würde. Das Gedränge der anderen Kinder um ihn herum schien ihn nicht zu berühren. Er wirkte zurückhaltend, ja fast schon ein wenig in sich gekehrt. Seine grünen Augen verrieten jedoch seine Sehnsucht, dazu zu gehören.

Helen berührte Ben sachte an der Schulter und fragte: „Na, Ben, bist du bereit für den grossen Lauf?"

Die grossen grünen Augen schauten traurig auf. „Ja, laufen kann ich schon, ich habe aber immer noch keinen Sponsor. Und dann ist das doch alles sinnlos. Die anderen sagen, sie brauchen mich, weil ich der Schnellste bin und ich sie ziehe, aber das ist ja nicht das gleiche wie wenn man selber Geld verdient."

„Oh, da trifft es sich aber gut, dass ich gerade eine Freundin von mir getroffen habe."

Helen schob Laura ein Stück nach vorne, so dass sie nun beide vor Ben standen.

„Darf ich vorstellen: Ben, das ist Laura Pabig. Laura, das ist Ben. Ich bin sicher, dass es Frau Pabig eine grosse Ehre sein wird, unseren besten Läufer am heutigen Anlass zu sponsern. Nicht wahr, Laura?"

„Hallo Ben. Klar sponsere ich dich. Ich habe mich nämlich schon verzweifelt gefragt, ob ich wohl die einzige bin, die keinen Beitrag zu diesem Fest beitragen kann. Glaubst du, 10 Franken pro Runde sind ok?"

Bens Blick bohrte sich in den ihrigen. „Entweder wollen Sie mich beleidigen oder Sie haben sehr viel Geld."

Laura erschrak. „Warum sollte ich dich beleidigen mit diesem Angebot?"

„Na, weil ich mindestens zwanzig Runden schaffe! Die anderen Jungen schaffen längst nicht so viel und ihre Sponsoren zahlen zwischen zwei und fünf Franken."

„Na, jetzt habe ich dieses Angebot schon gemacht. Ich bin zwar in der Tat überrascht, dass du so viele Runden zu laufen gedenkst, aber da dieses Geld einem guten Zweck dient, soll es dabeibleiben. Zehn Franken pro Runde. Und ich hoffe, du bringst mich dazu, noch mal zum Geldautomaten gehen zu müssen, weil mein Budget nicht ausreicht."

Bens Gesicht erstrahlte in stolzem Sportlergeist. „Ich werde dafür sorgen, dass Ihr Geld für den Rest des Monats nur noch für Wasser und Brot reicht!"

Er übergab ihr feierlich die Liste, in der sie sich eintragen musste und verfolgte jedes einzelne Wort, das sie schrieb mit ungläubigem Erstaunen. Kaum hatte sie ihre Unterschrift angefügt, riss er ihr das Klemmbrett bereits aus der Hand und rannte aufgeregt zu seinen Kollegen.

„Guckt mal, was ich hier habe!" rief er, „mein Sponsor gibt zehn Franken pro Runde! Das ist mehr als jeder andere von euch ausgehandelt hat!"

Die Kinderschar umschwärmte ihn wie die Motten das Licht, um einen Blick auf den sagenhaften Betrag zu werfen.

Laura spürte, welcher Triumph dies für Ben sein musste, mit dieser Nachricht in den Mittelpunkt des sportlichen Geschehens rücken zu können.

Helen legte ihre Hand auf ihren Arm und raunte ihr zu: "100 Bonuspunkte für Laura Pabig! Das war wirklich ein gelungener Start. Du hast es wirklich raus, wie man das Herz eines Jungen erobert."

Laura konnte die Augen nicht von Ben abwenden. Was für ein tapferer kleiner Kerl! Er schaute hoch und suchte über die Köpfe der anderen Kinder ihren Blick. In diesem Augenblick wusste sie, dass auch ihr Herz von diesem Jungen erobert worden war und sie alles dafür tun würde, dass er nicht in diesem Heim aufwachsen müsste.

Nach drei Stunden des Wartens, Anfeuerns und Jubelns neigte sich der Tag dem Ende zu. Ben hatte es geschafft, dreiundzwanzig Runden zu laufen – und das in einem Tempo, das die Zuschauer in wahre Begeisterungsstürme versetzte. Er war der unumstrittene Star des Tages und wurde sogar in der Abschiedsrede des Organisationskomitees lobend erwähnt. Auf dem Weg zur Bushaltestelle, wo sich die Kinder des Heims versammelten, fühlte Laura wie sich eine kleine Hand in ihre schob.

„Frau Pabig, das war wirklich ein toller Tag. Danke, dass ich für Sie laufen durfte."

„Mir hat's auch riesigen Spass gemacht, Dir zuzusehen. Aber sag doch Laura zu mir. Sonst komme ich mir wie eine Grossmutter vor."

Ben errötete, wie nur verliebte Jungen die Farbe wechseln. Laura unterdrückte das aufsteigende Lächeln, um Ben nicht noch mehr in Verlegenheit zu bringen.

Bevor der Junge in den Bus stieg, getraute er sich noch zu fragen: „Kommst du mich mal besuchen?"

„Das habe ich mir fest vorgenommen. Wie wäre es nächsten Samstag? Hast du da schon was vor?"
„Nein, ganz bestimmt nicht!" sprudelte es aus Ben heraus. „Ich meine, ich werde Frau Gutter fragen. Dann kann sie Sie - eh dich - ja anrufen."
„Sicher, das klingt gut. Bis Samstag dann. Ich freu mich schon!"
Ben suchte sich einen Fensterplatz, von dem er Laura bis zur Abfahrt sehen konnte. Als der Bus davonfuhr, winkten sie sich eifrig zu wie zwei dicke Freunde.
Laura machte sich müde auf den Heimweg. Sie wusste, dass der heutige Tag eine grosse Veränderung in ihrem Leben bringen würde – und sie freute sich darauf. Sie überlegte bereits, was sie am folgenden Samstag mit Ben unternehmen würde. Vielleicht könnten sie Eis essen gehen oder den Zoo besuchen. Ja, der Zoo war sicherlich eine gute Idee. Jungs in dem Alter liebten den Zoo, vor allem die grossen, gefährlichen Tiere.
Immer noch lächelnd stieg sie in ihr Auto und machte sich auf den Heimweg.

Kapitel 18

Einige Tage später beendete Laura gerade ihren Bericht über ihre erste Begegnung mit Ben, den Floriane wie gebannt verfolgt hatte. Sie hatten es sich auf der Dachterrasse zwischen all den Frühlingsblumen bequem gemacht. Laura genoss ein Glas Holunderblütensirup, während Floriane versuchte, eine Nussschale über den Tisch zu schieben.

„Der Junge scheint ja wirklich süss zu sein. Sieht er eigentlich Johannes ähnlich?" fragte Flo nun.

„Na ja, er hat auch dunkle Haare, aber die sind eher lockig. Und die Augen sind heller. Nein, eigentlich sieht man keine grosse Ähnlichkeit zwischen den beiden. Er muss wohl eher auf die Mutter kommen. Schade, dass ich kein Foto von ihr habe. Vielleicht zeigt mir Ben ja mal eines. Aber er ist einfach unbeschreiblich lieb. Du würdest ihn mögen, da bin ich ganz sicher. Aber du hast ja immer alle Kinder geliebt, egal wie eklig sie sich aufgeführt haben."

„Ich muss zugeben, dass mir gerade die schwierigen Charaktere ein grosser Ansporn waren, das Beste aus ihnen heraus zu holen."

„Ich glaube, es stehen uns sowieso noch schwierige Zeiten bevor. Ben wird auch Phasen erleben, in denen er sich unendlich einsam fühlt ohne seine Eltern. Ich hoffe, dass ich ihm dabei eine Stütze sein kann. Das wird schon schwer genug sein, auch ohne dass er schlechte Manieren hat."

„Du redest schon so, als hättest Du Ben adoptiert. Was sagt überhaupt Johannes dazu, dass du den Kleinen gefunden hast?"

„Johannes? Den habe ich schon länger nicht mehr gesehen."

„Komisch, man sollte meinen, dass es ihn brennend interessiert, wie es mit euch beiden klappt."

„Er wird es wohl auch ohne eine direkte Kommunikation mit mir wissen. Ich nehme doch an, dass er an Bens Seite bleibt solange diese Gefahr besteht, von der er gesprochen hat."

„Ja, du hast recht. Er beobachtet Euch wahrscheinlich sowieso die ganze Zeit."

„Trotzdem hätte er ja mal zeigen können, dass er sich freut, dass ich Ben gefunden habe. Ausserdem würde ich wirklich gerne wissen, was nun eigentlich so gefährlich für Ben ist. Auf mich wirkt er sehr ausgeglichen und das Heim macht auch einen vernünftigen Eindruck. Die Betreuer sind nett und seit dem Sponsorenlauf scheint Ben auch bei seinen Kollegen akzeptiert zu sein."

„Was hast du nun mit ihm vor?"

„Nichts Besonderes. Nächsten Samstag gehen wir in den Zoo. Und wenn wir uns gut verstehen, werde ich ihn schon bald einmal Tim und Max vorstellen. Dann können wir auch schon mal etwas zusammen unternehmen."

Helen Gutter war begeistert, als sie von Lauras Vorschlag hörte, mit Ben den Zoo zu besuchen. Sie sprudelte sofort los:

„Er redet schon die ganze Woche nur von dir. Es ist einfach unglaublich, wie der Junge plötzlich aus sich herausgeht. Er ist viel aufgeschlossener, beteiligt sich an den Aktivitäten der anderen. Ich freue mich so für ihn, dass er ein wenig Ablenkung von seinem Schmerz erfährt. Ich glaube, es ist jetzt ganz wichtig, dass er den Kontakt zu Gleichaltrigen aufbaut. Das lässt ihn erfahren, dass er im Grunde wie sie ist. Bisher hat er sich zu sehr darauf fokussiert, was ihn von seinen Klassenkameraden unterscheidet – nämlich, dass er nun ohne Eltern aufwachsen wird."

„Meinst du, es wäre einfacher für ihn, wenn ich meine beiden Cousins mitnehmen würde? Sie sind im gleichen Alter wie er", fragte Laura.

„Ja, das ist sicher nicht schlecht. Er mag dich wirklich sehr. Ich halte es nicht für sinnvoll, wenn er sich nun ausschliesslich auf dich fixiert. Es wäre schön, wenn ihr einfach einen netten Ausflug unternehmen würdet, wo ihr euch ganz zwanglos näherkommt. Das muss auch nicht heissen, dass du nur mit einer Horde Kinder etwas unternehmen musst. Nimm ruhig noch jemanden mit, mit dem du dich unterhalten kannst. Damit vermeidest du, dieses gewisse ‚Aufpasser-Image' auszustrahlen."

„Gut, dann frage ich noch eine Freundin, ob sie mich begleitet. Danke für den Tipp."

Als Laura am nächsten Samstag mit dem Auto vor dem Tor des Kinderheims anhielt, herrschte auf den anderen Sitzen eine ausgelassene Stimmung. Trotz der grauen Regenwolken waren die Zwillinge in Hochform. Sie diskutierten bereits den ganzen Weg, welche Tiere sie zuerst ansehen wollten. Paul, der sich ihnen begeistert angeschlossen hatte, benahm sich dabei keinen Deut erwachsener als sie. Laura fragte sich, ob es eine gute Entscheidung gewesen war, ihn anstelle von Kathy mitzunehmen. Offenbar hatte sie nun einen Zoobesuch mit vier aufgeregten Jungs vor sich. Ben kam ihr bereits entgegengesprungen. Er winkte aufgeregt und seine grünen Augen strahlten, als wollten sie die fehlende Sonne am Himmel ersetzen. Beim Anblick des voll beladenen Autos wurden seine Schritte langsamer, sein Lächeln verschwand.

„Gehen wir denn nicht allein in den Zoo", fragt er zaghaft.

„Ich habe gedacht, es wäre schön, wenn du meine Patenjungen Tim und Max kennen lernen würdest. Sie sind schon ganz begierig darauf, dich kennen zu lernen. Ich habe ihnen von deinem grossartigen Ergebnis am Sponsorenlauf erzählt und nun wollen sie unbedingt wissen, wie du es schaffst, so schnell zu sein."

Das Lächeln kehrte zurück auf Bens Gesicht. „Stimmt das?"

„Klar. Tim und Max sind nämlich auch ganz sportbegeistert. Vielleicht könnt ihr beim nächsten Mal zusammen an einem Wettkampf teilnehmen."

„Und wer ist der Mann da auf dem Beifahrersitz?"

„Komm einfach mit. Ich stelle euch vor."

Sie hatten inzwischen das Auto erreicht. Drinnen wurde es mit einem Schlag mucks-Mäuschen-still. Drei Augenpaare musterten den Ankömmling.

Laura wurde es ein wenig mulmig. War es wirklich eine so gute Idee, Ben bereits beim ersten Treffen mit Tim, Max und Paul zusammen zu bringen?

Doch bevor sie recht wusste, wie sie drei Achtjährige einander vorstellen sollte, hatte Max bereits das Wort ergriffen.

„Hallo, ich bin Max und das ist mein Bruder Tim. Du musst Ben sein. Komm rein und setz dich zwischen uns. Eine coole Kappe hast du da an. Darf ich die mal probieren?"

Ben liess sich nicht lange bitten. „Klar, wenn ich dafür mal dein Auto ansehen darf", antwortete er und bugsierte sich über Max' Beine auf den Rücksitz.

Paul warf ein kurzes „Hallo, ich bin Paul" ein, was mit einem Kopfnicken Bens quittiert wurde. Damit war das Thema Vorstellen erledigt. Erleichtert stieg Laura ein und fuhr ihre lebhafte Fracht auf den Zürichberg.

Nach der Besichtigung von Elefanten, Giraffen und Nashörnern drückten sie sich nun die Nasen an den Scheiben des Raubtiergeheges platt. Leider war der Tiger wieder einmal so träge, dass Ben darauf beharrte, es müsse sich um eine Attrappe handeln. Da Tim und Max jedoch schon mehrmals das apathische Wesen des Tieres miterlebt hatten, wussten sie Ben mit kindlicher Logik zu überzeugen, dass der Tiger sehr wohl in der Lage sei, sich zu bewegen. Aufgrund des einsetzenden Regens beschlossen sie, eine Pause im Restaurant an der angrenzenden Masoala-Halle einzulegen.

Ben stand mit Laura an der Kasse, während die anderen bereits einen Tisch direkt an der Glasscheibe mit Aussicht auf den Urwald reservierten.

„Ist Paul dein Freund?" fragte Ben unvermittelt.

„Paul ist ein Freund, aber nicht mein Freund", beeilte sich Laura zu erklären.

„Warum betonst du das so? Ist doch klar, dass er auch noch andere Freunde hat."

Laura war nicht sicher, ob Ben den Unterschied zwischen ‚ein' und ‚mein' Freund kannte und hub vorsichtig zu einer Erklärung an: „Weißt du, bei Erwachsenen sagt man ‚mein' Freund zu jemandem, den man ganz fest lieb hat. ‚Ein' Freund – davon kann man ziemlich viele haben, aber so einen ‚Mein-Freund', davon hat man meistens nur einen."

Ben schaute sie mit fragenden Augen an.

„Aber Paul hat dich ganz bestimmt sehr lieb. Das sieht man ihm doch sofort an."

„So? Woher willst du das denn wissen?"

„Na, so, wie er dir auf den Po guckt, wenn du vor ihm herläufst oder wenn du dich bückst. Da hat er diesen ganz speziellen, verträumten Blick drauf. Du weißt schon – so gucken nur Kerle, die verknallt sind."

Laura wurde rot bis hinter die Ohren, musste sich aber trotzdem ein Lächeln verkneifen.

„Das klingt ja, als ob du da schon mächtig viel Erfahrung drin hättest."

„Na ja, es gibt da so ein Mädchen in meiner Klasse. Die muss ich auch immer so ansehen. Es gefällt mir, wie sie ihre Haare zurückstreicht, wenn sie ihr ins Gesicht rutschen. Und wenn sie beim Turnen am Seil hochklettert, dann muss ich immer aufpassen, dass ich selber nicht runterfalle, so sehr muss ich zu ihr rüber gucken. Aber dass du das ja niemandem erzählst!"

„Das bleibt unser Geheimnis. Versprochen. Aber nur, wenn du niemandem verrätst, was du mir über Paul gesagt hast."

„Abgemacht. Aber er ist in dich verknallt, dabei bleibe ich!"

Laura schluckte und schaute ernst in Bens Kulleraugen.

„Manchmal ist jemand in einen anderen verknallt, aber der andere ist es halt nicht. Und dann kann man versuchen, einfach nur gute Freunde zu sein, weil das auch schon etwas sehr Schönes ist."

„Hm, das verstehe ich. Die Katja ist nämlich auch nicht verknallt in mich. Darum versuche ich, ihr Freund zu sein. Vielleicht verliebt sie sich ja später mal in mich. Und du verliebst dich vielleicht auch später mal in Paul. Dann wär' er sicher total happy."

„Ja, das wäre er wohl."

Erleichtert, das Thema damit vorerst beenden zu können, zahlte Laura die Pommes Frites und die Getränke und steuerte die hungrige Meute an.

Als sie zum Schluss der Mahlzeit einige heruntergefallene Pommes vom Boden aufhob, fing sie zunächst Pauls verträumten und dann Bens vielsagenden Blick auf. Grinsend zwinkerte Ben mit einem Auge und rannte dann lachend hinter Tim und Max her.

Paul kramte umständlich in seinem Rucksack herum, ohne etwas zutage zu befördern und half Laura dann galant in die Jacke.

In den nächsten Wochen verbrachte Laura mindestens jedes zweite Wochenende mit Ben. Manchmal unternahmen sie etwas zusammen mit den Zwillingen. Viel Zeit genossen sie jedoch auch zu zweit. Sie stellten fest, dass sie beide sehr gern Mühle und Dame spielten. Auch ihre Liebe zu alten Krimis konnte Ben teilen. Ben brauchte nicht viel, um zufrieden zu sein. Er genoss die Zeit mit Laura, sogar wenn sie einen der zahlreichen botanischen Gärten besichtigten, die Laura für ihre Arbeit analysieren wollte. Schon bald konnte sich Laura gar nicht mehr vorstellen, wie sie früher ohne den liebenswürdigen Knirps gelebt hatte.

Kapitel 19

An einem nassen Junitag machten sich Laura und Ben auf den Weg, um einige grosse Baum-Setzlinge für eine Parkanlage auszusuchen, die Laura für einen Gestaltungsauftrag benötigte. Sie hatte im Internet eine Gärtnerei gefunden, die offenbar besonders schöne Exemplare anbot. Laura kontrollierte ein letztes Mal die ausgedruckte Beschreibung. Sie fanden das ehemalige Bauernhaus auf Anhieb. Ein grosser gemauerter Torbogen krönte die Einfahrt. Darauf war mit schmiedeeisernen Buchstaben „TARTA-RUGA" zu lesen. Das ganze Anwesen wirkte ein wenig wie eine amerikanische Ranch. Den Weg zum Haupthaus bedeckte eine eindrucksvolle Allee aus Kastanien.

Ein ungestümer Wind rüttelte an den Ästen und die Wischblätter eilten über die Scheiben. Obwohl Laura und Ben wasserfeste Jacken und Gummistiefel trugen, sorgte eine Wasser triefende Windböe auf dem Weg vom Auto zum ausgeschilderten Büro dafür, dass den beiden der Regen über die Gesichter rann und ihre Kleidung vorne schlagartig drei Farbnuancen dunkler waren als hinten.

Eine etwa 60-jährige Frau empfing sie mit missgünstigem Blick auf ihre tropfenden Kleider und schickte sie ohne viel Aufheben durch den weitläufigen Park.

„Mein Sohn ist da draussen bei den Baum-Plantagen. Folgen Sie einfach dem linken Kiesweg bis zu dem grossen Erdhaufen. Aber bleiben Sie auf dem Weg. Sonst laufen Sie noch in das Nachbargrundstück. Das ist schon einigen unserer Kunden passiert. Das

Verhältnis zu unserem Nachbarn ist nicht besonders gut."

„Gibt es denn keinen Zaun zwischen den Grundstücken?" fragte Laura erstaunt.

„Ihr Nachbar hat doch auch eine Baumschule, oder?"

„Das ist ja gerade der Ärger", erwiderte die Frau unwirsch. „Die Grenzstreitigkeiten dauern nun schon zwanzig Jahre an. Ich werde es wohl nicht mehr erleben, dass sich das klärt. Also passen Sie einfach auf den Weg auf. Und schliessen Sie die Tür hinter sich!" Mit diesen Worten kehrte sie ihren Besuchern den Rücken zu und verschwand in einem benachbarten Raum. Laura und Ben schauten sich an, zuckten mit den Schultern und begaben sich grinsend auf die Suche nach der Plantage. Das Lächeln verging ihnen bald, denn der Regen hatte nochmals an Heftigkeit zugelegt. Mit tief ins Gesicht gezogenen Kapuzen stapften sie den Weg entlang. Ben schien die Wetterverhältnisse weitaus mehr zu geniessen als Laura. Er sprang von Pfütze zu Pfütze und konnte nicht genug bekommen von dem saugenden Geräusch, das seine Stiefel im Matsch hinterliessen. Er duckte sich unter Sträuchern hindurch und schleuderte Äste mit nassen Blättern in Lauras Richtung. Irgendwann konnte sich Laura nicht mehr der unbändigen Freude des Jungen erwehren und sprang ihrerseits in die nächstbeste Pfütze, um Ben anzuspritzen. Der Junge jauchzte vor Begeisterung auf. Sie liefen hintereinander her, jagten sich von Wasserloch zu Wasserloch und waren schon bald gefangen vom Zauber der nassen Umgebung. Mit einem lauten Angriffsschrei stürzte sich Ben auf Laura. Diese machte einen wilden Schlenker zur Seite. Hämisch grinsend drehte sie sich zu ihrem Verfolger um, um dann in ihrer

Bewegung jäh gebremst zu werden. Etwas riss ihr die Beine unter dem Körper weg. Sie überschlug sich und landete mit einem unappetitlich schmatzenden Geräusch bäuchlings in einer Wasserlache.

Durch ihre raschelnde Kapuze drang zunächst ein erschrockener Aufschrei und anschliessend ein hohes Lachen an ihre Ohren. Sie versuchte sich aufzurichten, stellte jedoch fest, dass ihr Knie schmerzhaft verdreht war. Sie stöhnte entnervt auf und versuchte ihr Gewicht auf die andere Seite zu verlagern, wobei sie sich noch mehr in den Dreck wühlte. Ganz unerwartet spürte sie zwei kräftige Hände, die sie unsanft aus dem Schlamm schleiften. Eine Mumiengleiche Männergestalt fuhr sie unwirsch an: „Können Sie mir mal verraten, was das hier soll? Das ist doch kein Kinderspielplatz!"

Laura blickte an ihrer schlammverkrusteten Kleidung hinab, rieb sich das schmerzende Knie und betrachtete die umgekippte Schubkarre, die ganz offenbar für ihre unsanfte Landung verantwortlich war. Unzählige fröhlich bunte Begonien dümpelten in dem kleinen See schlammbraunen Wassers vor sich hin. Das kindliche Kichern war nach der unfreundlichen Ansprache verstummt. Laura wusste, dass sie ihrem Gegenüber eine Erklärung schuldig war. Doch was sollte sie sagen? Sie spürte einen eisigen Blick auf sich ruhen und zwang sich, ihre Augen auf das Gesicht ihres Henkers zu richten.

„Es tut mir leid", krächzte sie gegen den Schrecken an, der ihr noch in den Gliedern sass. Sie traute sich nicht, ihre Augen zu heben. Unter Schmerzen bückte sie sich rasch und begann, die schwimmenden Blumen einzusammeln. Sie humpelte zwei Schritte weit in die Mitte der Pfütze, dann knickten ihre Beine unter ihr ein. Sie hätte ein weiteres Schlammbad genommen, wenn nicht die gleichen energischen Hände wie zuvor sie rechtzeitig aufgefangen hätten. „Jetzt lassen Sie doch die blöden Blumen in Ruhe! Sie sind ja verletzt. Kommen Sie, ich bringe Sie ins Haus, wo meine Mutter sich Ihr Knie ansehen kann." Der Mann stellte die Schubkarre wieder auf und bettete seine ungeplante Last darin. Laura wäre am liebsten im Erdboden versunken. Sie konnte sich nicht erinnern, jemals in einer derart peinlichen Situation gewesen zu sein. Was bildete sich dieser Rohling überhaupt ein, sie wie eine Ladung Kuhmist in einer Schubkarre zu transportieren? Sie spürte ihre Lebensgeister zurückkehren. Empört wollte sie sich aufrichten und aus der Schubkarre springen. Ihr wütender Blick richtete sich auf die grün gekleidete Gestalt an den Griffen. Das Gesicht war durch einen Südwester und ein Wasserabweisendes Tuch darunter nicht zu erkennen. Doch der Blick in diese Augen liess sie in der Bewegung erstarren. Die Schubkarre schwankte zusehends weniger, seine Schritte verlangsamten sich, während ihre Blicke miteinander verschmolzen. Wie hypnotisiert starrte Laura in diese bernsteinfarbenen Augen. Wo hatte sie diese Augen nur schon einmal gesehen? Sie kamen ihr seltsam vertraut vor – und plötzlich war ihre ganze Wut verraucht. Sie spürte nur noch ein unbeschreibliches Gefühl der Sicherheit und Geborgenheit.

Unvermittelt stellte der Mann die Schubkarre ab und riss seinen Blick von Lauras los. Unerwartet sanft hob er sie heraus und trug sie ins Haus.

Im Gang blieb er unschlüssig stehen.

„Mutter, kannst Du bitte mal kommen?" rief er.

Stampfende Schritte kündigten die Ankunft der älteren Frau an. Beim Anblick der tropfenden Gesellschaft schlug sie die Hände über dem Kopf zusammen.

„Herrje, was ist denn mit Ihnen passiert? Sagen Sie nur, Sie sind doch vom Weg abgekommen und der alte Narr hat Sie angeschossen?" fragte sie aufgebracht.

„Angeschossen...?" stotterte Laura unsicher. Wo war sie hier nur hingeraten?

Doch eine tiefe Stimme nah an ihrem Ohr nahm ihr die Antwort ab: „Ich vermute eher, die Dame hier kommt vom Tierschutz und wollte ausprobieren, ob unsere Pfützen für die Schweinezucht taugen."

Lauras Kopf schwang zu dem unverschämten Kerl herum, der sie immer noch hielt. Sie wand sich unruhig in seinen Armen, hatte aber keine Chance, seinem eisernen Griff zu entkommen.

„Und warum trägst du unsere Besucherin in ihrem Schlamm-Mantel ins Haus?" wollte seine offensichtliche Mutter wissen.

„Sie hat sich beim Suhlen das Knie verletzt. Und bevor sie uns verklagt, halte ich es für ratsam, dass du es dir einmal ansiehst."

„Dann steh hier nicht so herum und bring sie in die Küche. Da kann ich den Boden hinterher abspritzen."

Sie drängte den ratlos herumstehenden Ben auf die Seite und breitete eine grobe Decke auf dem Fussboden der Wohnküche aus. Endlich spürte Laura wieder festen Boden unter sich, was ihr Selbstbewusstsein einige Stufen stärkte.

„Bitte machen Sie sich keine Umstände. Es geht mir gut. Ich habe mir nur das Knie etwas verdreht."

Laura versuchte, sich aufzurichten, doch ihr Retter eilte bereits an ihre Seite und bettete ihren Kopf in seinen Schoss. Schamesröte überzog Lauras Wangen, was den Anwesenden jedoch entging, da ihre Gesichtsfarbe aufgrund des Drecks nicht zu erkennen war. Während die Dame des Hauses mit einem saftigen Schmatzen Lauras Gummistiefel entfernte und das Hosenbein hinaufschob, versank Laura ein weiteres Mal in diese tiefgründigen Augen. Eine riesige Hitzewelle durchflutete ihren Körper.

„Wollen Sie mir jetzt erklären, was Sie auf meinem Grund und Boden gesucht haben", fragte der immer noch gesichtslose Fremde nun.

„Ich komme wegen der Zwerg-Pimpernuss Setzlinge" hauchte Laura.

„Ach Sie sind das... Warum haben Sie das denn nicht gleich gesagt?"

„Zugegebenerweise habe ich bisher die Gelegenheit eher für unpassend gehalten", antwortete Laura nun ein wenig beherzter.

Feine Lachfältchen zeichneten sich neben den braunen Augen ab.

„Dann will ich Ihnen mal ein paar Exemplare zusammenstellen", erklang die Antwort aus dem verborgenen Mund.

Sanft liess er Lauras Oberkörper gegen die Wand gleiten. Sein Blick fiel auf Ben, der ihn mit offenem Mund anstarrte.

„Möchtest du mich begleiten, während Deine Mutter verarztet wird?"

Auf Bens Gesicht huschte ein Strahlen. Er zwinkerte Laura verschwörerisch zu und nickte dann.

Das letzte, was Laura sah, war die grosse Schildkröte auf der Jacke des davoneilenden Mannes, der Ben vor sich zur Tür hinausschob.

Unwillkürlich fuhr ihre Hand zu der Halskette, die ihr Tante Chris aus den letzten Ferien mitgebracht hatte. Natürlich, dachte sie. `Tartaruga`, das hiess doch Schildkröte. Ein seltsamer Zufall...

Eine weibliche Stimme holte sie in die Realität zurück.

„Entschuldigen Sie bitte, wenn Joe Sie ein wenig rau behandelt hat. Sein Umgang beschränkt sich im Allgemeinen auf unsere jugendlichen Hilfskräfte. Und die brauchen einen strengen Führungsstil, sonst bekommen sie ihre Hände nicht aus den Hosensäcken. Ihr Knie sieht gar nicht so schlimm aus. Den kalten Umschlag sollten Sie noch einige Minuten drauf lassen. Das hilft, die Schwellung zu reduzieren. Ich glaube aber nicht, dass mehr verletzt ist. Möchten Sie eine Tasse Kaffee?"

Laura wunderte sich über die plötzlich so umgängliche Art der Frau. Vorhin hatte sie sie noch ohne Federlesens stehen gelassen und nun bot sie ihr sogar einen Kaffee an. Doch sie wollte nicht unhöflich sein und nahm dankend an. Sie musste ja sowieso abwarten bis dieser Joe und Ben wieder zurückkamen.

Ihre Gastgeberin bereitete zwei Tassen wohlduftenden Kaffee zu und kehrte dann zu Laura zurück.

„Meinen Sie, Sie können jetzt aufstehen?" fragte sie, nachdem sie die Tassen auf dem Küchentisch abgestellt hatte.

Laura erhob sich und setzte sich zögernd auf einen Holzstuhl. Sie hoffte, mit ihrer dreckigen Kleidung hier möglichst wenig Schaden anzurichten.

„Was sind das für Jugendliche, die Sie in Ihrem Betrieb beschäftigen?" versuchte Laura die Konversation in Gang zu halten.

„Manchmal beschäftigen wir jugendliche Straftäter, die zu einem sozialen Dienst verurteilt wurden. Wir sind zwar keine soziale Einrichtung, erledigen aber Arbeiten für diverse gemeinnützige Unternehmen. Einige Jugendliche kommen auch aus schwierigen Familienverhältnissen. Für sie bietet die Arbeit hier die Möglichkeit, einen Tagesablauf zu erleben mit Regeln und Aufgaben, aber auch mit Anerkennung für ihren geleisteten Anteil."

„Oh, das hätte meiner Schwester gefallen. Sie war sehr engagiert in der Betreuung schwieriger Jugendlicher."

„Hat sie ihr Engagement aufgegeben?"

„Sie ist vergangenes Jahr gestorben – an Leukämie."

„Das tut mir leid."

Das Gespräch geriet ins Stocken. Beide Frauen blickten in ihren kälter werdenden Kaffee und hingen ihren Gedanken nach.

Ein blechernes Hupen durchbrach die Stille.

„Es sieht so aus, als ob Joe und Ihr Sohn zurück sind. Kommen Sie, ich helfe Ihnen in die Stiefel."

Laura hatte keine Lust, das Missverständnis über ihre nicht vorhandene familiäre Beziehung zu Ben aufzuklären und liess sich zu Tür begleiten.

„Vielen Dank für den Kaffee", beeilte sie sich zu sagen. Als sie sich dem Ausgang zuwandte, fand sie Ben und Joe grinsend in einem Gabelstapler sitzen.

„Steigen Sie auf, ich fahre Sie zur Baumschule. Dann laufe ich nicht Gefahr, Sie erneut aus einer Schlammpfütze retten zu müssen."

Laura zog eine Grimasse, drängte sich dann aber in die kleine Fahrerkabine. Kaum hatte sie sich zwischen dem Sitz und einem Pfosten eingeklemmt, setzte sich das Gefährt bereits in Bewegung. Mit erstaunlicher Geschwindigkeit fegte es über den Kiesweg. Ben strahlte über das ganze Gesicht. Seine roten Wangen glühten. Laura hingegen war still erleichtert, als sie nach kurzer Zeit das Ende der Fahrt erreicht hatten.

Sie begutachtete die Setzlinge, die Joe ausgewählt hatte, schloss drei von ihnen wegen ihrer Grösse aus und bestätigte dann die Bestellung der dreissig übrigen Bäume.

„Ich faxe Ihnen die Bestätigung später zu", sagte Joe auf dem Rückweg. „Die Lieferung erfolgt dann wie gewünscht am kommenden Montag."

Ben und Laura kletterten aus dem Gabelstapler, mit dem Joe sie bis zum Auto gebracht hatte.

Galant öffnete er Lauras Autotür und schüttelte ihr zum Abschied die Hand.

„Vielen Dank für Ihren Auftrag, Frau Pabig. Es hat Spass gemacht, mit Ihnen Geschäfte zu machen. Beehren Sie uns bald wieder."

„Meinerseits war das Vergnügen zwar nicht ganz so uneingeschränkt, aber Ihre Ware scheint mir ausserordentlich gut zu sein. Ich komme gerne wieder auf Sie zurück", antwortete Laura ebenso hoch gestochen. Sie konnte sich allerdings nicht verkneifen, anzumerken: „Vielleicht zeigen Sie beim nächsten Mal ja auch Ihr Gesicht und spielen nicht nur den maskierten Retter."

Seine Augenbrauen flogen nach oben, und man sah seinen Augen geradezu an, wie die Erkenntnis in ihm aufleuchtete.

„Selbst Zorro wusste, dass nur das Geheimnis um sein wahres Gesicht Mylady zur Wiederkehr veranlasste, weil sie ihre Neugier nicht im Zaum zu halten vermochte. Ich erwarte also mit Freude Ihren nächsten Besuch."

Damit schloss er die Tür, drehte sich um und stieg auf den Gabelstapler.

Kopfschüttelnd, aber lächelnd startete Laura den Motor und fuhr mit Ben nach Hause.

Kapitel 20

„Bitte, bitte, Frau Gutter, darf ich?" bettelte Ben und setzte dabei seine unwiderstehlichen Kulleraugen ein.

„Schon gut, wenn Laura verspricht, dich am Sonntagabend um sechs Uhr zurück zu bringen, dann darfst Du das Wochenende bei ihr verbringen.

„Juchuu", jubelte Ben, „das ist das tollste Geburtstagsgeschenk, das ich seit Jahren bekommen habe."

Dann fiel er abwechselnd Laura und Helen Gutter um den Hals.

Die beiden Frauen hatten den Wochenendbesuch vor Bens Geburtstag am siebten August bereits vor zwei Wochen besprochen und freuten sich nun, dass Ben den Vorschlag mit einer solchen Begeisterung auffasste.

Laura hatte eine kleine Überraschungsparty für Ben organisiert, zu der sie seine inzwischen besten Freunde Tim, Max – und Paul eingeladen hatte.

Innerhalb von wenigen Minuten hatte Ben alles Nötige zusammengepackt, das er für ein Wochenende bei Laura zu brauchen erwartete. Selbstbewusst drückte er Laura seine Tasche in die Hand und sprang dann den Weg entlang zu ihrem Auto. Unterwegs winkte er noch der Heimleiterin und zahlreichen Kollegen zu, die ihm neidisch hinterher schauten.

Den Freitagabend verbrachten Laura und Ben bei Popcorn und einem alten Film mit Heinz Rühmann. Laura hatte Florianes Zimmer ein wenig umgestaltet, so dass sich ein fast neunjähriger Junge darin wohl fühlte. Sie hatte mit Ben zusammen auf dem Flohmarkt zwei Poster und einen alten Setzkasten erstanden, den er bereits zur Hälfte mit Autos, Keramiktieren und allerlei Kleinkram gefüllt hatte. Das Büchergestell enthielt einige Jugendbücher und Comics. Und auf dem Schreibtisch herrschte bereits ein heilloses Durcheinander an Zeichnungen und Mal-Utensilien. Die moderne Nachttischlampe hatten sie gegen einen beleuchteten, roten Rennwagen ausgetauscht. Selbstverständlich hatte Laura all diese Änderungen ausführlich mit Floriane besprochen. Flo hatte ihrerseits hilfreiche Tipps und Anregungen gegeben, wo die ausgefallensten Sachen zu bekommen waren.

Die Party entsprach voll und ganz den Vorstellungen, die Ben von einem Geburtstagsfest hatte: Gute Freunde brachten tolle Geschenke, es gab reichlich Kuchen, Sirup und abends Pommes Frites mit Grillwürstchen. Laura hatte es geschafft, die ganze Dachterrasse mit Luftschlangen und Girlanden zu schmücken, nachdem sie Ben zu einer Dusche genötigt hatte. Als er mit noch feuchten Haaren wieder hinauskam, waren alle Gäste da und sangen „Happy Birthday". Ben strahlte über das ganze Gesicht. Es wurde gelacht und herumgealbert, Paul glänzte als Jongleur und gab sogar ein paar Zaubertricks zum Besten. Es war bereits weit nach elf Uhr als Ben endlich im Bett lag und Laura müde die Küche in Ordnung brachte.
Sie hörte ein Geräusch und dachte, Ben sei aufgewacht und suche nun noch etwas zu trinken. Doch als sie sich umdrehte, schaute sie in Johannes' Augen.

„Hallo Laura, wie geht es dir?" fragte er mit seiner Gänsehaut-Stimme.

„Hallo Johannes, lange nicht gesehen. Mir geht es bestens, danke."

„Jetzt hast du Ben ja endlich gefunden. Ich bin stolz auf dich."

„Oh, danke, die Freude ist ganz meinerseits. Ben ist wirklich ein aussergewöhnlicher Mensch. Ich bin so froh, dass ich ihn gefunden habe. Er ist eine grosse Bereicherung für mein Leben."

„Das habe ich auch nicht anders erwartet. Er ist schliesslich mein Sohn."

Johannes schenkte ihr ein verschmitztes Lächeln.

„Habt ihr schon etwas gegen die Gefahr unternommen, die ihn bedroht?"

„Ehrlich gesagt habe ich noch nicht herausgefunden, worin das Problem eigentlich besteht. Bisher macht sein Leben einen sehr normalen Eindruck auf mich — unter den gegebenen Umständen jedenfalls."

„Hm, möglich, dass die Hinweise noch nicht so eindeutig sind. Aber diese negativen Schwingungen, die ich spüre, sollten sich eigentlich bereits in seinem Umfeld manifestiert haben. Du musst vielleicht genauer auf seine Umgebung achten. Es hat etwas mit Menschen zu tun, die in seiner unmittelbaren Nähe sind. Ich sollte wohl besser jetzt gleich überprüfen, ob es ihm gut geht."

Laura stellte sich rasch vor ihn hin. „Nein, das wirst du nicht tun. Ben schläft jetzt. Es war ein anstrengender Tag für ihn. Ich kümmere mich schon darum. Im Gegenzug dazu könntest du dich etwas häufiger hier blicken lassen. Schliesslich habe ich Ben ja nicht erst gestern gefunden."

„Ach ja? Du weißt ja, dass das Zeitgefühl in meiner Dimension nicht so ausgeprägt ist. Mir war, als läge eure erste Begegnung noch nicht sehr lange zurück."

„An deinem Zeitgefühl musst du tatsächlich noch etwas arbeiten", antwortete Laura müde.

„Ich höre, dein Gast schläft etwas unruhig. Du solltest wohl noch einmal nach ihm sehen. Ist übrigens ein netter kleiner Kerl."

Laura schaute Johannes an. „Klar, das haben wir ja vorhin schon festgestellt..." Im nächsten Augenblick vernahm sie würgende Geräusche aus Florianes Schlafzimmer. Spontan griff sie nach der Salatschüssel, die sie gerade abgetrocknet hatte und eilte zu Ben, der sich gerade geräuschvoll auf den gelben Flickenteppich erbrach.

Den Rest der Nacht verbrachte Laura damit, den Teppich einzuweichen und Ben abwechselnd mit frischem Wasser und einer leeren Schüssel zu versorgen. Die Mischung aus Zitronenkuchen und Würstchen schien für Bens Magen nicht die ideale Kombination gewesen zu sein. Gegen fünf Uhr befand sich nichts mehr in Bens Magen, was seinen Weg an die Öffentlichkeit hätte suchen wollen. Und so schliefen sie schliesslich erschöpft ein.

Als Laura am Montag nach der Mittagspause zurück an ihren Arbeitsplatz kam, fand sie eine Nachricht von ihrem Chef. „Bitte Trudi Klein zurückrufen."

Laura suchte in ihrem Notizbuch nach der Telefonnummer der Züricher Heimleiterin und wählte.

„Hallo Frau Pabig, gut, dass Sie zurückrufen. Wie geht es Ihnen?" fragte die bekannte Stimme.

„Gut danke, und Ihnen?" antwortete Laura gemäss der üblichen schweizerischen Höflichkeitsfloskeln.

„Auch gut. Wieso ich Sie zu erreichen versuche, hat folgenden Grund: Sie haben doch nach diesem Ben Hauser gesucht vor einiger Zeit. Nun, vor kurzem hat sich noch eine ehemalige Heimleiterin aus Winterthur gemeldet. Sie hat von Ihrer Suche erfahren und mir mitgeteilt, dass es einen Ben Hauser in ihrem Heim gegeben hat."

„Das gibt's ja gar nicht. Zwei Kinder mit dem gleichen Namen?" fragte Laura erstaunt.

Ihr war nicht ganz wohl bei dem Gedanken, Ben könne möglicherweise gar nicht der richtige Junge sein. Schliesslich war er schon ein fester Bestandteil ihres Lebens geworden. Ausserdem hatte doch Johannes seine Freude darüber geäussert, dass sie den Jungen gefunden hatte.

„Sind Sie noch da?" fragte Frau Klein, nachdem Laura zwei Minuten lang keinen Ton mehr von sich gegeben hatte.

„Oh, ja, das ist nur alles sehr überraschend für mich."

„Das kann ich mir vorstellen. Ich wollte Sie ja auch nur informieren, dass es noch einen anderen Ben Hauser gibt. Ist denn der Junge, den Sie gefunden haben, der Sohn Ihrer Freundin?"

„Nun, ehrlich gesagt, habe ich mit Ben noch gar nicht über seine Eltern gesprochen. Er hat mein Herz sozusagen auf den ersten Blick erobert und ich habe es auch gar nicht in Erwägung gezogen, dass er nicht der Sohn von Anna sein könnte." Laura war erleichtert, dass ihr auf die Schnelle der Vorname von Johannes' Frau eingefallen war.

„Na, dann ist ja auch alles in Ordnung. Dieser andere Junge wurde jedenfalls von einer Pflegefamilie aufgenommen. Sie wohnen auch in der Nähe von Zürich. Es ist ein Gartenbau-Unternehmen. Die Adresse lautet…"

Ihr Chef rauschte durch ihr Büro und wühlte in ihren Unterlagen. Rasch hielt Laura die Hand über die Sprechmuschel und raunte ihm zu: „Was suchst Du denn?"

„Die Unterlagen für die Parkgestaltung vom Altersheim." Während Laura die Dokumentenmappe aus ihrer Schublade fischte und ihrem Arbeitgeber in die Hand drückte, notierte sie die Anschrift, die Frau Klein ihr diktierte. Sie bedankte sich rasch und beeilte sich dann, das Gespräch zu beenden.

Rasch lief Laura hinter ihrem Chef her.

„Was ist denn los?" fragte sie, als sie ihn endlich eingeholt hatte.

„Ach, da ist dieser Lieferant von der Gärtnerei und fragt, warum du nicht vor Ort bist, um die Ware in Empfang zu nehmen."

„Ich?" fragte Laura entgeistert, „warum sollte ich denn beim Altersheim sein? Auf dem Lieferzettel steht doch ganz klar, wo die Bäume gesetzt werden sollen. Ich habe sogar Markierungen angebracht."

„Offenbar kann der Bursche aber weder Pläne lesen noch Markierungen interpretieren. Sprich du doch mal mit ihm!"

Widerstrebend nahm Laura den Hörer auf.

Der Klang der Männerstimme am anderen Ende der Leitung jagte Laura eine Gänsehaut über den Rücken. Mit einem überaus charmanten Timbre erklang seine Stimme an ihr Ohr: „Ich bin extra persönlich gekommen, um die Zwerg-Pimpernuss Setzlinge zu bringen. Und nun enttäuschen Mylady mich durch ihre Abwesenheit…"

Laura errötete bis über beide Ohren und wandte sich rasch von ihrem Chef ab, der sie interessiert beobachtete.

„Aber im Auftrag steht doch ganz eindeutig, wo die Setzlinge zu stehen kommen", versuchte sie eine ernsthafte Antwort, obwohl ihr Herz heftig pochte.

„Selbstverständlich. Ich wollte Ihnen nur die einmalige Gelegenheit bieten, mir Ihre Anweisungen von Angesicht zu Angesicht zu geben."

„Ja, es tut mir wirklich leid, aber ich bin im Moment unabkömmlich hier im Büro. Bitte halten Sie sich an meine Pläne. Ich werde dann heute Abend kontrollieren, ob alles meinen Vorstellungen entspricht."

„Sehr wohl, wie Mylady wünschen. Ich werde alles tun, um Mylady zufrieden zu stellen." Ein leises Lachen liess ihre Nerven vibrieren. Doch noch bevor sie sich einen normalen Ton herausbitten konnte, hatte Joe bereits aufgelegt.

Sie drehte sich zu ihrem Chef um und zuckte mit den Achseln. Das Grinsen auf seinem Gesicht konnte er jedoch nicht schnell genug verstecken, woraufhin Laura ein weiteres Mal die Röte ins Gesicht stieg, was keinesfalls zu ihrem Wohlbefinden beitrug. Leicht verärgert setzte sie sich wieder hinter ihren Schreibtisch und versuchte, sich auf die angefangenen Arbeiten zu konzentrieren.

Gegen halb sechs machte sie sich schliesslich auf den Heimweg. Beim Hinausgehen hörte sie noch ihren Arbeitgeber rufen: „Und vergiss nicht, die Anpflanzungen am Altersheim zu überprüfen, wie du es versprochen hast!"

„Bin schon unterwegs!" erwiderte sie rasch und eilte zu ihrem Auto.

Auf dem Weg zum Altersheim stellte sie fest, dass sie richtig nervös war. Sie zwang sich, sich auf die Pläne zu konzentrieren, die sie für die Gestaltung der Parkanlage entworfen hatte.

Als sie die Pflanzungen erreichte, war sie angenehm überrascht. Alles entsprach exakt ihren Vorstellungen. Es wirkte sogar irgendwie noch harmonischer. Langsam schritt sie die abgesteckten Wege entlang und bewunderte die wunderbar gleichmässig gewachsenen Baum Schösslinge. Die letzten beiden Bäume waren grösser als die anderen und bildeten eine Art natürlichen Durchgang. Rund herum waren zahlreiche Primeln gepflanzt. Laura stutzte. Das entsprach nicht dem Pflanzplan, den sie mit der Bestellung an die Gärtnerei eingereicht hatte, rundete das Gesamtbild aber hübsch ab. Sie bückte sich, um die bunte Blumenpracht zu betrachten. Ein kleines weisses Holzschild steckte zwischen den Blüten. Darauf stand geschrieben: Ausschussware aufgrund eines ‚Wasserschadens' – Ware wird nicht verrechnet.

Laura musste lachen. Sie nahm das Schild an sich und schlenderte lächelnd zurück zu ihrem Auto.

Kapitel 21

Laura trat hinaus auf ihre Dachterrasse, liess sich wohlig in einem Liegestuhl nieder und streckte ihre Beine in der Sonne aus. Sie suchte in ihren Hosentaschen nach einem Taschentuch. Neben zwei Büroklammern und einem Stück Traubenzucker landete ein zerknitterter Notizzettel auf dem Tisch. Laura betrachtete die Adresse der Pflegefamilie dieses zweiten Ben Hauser. Die Anschrift kam ihr irgendwie bekannt vor. Sie holte ihren Stadtplan und suchte die Strasse. Das musste die Gärtnerei „Tartaruga" sein. Hatte Frau Klein nicht sogar erwähnt, dass es sich um ein Gartenbau-Unternehmen handelte? Jetzt war ihr Interesse erwacht. Ben musste eines der Pflegekinder sein, die in der Gärtnerei arbeiteten. Vielleicht war ihr Ben doch nicht das richtige Kind? War es möglich, dass sie ihr Herz dem falschen Jungen geschenkt hatte? Laura wollte das einfach nicht glauben. Sie wollte keinen anderen Jungen bei sich haben als Ben. Was, wenn nun dieser andere Ben Johannes' Sohn war? Wenn er bei der Gärtnerei „Tartaruga" zu finden war, handelte es sich offenbar um einen Jungen mit schwierigem sozialen Hintergrund. Zählte dazu auch, dass ein Kind Vollwaise war und mit der Situation nicht fertig wurde? Dieser Umstand könnte einige Probleme bergen, die Johannes mit „Gefahr" gemeint haben könnte. Doch sie war es dem verstorbenen Vater schuldig, zumindest auch dieses andere Kind zu suchen. Sich um ihn zu kümmern, hiess ja nicht, dass sie eine ebenso intensive Beziehung zu ihm aufbauen musste wie zu Ben. Diese Freundschaft würde sie gewiss nicht aufgeben

– egal, ob es sich nun um Johannes' Sohn handelte oder nicht. Sie beschloss, am kommenden Tag in der Mittagspause zur „Tartaruga" zu fahren, um sich nach dem unbekannten Jungen zu erkundigen.

Abends überraschte sie Paul mit einem Besuch. Er hatte eine Flasche frisch gepressten Apfelsaft mitgebracht, die er mit einer riesigen blau-weissen Schleife verziert hatte.
„Schau mal, mein erster selbst gepresster Apfelsaft! Und du bist die erste, die davon kosten darf", freute er sich bei der Begrüssung. „Meine Eltern haben einen Garten gepachtet mit einem riesigen Bestand an Obstbäumen und –sträuchern. Nun kommen sie fast nicht mehr nach, all die Früchte zu verarbeiten. Darum habe ich ihnen heute ein wenig unter die Arme gegriffen. Und so reiche ich Dir nun zwar keine Äpfel in silbernen Schalen, dafür aber ohne Schale und in der Flasche."
Sie liessen sich den süssen Saft schmecken und verputzten dazu die letzten Reste von Lauras Hefezopf.
„Was machen Flo und Johannes? Sind sie zufrieden, wie du deine Mutterrolle übst?" meinte Paul kauend.
„Im Prinzip schon. Es hat sich allerdings heute eine interessante Wendung ergeben in Sachen Ben."
Paul schob interessiert seine Augenbrauen drei Zentimeter höher.
„Offenbar gibt es noch einen anderen Ben Hauser im gleichen Alter. Es ist also durchaus möglich, dass unser geliebter kleiner Ben gar nicht der richtige ist."
Paul hörte auf zu kauen. „Ruckediku, ruckediku, Blut ist im Schuh...", spielte er auf sein Lieblingsmärchen Aschenputtel an.

206

„So ist es ja nun wirklich nicht", erwiderte Laura heftig, „Ben hat sich schliesslich nicht für etwas ausgegeben, das er nicht ist. Ich bin ja selber Schuld an dem Schlamassel. Ich hätte ihn halt schon längst nach seinen Eltern fragen sollen. Dann wüsste ich nun, ob er Johannes' Sohn ist."

„Na, dann frag ihn doch einfach. Dann ist die Sache klar und du kannst den anderen vergessen."

„Und was ist, wenn er nicht Johannes' Sohn ist?"

„Sag du's mir!"

„Ich bezweifle, dass ich einen anderen Jungen so gernhaben würde wie ihn. Ich weiss, dass ich Johannes zuliebe dieser Spur nachgehen muss, aber ich fürchte mich davor, die Wahrheit herauszufinden."

„Hey, die Chancen stehen fünfzig zu fünfzig, dass unser Knirps der richtige ist. Warum machst du dir Gedanken?"

Laura schwieg und schaute in den Himmel.

„Ich habe einfach so ein Gefühl, als ob dieser andere Ben Johannes' Sohn ist... Frag mich nicht, warum. Vielleicht ist es nur die Angst, es könnte so sein, vielleicht ist es aber auch weibliche Intuition."

Paul schaute sie mit seinen treuen Augen an. „Dann bring es so schnell wie möglich hinter dich. Triff den anderen Ben und entscheide dann, wie wir weiter vorgehen. Ich helfe dir!"

„Danke. Du bist ein echter Freund. Ich wünschte..."

„Keine Ursache", unterbrach Paul sie, „und keine weiteren Erklärungsversuche bitte. Ich weiss es und du weißt es auch. Du brauchst kein schlechtes Gewissen deswegen zu haben, dass du nicht das gleiche für mich empfindest wie ich für dich. Ich bin einfach froh, wenn ich in deiner Nähe sein darf."

Paul räusperte sich und rutschte unruhig auf seinem Stuhl hin und her. „Laura, was ich noch sagen wollte…"

„Hmm?"

„Ich habe mir da etwas überlegt."

„Ja?"

„Ach, nichts, schon gut."

„Nun spuck's schon aus! So schlimm kann es ja nicht sein", meinte Laura amüsiert. Sie kannte Paul gar nicht so gehemmt.

„Also, ich dachte mir, wenn du Ben für immer zu dir nehmen möchtest, dann geht das wahrscheinlich nur, wenn du in einer festen Beziehung lebst – in einer sehr festen sozusagen – also genau genommen, wenn du verheiratet bist. Und ich wollte dir nur sagen, dass du mit mir rechnen kannst, wenn das dein Wunsch wäre."

„Wie meinst du das?"

Nun schaute ihr Paul ganz offen in die Augen.

„Ich meine, ich würde dich auch heiraten, wenn es dem Ziel dient, Ben ein neues Zuhause zu geben. Ich mag ihn und ich mag dich – und du magst uns auch. Die Sache mit der grossen Liebe und so – das sollte man vielleicht nicht so eng sehen. Ich finde, wir bringen einen guten Grundstock mit, um eine solche Beziehung einzugehen."

Dieses Eingeständnis verschlug Laura die Sprache. Sie öffnete den Mund, brachte aber keinen Ton heraus. Schliesslich krächzte sie: „Bist du dir darüber im Klaren, dass du mir gerade einen Heiratsantrag gemacht hast?"

„Ja, das bin ich."

„Ich… Ich weiss nicht, was ich sagen soll."

„Sag nichts. Lass es dir einfach durch den Kopf gehen. Und – wenn du den anderen Ben schliesslich auch noch adoptieren willst, dann hindert uns auch daran nichts. Nur über die Rufnamen sollten wir uns noch Gedanken machen. Zwei Kinder mit dem gleichen Namen sind doch etwas schwer zu unterscheiden."

Mit diesen Worten erhob sich Paul und klopfte sich die Krümel von der Hose.

„Bleib sitzen, ich finde schon hinaus. Und halt mich auf dem Laufenden über die Bens!"

Laura sass noch minutenlang da und starrte auf den Stuhl, auf dem gerade noch Paul gesessen hatte. Himmel, hatte sie tatsächlich gerade einen Heiratsantrag bekommen? Sie konnte es noch gar nicht glauben. Irgendwie hatte sie sich das immer anders vorgestellt. Doch ein kleines Stück weit musste sie Paul sogar zustimmen. Wer weiss, ob es die grosse Liebe überhaupt gibt und wie lange sie den Hochzeitstag überlebt? Zweckehen hatte es schliesslich schon immer gegeben und sie waren bei weitem nicht die schlechtesten.

Am nächsten Morgen schob Laura den Zettel mit der Telefonnummer der Gärtnerei „Tartaruga" ständig auf dem Schreibtisch hin und her. Sie wusste nicht, wie sie das Gespräch anfangen sollte und war verunsichert, was sie überhaupt tun sollte, wenn Ben Hauser bei den Krötzelers wohnte.

Bis zum Mittag hatte sie sich immer noch nicht dazu durchgerungen, den Anruf zu tätigen. Um zwölf Uhr traf Christine wie verabredet bei ihr ein, um ihr ihre neu kreierten Blätterteigtaschen zum Probieren vorzulegen. Zwischen Spinatherzen und Schafkäseschiffchen erzählte Laura ihrer Tante von ihrem Dilemma.

„Aber Schätzchen, das ist doch kein Problem!" rief diese aufgeregt. „Dann rufe ich halt für dich dort an. Ich kenne die Geschichte ja schliesslich auch schon in und auswendig. Und wenn dieser Bursche tatsächlich dort zu finden ist, können wir ihn ja gemeinsam in Augenschein nehmen."

Laura stimmte erleichtert zu. „Warum rufen wir nicht jetzt gleich von hier aus an?" meinte sie enthusiastisch, „dann kann ich über Kopfhörer das Gespräch mit verfolgen."

„Kein Problem, her mit der Nummer!" rief Christine und griff auch bereits zum Telefonhörer.

Laura setzte ihren Kopfhörer auf und schaltete das Mikrofon aus, damit Frau Krötzeler nicht mitbekam, dass noch jemand zuhörte.

Nachdem fünfmaligem Läuten wollte Christine den Hörer bereits wieder auflegen, als das Telefon doch noch abgenommen wurde.

„Gärtnerei Tartaruga – Krötzeler" klang die stets etwas garstige Stimme aus dem Apparat.

„Guten Tag, mein Name ist Christine Simonis. Ich habe Ihre Telefonnummer von einer gewissen Gertrud Klein bekommen."

„Ah ja das sagt mir zwar im Moment nichts, aber was kann ich für Sie tun?" fragte Frau Krötzeler geschäftig.

„Es geht um eines Ihrer Pflegekinder – Ben Hauser."
Laura wartete atemlos auf eine Reaktion.

„Ja, was ist mit ihm?"

Lauras Herz machte einen Sprung. Dann war er wirklich einer der Jungen, die den Tag in der Gärtnerei verbrachten. Eventuell wohnten ja auch einige Kinder über längere Zeit bei den Krözelers.

„Nun, es besteht die Möglichkeit, dass Ben der Sohn einer Freundin von mir ist. Es mag für Sie jetzt ziemlich unglaubwürdig klingen, aber ich habe Anna damals versprochen, mich um ihren Sohn zu kümmern, wenn ihr einmal etwas zustossen sollte. Ich habe herausgefunden, dass Anna und auch ihr Mann vor einiger Zeit verstorben sind. Da habe ich mich an mein Versprechen erinnert und mich bei den umliegenden Kinderheimen nach ihrem Sohn erkundigt. Gestern habe ich nun erfahren, dass es einen Ben Hauser in einem Kinderheim in Winterthur gibt, der sich bei Ihnen aufhalten soll.“

Am anderen Ende der Leitung war kein Ton zu hören. Laura und Christine warteten ungeduldig. Nun war es an Frau Krötzeler, eine Reaktion zu zeigen.

„Und was wollen Sie von Ben?“

„Ich würde ihn einfach gerne kennen lernen. Bitte verstehen Sie mich nicht falsch. Es liegt nicht in meiner Absicht, ihn aus seiner gewohnten Umgebung herauszureissen oder ihn mit einer schmerzhaften Vergangenheit zu konfrontieren. Ich würde mich lediglich gern vergewissern, dass es ihm gut geht, um mein Gewissen seiner Mutter gegenüber zu beruhigen.“

„So so, Sie wollen Ihr Gewissen beruhigen. Und warum haben Sie dann so lange dafür gebraucht?“ erfolgte die wenig freundliche Antwort.

Doch Christine war nicht so leicht aus der Ruhe zu bringen. Sie blieb weiterhin höflich. Mit ihrer warmen Stimme fuhr sie fort: „Ich hätte mich ja schon früher gemeldet. Doch die Nachricht von Annas Tod erreichte mich erst vor einigen Wochen, so dass ich gar nicht früher hätte reagieren können. Ich bitte Sie, Frau Krötzeler: Um der lieben Seele meiner verstorbenen Freundin zu liebe – erlauben Sie mir, Ben kennenzulernen! Wenn Sie es nicht wünschen, werde ich auch mit keinem Wort erwähnen, was mich zu Ihnen geführt hat."

„Ich kann mir nicht vorstellen, was das bringen soll. Ben führt inzwischen ein selbständiges Leben. Wir haben uns gut um ihn gekümmert. Ich brauche wirklich niemanden, der jetzt seine Nase in Bens Vergangenheit steckt, um das eigene schlechte Gewissen zu beruhigen."

„Es liegt mir fern, Ihre Aufopferung in irgendeiner Weise in Frage zu stellen. Ich weiss, dass Ben nicht der einzige Junge ist, der bei Ihnen Trost und einen sicheren Tagesablauf erfahren darf. Was halten Sie davon, wenn ich einfach mit meiner Nichte bei Ihnen vorbeikommen würde und Sie mir die Gärtnerei zeigen würden. Auf diese Weise könnten wir Ben treffen. Seien Sie versichert, dass ich Sie nach diesem Treffen nicht weiter belästigen werde. Geben Sie Ihrem Herzen einen Stoss und sagen Sie zu!"

Aus dem Hintergrund hörte man Männerstimmen, die ungeduldig nach Essen riefen.

„Also gut, kommen Sie nächsten Freitag vorbei. Dann ist er sicher hier."

„Ich danke Ihnen vielmals!"

„Ja, ja schon gut. Bis Freitag dann."

Es klickte in der Leitung noch bevor Christine sich verabschieden konnte. Triumphierend schaute sie Laura an.

„Na, wie habe ich das gemacht?" fragte sie strahlend.

„Du bist einfach toll!" antwortete Laura. „Diese Frau Krötzeler ist eine komische Person. So unnahbar...

Aber wenn sie sich Mühe gibt, kann sie richtig nett sein. Hoffentlich geht das gut am Freitag."

„Ach, komm schon. Das ist doch alles, was du wolltest. Wir gehen da hin, überzeugen uns davon, dass es dem Kind gut geht und dann ist die Sache erledigt. Mehr kann doch dieser Johannes nicht von dir wollen, oder?"

„Doch schon. Was ist mit dieser Gefahr, von der Johannes immer spricht?"

„Ach das... Na ja, lass uns darüber nachdenken, wenn wir sicher sind, welcher der beiden Jungen der Richtige ist."

„In Ordnung, abgemacht."

Bis zum folgenden Freitag sollte Laura noch zahlreiche Stunden über dieses Thema herum grübeln.

Kapitel 22

Am nächsten Morgen fand sie zwischen der Post auf ihrem Schreibtisch ein kleines Päckchen, das an sie persönlich adressiert war. Sie konnte sich nicht erinnern, etwas bestellt zu haben. Vielleicht ein Werbegeschenk, dachte sie und schob es achtlos beiseite. Der Vormittag flog nur so vorbei. Sie hasste diese Tage, an denen sie ihr Job an den Schreibtisch zwang. Sie begann ihren Arbeitstag normalerweise immer im Büro, war jedoch erst glücklich, nachdem sie in ihre Wanderschuhe geschlüpft war und mit dem Klemmbrett bewaffnet vor Ort Entwürfe erstellen konnte. Sie liebte den Duft der frischen Erde, wenn die Luft noch kühl und rein war. Ihre besten Inspirationen kamen ihr stets beim Anblick des zu bearbeitenden Terrains.

Gegen dreizehn Uhr packte Laura ihr Sandwich aus und rollte mit ihrem Bürostuhl und einer Flasche kühlen Fruchtsafts vor das grosse Bürofenster, welches einen wunderbaren Blick auf den Park bot. Es war ein Tag wie aus dem Bilderbuch. Am blauen Himmel hingen einzelne Schäfchenwolken und ein sanfter Windhauch streichelte durch die Blätter der Anlagen. An ihren Bürotagen machte sie sich nicht die Mühe, auswärts zu essen, da der Weg ins nächste Restaurant zu viel Zeit verschlingen würde. Sie kämpfte gerade mit der herausrutschenden Tomate, als sie das Telefonläuten aufschreckte.

Hastig wischte sie sich die tropfenden Finger an ihrer Hose ab und rollte zurück zu ihrem Schreibtisch, um ihr Handy unter einem Stapel Skizzen hervorzuziehen. Die Stimme am anderen Ende der Leitung liess ihr Herz herumstolpern wie ein betrunkener Matrose.

„Hallo, Frau Pabig, ich hätte nicht gedacht, dass Sie mich so herzlos abblitzen lassen. Womit habe ich das verdient?" vernahm sie die samtene Stimme von Joe Krötzeler.

„Abblitzen? Ich verstehe nicht. Wo habe ich Sie denn abblitzen lassen?" fragte Laura erstaunt.

„Ja, haben Sie denn mein Päckchen nicht erhalten?" erwiderte Joe erstaunt.

Lauras Gedanken überschlugen sich. Päckchen? Welches Päckchen könnte er meinen? Ihr Blick fiel auf das kleine Paket am Rande ihres Schreibtisches.

„Oh, tut mir leid. Das muss irgendwie zwischen die erledigte Post gerutscht sein", stotterte Laura ungeschickt.

„Das heisst, Sie haben es noch gar nicht geöffnet?" fragte er scherzhaft entsetzt.

Laura fischte nach dem braunen Etwas und versuchte hastig, es mit einer Hand zu öffnen. Der Telefonhörer geriet zeitgleich mit dem Paket ins Rutschen. Sie musste sich entscheiden, welches der beiden Teile sie aufgeben sollte. Sie entschied sich für das Geschenk, welches sogleich polternd zu Boden ging. Laura hielt den Atem an. Kein Scheppern, kein Aufschrei aus dem Hörer. Es schien also nicht zerbrechlich zu sein.

Joes Stimme klang amüsiert an ihr Ohr: „Ich wusste schon, warum ich Ihnen keine Glas-Skulptur geschickt habe. Sie scheinen eine Vorliebe für plötzlichen Bodenkontakt zu haben."

„Es ist doch nicht kaputtgegangen, oder?" fragte sie vorsichtig.

„Das bezweifle ich", kam die knappe Antwort.

Laura bückte sich und wickelte den Rest des Papiers ab. Zum Vorschein kam ein wunderschönes versteinertes Seepferdchen. Darum herum gewickelt war eine Karte mit einer Einladung zum Mittagessen für den heutigen Tag.

Deshalb also dieser Hinweis auf das Abblitzen, durchfuhr es Laura. Warum nur hatte sie das Päckchen nicht früher geöffnet.

„Ich verstehe gar nicht, wie ich das übersehen konnte", versuchte Laura eine Erklärung.

„Nun hören Sie schon auf, sich ständig zu entschuldigen. Es war ja auch ein Risiko meinerseits, darauf zu hoffen, dass Sie gleichentags eine Verabredung zum Mittagessen annehmen würden."

„Vielleicht können wir es ja morgen nachholen", fragte sie hoffnungsvoll.

„Das geht leider nicht. Bis zum Ende der Woche bin ich bereits anderweitig verplant. Und kommende Woche fahre ich zu einem Kongress nach Genf."

„Oh, wie schade", entfuhr es Laura. Dann würde sie ihn also auch am kommenden Freitag nicht sehen, wenn sie mit Tante Chris zusammen zur „Tartaruga" fahren würde.

„Sie könnten mir aber doch noch eine grosse Freude machen", säuselte die herrliche Stimme weiter. „Wollen Sie nicht Joe zu mir sagen?"

„Ja, gern. Ich bin Laura."

„Angenehm, liebe Laura. Darf ich mich nach meiner Rückkehr aus Genf wieder bei dir melden? Ich verspreche auch, dass ich ein weniger missverständliches Medium wählen werde."

„Das würde mich sehr freuen."

„Also bis übernächste Woche dann."

„Ja, bis dann. Ach · Joe?"

„Ja, Laura?" Laura hörte, wie er es genoss, ihren Namen über die Lippen gleiten zu lassen.

„Danke noch für die Primeln. Das sieht wirklich sehr hübsch aus."

„Gern geschehen. Mach's gut."

„Du auch. Tschüss."

Laura betrachtete das Fossil in ihrer Hand. Es war ein sehr gutes Exemplar. Die Details waren so scharf, dass man glauben könnte, das Tier würde sich im nächsten Moment bewegen. Sie legte den Stein zurück auf den Schreibtisch und beendete ihr Mittagsmahl mit einem warmen Gefühl im Bauch. Den ganzen Nachmittag wanderte ihr Blick immer wieder über das Geschenk und ein Gefühl der Frustration überkam sie beim Gedanken, dass sie heute mit Joe hätte zum Essen gehen können, wenn sie nur das Päckchen früher geöffnet hätte. Sie zwang sich dazu, nicht mehr an die verpasste Chance zu denken sondern sich stattdessen auf die übernächste Woche zu freuen, in der es hoffentlich mit dem Wiedersehen klappen würde.

Die Woche verging rasch und war durch zahlreiche Anfragen bis über die normalen Arbeitsstunden hinaus gefüllt. Ihren letzten Auftrag für diese Woche würde sie am Freitag bereits gegen drei Uhr beendet haben, so dass sie sich mit Christine für halb vier am Bahnhof verabredete, um dann gemeinsam zur Gärtnerei Tartaruga hinaus zu fahren.

Laura war sehr nervös. Sie quälte sich mit dem Gedanken, wie der andere Ben Hauser wohl sein mochte. Vielleicht war er ein Schlägertyp mit kurz geschorenen Haaren und Tätowierungen? Oder er lebte so in sich zurückgezogen, dass er keinen zusammenhängenden Satz hervorbrachte. Wenn sie es auch nicht zugeben wollte, so enttäuschte sie jedoch auch die Vorstellung, dass Joe nicht zugegen sein würde, wenn sie zur Tartaruga fahren würde. Christine sprühte vor Tatendrang. Sie hatte sich in weite lilafarbene Gewänder gehüllt und trug einen gelben Turban um den Kopf gewickelt.

Frau Krötzeler empfing sie im Vorgarten des Hauses. „Nanu, Frau Pabig, ich wusste ja gar nicht, dass Sie die erwähnte Nichte sind, die mitkommen würde. Ich hoffe, Ihre Knieverletzung ist inzwischen verheilt."

„Ja, danke. Der kleine Zwischenfall hat keine weiteren Folgen gehabt."

„Kommen Sie, setzen Sie sich doch hier in den Schatten", lud die ältere Dame nun die beiden Besucherinnen ein.

Laura und Christine wechselten einen vielsagenden Blick. Erstaunlich, wie rasch diese Frau von kratziger Reserviertheit zu zuvorkommender Freundlichkeit wechseln konnte. Sie schenkte Ihnen selbst gemachten Eistee ein und überliess den beiden die gepolsterten Gartenstühle, während sie selbst auf der hölzernen Bank Platz nahm.

Lächelnd wandte sie sich an Laura: „Joe würde sich sicherlich freuen, wenn Sie ihn kurz begrüssen würden. Er ist hinten im Treibhaus. Ich kann mich ja inzwischen ein wenig mit Ihrer Tante über Ben Hauser unterhalten."

Laura war hin- und hergerissen über die überraschende Freude, doch noch Joe treffen zu können und das Bedürfnis, an Christines Seite zu bleiben, um weitere Details über Ben zu erfahren. Doch ihrer

Tante war das Strahlen nicht entgangen, das beim Erwähnen von Joes Namen in Lauras Augen getreten war. Sie bestätigte, dass sie es für eine gute Idee halte, ein paar Worte unter vier Augen mit ihrer Gastgeberin zu sprechen. Aufgeregt machte sich Laura auf den Weg zum Treibhaus. „Und achten Sie auf den Weg!" rief Frau Krötzeler ihr lachend hinterher.

Nachdem sich die junge Frau raschen Schrittes entfernt hatte, wurde ihr Gesicht wieder ernst. Sie wandte sich Christine zu und fuhr fort: „Ich halte es für unangebracht, Ben Ihre wahren Ambitionen offen zu legen. Es trifft sich gut, dass Sie Frau Pabig mitgebracht haben. So können wir es so darstellen, als ob Sie sich für eine Bepflanzung interessieren und Frau Pabig als Beraterin mitgebracht haben. Sie werden sehen, dass es Ben ausgezeichnet geht und er Ihrer Unterstützung nicht bedarf. Können wir uns darauf einigen?"

„Nun, mir bleibt wohl nicht viel anderes übrig, als diesem Vorschlag zuzustimmen. Schliesslich bin ich Ihnen überaus dankbar, dass Sie mir erlaubt haben, Ben kennenzulernen. Leider wohne ich aber in einer Mietwohnung, die nicht viel Raum bietet für Gartengestaltung."

Frau Krötzeler winkte ab. „Das ist kein Problem. Wir haben auch zahlreiche Zimmerpflanzen im Angebot. Ich bin sicher, Frau Pabig wird Ihre Wohnung mit Freuden in einen Zimmer-Regenwald verwandeln."

Christine musste lachen. „Damit haben Sie die Neigungen meiner Nichte recht gut getroffen."

Nun erlaubte sich auch Frau Krötzeler ein Lächeln. „Es ist ganz offensichtlich, dass Frau Pabig mit ganzem Herzen bei der Sache ist, wenn sie sich mit

Pflanzen beschäftigt. Sie strahlt das geradezu aus. Und das erkennt man auch daran, dass sie absolut keine Hemmungen hat, sich die Hände schmutzig zu machen. Ich mag das sehr an jungen Menschen."

Inzwischen hatte Laura das Treibhaus erreicht. Sie verdrehte den Kopf, um zwischen all den bunten Blütenpflanzen Joes grosse Gestalt auszumachen. Dabei übersah sie den Kleider-Haufen am Boden, der sich mit ihren schweren Schuhen verwickelte und sie ins Straucheln brachte. Sie wäre in die wertvolle Blütenpracht gestürzt, wenn sie nicht durch einen kräftigen Griff zurückgerissen worden wäre.
„Du willst doch wohl nicht die Arbeit eines ganzen Morgens zunichtemachen", erklang die vertraute Stimme.
Laura fluchte leise in sich hinein. So hatte sie sich das Wiedersehen nicht vorgestellt. Wieso war sie in Gegenwart von Männern nur immer so ungeschickt? Sie hob den Kopf, um eine ihrer fadenscheinigen Entschuldigungen in die Welt hinauszuschicken. Doch der Anblick ihres Gegenübers verschlug ihr die Sprache. Diese Augen, dieses Gesicht!
„Johannes!" entfuhr es ihr. „Was tust du denn hier?"
Sein Lächeln verriet ein gewisses Unverständnis. „Johannes? Ich dachte, wir hätten uns auf Joe geeinigt?"
„Joe?" stotterte Laura, „ich verstehe nicht. Woher kennst du denn Joe?"
Nun geriet das Lächeln ihres Retters ein wenig ins Wanken. „Laura, hast du dir irgendwo den Kopf angeschlagen? Ich bin's, Joe! Erinnerst du dich an mich? Mein Gott, wie kann ein Mensch nur so unfallträchtig durchs Leben kommen?"

Laura spürte, wie sich alles um sie herum zu drehen begann. Joe hielt sie eisern fest und versuchte in ihren Augen zu lesen, ob sich die Frau in seinen Armen endlich wieder an ihn erinnern wollte. Doch Laura brachte immer nur das eine Wort hervor: „Johannes..."

Joe hob Laura auf seine Arme, trug sie nach draussen und legte sie sanft unter einem Baum ab. Leicht klopfte er ihr auf die Wange.

„Laura? Langsam beginne ich mir Sorgen zu machen."

Lauras Verstand wollte einfach nicht für sie arbeiten.

„Joe? Warum siehst du so aus wie Johannes?"

Jetzt breitete sich ein erleichtertes Grinsen auf seinem Gesicht aus. „Ach so, du hast das Bild meines Vaters auf dem Gedenkstein am Eingang gesehen. Ja, ich sehe ihm tatsächlich ähnlich. Aber das ist doch kein Grund, so zu erschrecken. Er ist schon lange tot."

Laura schloss die Augen und versuchte sich zu konzentrieren. Wenn dieser Mann, der sich Joe nannte, ihrem Johannes wie aus dem Gesicht geschnitten war, dann konnte das nur heissen, dass er der gesuchte Sohn war. Doch wie war das möglich? Er war doch viel zu alt – mindestens dreissig! Und ausserdem hiess er Joe und nicht Ben. Gab es noch einen anderen Sohn? Das war alles so unglaublich. Sie musste nun Ruhe bewahren. Vielleicht sass Ben Hauser bereits bei Tante Chris und Frau Krötzeler am Tisch und trank eine Limonade. Sie musste sich zusammenreissen. Es würde sich schon alles klären. Im Moment konnte sie schliesslich auch Joe gegenüber nicht erklären, woher sie Johannes kannte und warum sein Anblick sie so sehr erschreckt hatte. Als Laura die Augen wieder öffnete, fand sie Joes besorgten Blick auf sich gerichtet.

„Geht's wieder? Was ist los? Was hat dich denn so erschreckt?" fragte er leise.

Sie setzte sich langsam auf und rieb sich das verstrubbelte Haar.

„Ich muss wohl wirklich das Bild deines Vaters zu intensiv betrachtet haben. Die Ähnlichkeit ist wirklich verblüffend."

Er half ihr auf die Beine, behielt jedoch seinen Arm stützend um ihre Hüfte geschlungen. Laura klopfte sich den Dreck von der Jeans.

„Komm, lass uns zu meiner Mutter gehen. Sie hat sicherlich ihren vorzüglichen Eistee zubereitet. Ich glaube, eine kleine Stärkung wird uns beiden guttun."

Als die beiden jungen Leute an den Gartentisch herangetreten waren, stellte Frau Krötzeler die beiden unbekannten einander vor.

„Joe, das ist Christine Simonis, die Tante von deiner netten Begleitung. Frau Simonis, das ist mein Sohn Bernhard Johannes. Wir haben ihn als Neunjährigen adoptiert. Damals hat er auf eigenen Wunsch den Namen Hauser abgelegt und trägt unseren Familiennamen nun schon seit fast 25 Jahren."

Joe staunte, warum seine Mutter dieser fremden Frau seine Herkunft in derartigen Details schilderte.

Laura war froh, dass sie inzwischen ein Stuhl daran hinderte, Richtung Boden zu sacken. Das war doch nicht möglich. Schliesslich traute sich zu fragen: „Warum nennst du dich Joe? Dein erster Name ist doch Bernhard."

Joe winkte lachend ab. „Ach, das ist ein Spitzname aus meiner Schulzeit. Eigentlich haben mich meine Eltern immer Ben gerufen. Doch als Kind war ich ein grosser Fan der Western-Serie „Bonanza". Und als meine Klassenkameraden einmal herausgefunden hatten, dass mein Zweitname Johannes lautet, hatte ich halt schnell den Namen „Little Joe" weg. Tja, und ab einem Meter achtzig Körpergrösse hat man dann das „little" irgendwann weggelassen. Seit dieser Zeit ruft man mich einfach nur noch Joe."

Ein Blick auf Lauras verstörtes Gesicht veranlasste Christine dazu, sich rasch von den Krötzelers zu verabschieden und den Heimweg anzutreten.

„Vielen Dank für ihre Beratung", beeilte sie sich zu sagen. „Ich werde Ihre Vorschläge mit meiner Nichte besprechen und mich dann wieder mit Ihnen in Verbindung setzen."

Laura konnte ihren Blick kaum von Joes Gesicht abwenden. Noch auf dem Weg zum Auto drehte sie sich einige Male um und stellte jedes Mal fest, dass auch er ihr nachdenklich nachschaute.

Neben dem Eingangstor verlangsamte sie nochmals ihre Schritte, um den Gedenkstein mit den beiden Fotos zu betrachten. „In Erinnerung an Anna und Johannes Hauser. Ihr werdet stets in meinem Herzen wohnen."

Der Mann auf dem Foto war so eindeutig Johannes, dass es Laura eiskalt den Rücken hinab lief.

Kapitel 23

„Wieso hast du mir nicht gesagt, dass dein Sohn inzwischen erwachsen ist?" schleuderte Laura aufgebracht dem kühlen Johannes entgegen. Es fiel ihr schwer, ihre Worte in der gewünschten Schärfe zu formulieren. Sein Anblick brachte ihr Herz in Aufruhr, weil es nicht unterscheiden konnte zwischen dem substanzlosen Vater und dem überaus körperlichen Sohn.

Johannes hatte die Arme vor der Brust verschränkt, wirkte jedoch trotz dieser ablehnenden Geste nicht unfreundlich.

„Es spielt doch gar keine Rolle, wie viel Zeit vergangen ist seit Ben ohne mich auskommen musste. Wichtig ist nur, dass du ihn gefunden hast", erwiderte er ruhig.

„Und was sage ich ihm nun? Hallo, viele Grüsse von deinem Vater und pass auf, wenn du über die Strasse gehst – es könnte ein Auto kommen und dich überfahren!"

Johannes schüttelte nachdenklich den Kopf.

„Nein, ich glaube nicht, dass es sich um einen Autounfall handelt, der ihn bedroht. Das würde sich nicht so lange vorher ankündigen. Dieses Unheil, das ihn bedroht, ist anderer Art."

Lauras Stimme wurde höher. Sie lief im Zimmer auf und ab und hatte nun immer weniger Mühe, ärgerlich zu sein.

„Na ja, vielleicht landen ja auch demnächst UFOs auf dem Treibhaus und drohen damit, das Glasdach zu entmaterialisieren..."

„Laura, jetzt wirst du aber unrealistisch", seufzte Johannes und kam einen Schritt auf sie zu.

„Unrealistisch? Was in aller Welt ist an dieser Situation denn schon real? Du bist es nicht und ich bin wahrscheinlich in den Augen meiner Kollegen total durchgeknallt. Mal ganz abgesehen davon, was Joe denken würde, wenn ich ihm erzählen würde, dass ich gerade mit seinem – vor 25 Jahren verstorbenen! – Vater darüber diskutiere, dass ihm eine mysteriöse Gefahr droht."

„Nun, das stimmt, Laura. Wir befinden uns tatsächlich in einer speziellen Situation. Aber immerhin haben wir die Möglichkeit, etwas zu verändern. Ich habe lange Zeit vergeblich versucht, mit Ben direkt Kontakt aufzunehmen. Nun bist du da. Du wirst mir doch helfen - ihm zuliebe?"

Das sass. Hätte Laura vor einer Minute noch am liebsten dafür gesorgt, dass Johannes auf Nimmerwiedersehen aus ihrem Leben verschwand, so brachte sie dieser Hinweis wieder zu dem zurück, was sie derzeit am meisten beschäftigte: Joe.

„Also gut, ich werde die Augen und Ohren offenhalten. Hast du denn nicht irgendeine Idee, worum es sich handelt bei dieser Gefährdung? Wenn du meinst, es sei kein Verkehrsunfall, dann wirst du doch eine ungefähre Richtung angeben können, in der ich suchen muss", meinte Laura nun weitaus versöhnlicher.

„Als du vorhin das Treibhaus erwähnt hast, da habe ich ein starkes Kribbeln gespürt. Damit könnte es etwas zu tun haben."

„Na prima. War dann der Hinweis auf das Treibhaus Ausschlag gebend oder die UFOs?"

„Ich vermute eher das Treibhaus", kam die trockene Antwort.

Laura schnaubte resigniert.

Das letzte Augustwochenende versprach Sonne pur. Es war Samstagmorgen und Laura steckte mit ihren Händen gerade im Putzeimer als es an der Tür läutete. Ein Bote drückte ihr keuchend einen kleinen Blumenstrauss in die tropfenden Hände und schlüpfte flugs wieder zwischen die sich gerade schliessenden Aufzugstüren. Vorsichtig wickelte Laura das Blumenpapier ab und lächelte über den reizenden kleinen Biedermeierstrauss aus Margeriten und gelben Rosen. Auf der beigefügten Karte las sie die ersehnte Einladung:

Treffe ich dich morgen um 18:45 Uhr an der Schiffanlegestelle Bürkliplatz zu einer kleinen Rundfahrt? Anschliessend Lauer-Sommerabend-Salat im Niederdorf. Liebe Grüsse Joe

Keine fünf Minuten später klingelte das Telefon. Laure stellte die Vase mit den Blumen auf das Sideboard und nahm fröhlich ab. Joes Stimme fuhr geradewegs in ihren Bauch und verursachte dort einen ausgewachsenen Schmetterlings-Aufstand.

„Vielen Dank für die hübschen Blumen!" erwiderte sie seine Begrüssung.

„Damit hätten wir also das erste Hindernis bereits überwunden. Die Einladung ist zugestellt. Wirst du sie annehmen?" fragte er zurück.

„Ja, sehr gern. Wie war's in Genf?"

„Nicht sehr aufregend. Jede Menge Leute, die das Gefühl hatten, jedem ungefragt ihre Meinung aufdrängen zu müssen. Ich habe aber ein paar interessante Kontakte knüpfen können. Nun muss ich mich dringend um einige liegen gebliebene Arbeiten in der Gärtnerei kümmern. Ich freu mich auf morgen."

„Ja, bis morgen dann. Tschüss Joe."

Am nächsten Abend machte sich Laura um halb sieben auf den Weg zum Bürkliplatz. Sie hatte genügend Zeit, um zu Fuss zu gehen und nicht in ein stickiges Tram steigen zu müssen. Ihr wadenlanger geblümter Rock schwang leicht in der lauen Brise. Ihre Haare standen in gewohnter Manier in allen Richtungen vom Kopf ab und im Gesicht trug sie ein glückliches Lächeln.

Joe wartete bereits am Steg. Zur Begrüssung neigte er sich zu ihr hinab und hauchte ihr einen leichten Kuss auf die Wange. Augenblicklich schoss ihr das Blut ins Gesicht, was sie jedoch in seinen Augen nur noch hübscher erscheinen liess. Sie bestiegen das Kursschiff und suchten sich eine windgeschützte Ecke im hinteren Teil. Der Abend war warm und die Luft um sie herum vibrierte vor Spannung. Sie plauderten über Zürichs Sehenswürdigkeiten, sportliche Interessen, Bücher, die sie gelesen hatten, Filme und natürlich über Pflanzen. Am Ende der zweieinhalbstündigen Fahrt spazierten sie ins Niederdorf, wo sie auf der Terrasse eines kleinen Lokals Salat mit Meeresfrüchten verzehrten. Als die Sonne hinter den Hausgiebeln versank wurde auch ihre Unterhaltung immer ruhiger. Der anfängliche Hunger nach Informationen über den anderen war gestillt, eine stille Zufriedenheit breitete sich zwischen den beiden jungen Leuten aus. Schliesslich versanken ihre Blicke ineinander. Laura hatte das Gefühl, in diesen braunen Augen ihre eigene Liebe zur Natur zu finden, begleitet von einem Schmerz, der in ihrer tiefsten

Seele wohnte, sie quälte und ihr zugleich ermöglichte, diesen Moment auf genau diese Art und Weise geniessen zu können. Joe hatte seine warme Hand auf ihre gelegt und liebkoste ihr Gesicht mit seinen Blicken.

Der Glockenschlag des Fraumünsters riss sie gleichzeitig aus ihren Träumen.
„Was, schon zwölf?" entfuhr es Laura.
„Ja, die Zeit ist vergangen wie im Fluge. Lass uns gehen", erwiderte Joe und hatte bereits der Bedienung ein Zeichen gegeben, dass er zahlen wollte.
Wie selbstverständlich legte er auf dem Heimweg seinen Arm um sie. Laura konnte sich nicht erinnern, wann sie zuletzt einen so wunderbaren Abend erlebt hatte. Ihr Herz war randvoll mit Wärme und sie wünschte sich, der Abend würde nie zu Ende gehen.
Vor ihrer Haustür löste sie sich aus seiner Umarmung, um die Wohnungsschlüssel herauszuholen. Wie erhofft, fragte er sie: „Wann sehen wir uns wieder?"
Lächelnd wandte sie sich ihm zu. „Wie wär's mit Freitag?"
„Einverstanden. Ich ruf dich noch an."
Langsam beugte sich Joe zu Laura hinab und senkte seine Lippen auf ihre. Es war ein sanfter Kuss, vorsichtig und tastend. Erst als er spürte, wie Laura weich wurde in seinen Armen, erlaubte er sich, ihn zu intensivieren. Schliesslich zwang er sich, sich von ihr zu trennen. Die kühle Nachtluft drang zwischen sie und liess beide erschaudern.
„Schlaf gut, liebste Laura", hauchte er, bevor er sich Schrittweise rückwärts bewegte und dort verharrte

bis sich Laura aus ihrer Erstarrung gelöst hatte und widerstrebend im Haus verschwand.

Am Freitag trafen sich die zwei Frischverliebten zum Openair-Kino. Laura konnte von Kathy zwei Tickets übernehmen, weil diese unvorhergesehener Weise im Rahmen ihrer neuen Geschäftsführungsfunktion ihren Chef auf einer Messe vertreten musste. Doch als sie erfuhr, dass Laura mit einem gut aussehenden Mann die Vorstellung geniessen würde, fiel es ihr gar nicht schwer, die Billets abzugeben. Sie bestand allerdings darauf, die ganze Geschichte über die beginnende Romanze als Exklusivbericht bei einer Schüssel Mousse Au Chocolat zu erfahren.
Der Abend war merklich kühler als der vergangene Sonntag, was ihre Freude jedoch keinesfalls schmälerte. Wenn es nach Laura gegangen wäre, hätte es auch schneien können. Joes Hände in ihren hätten jeden Eispanzer zum Schmelzen gebracht und vermochten ihr Inneres in glühende Lava zu verwandeln.

„Nächste Woche sollten wir etwas zusammen mit Ben unternehmen", schlug Laura nun vor.
„Ach ja, der Junge, der dich bei unserer ersten Begegnung begleitet hat." Die Erinnerung an diese Situation verbanden beide jedoch mit unterschiedlichen Gefühlen. Während Joe sich ein Grinsen nicht verkneifen konnte, hätte Laura am liebsten jeden Gedanken daran aus ihrem – und vor allem seinem – Gedächtnis gelöscht. Natürlich wusste Joe inzwischen, dass Ben nicht ihr Sohn war. Eine genaue Erklärung, warum die beiden ein so inniges Verhältnis zueinander hatten, hatte er jedoch noch nicht aus

Laura herausbekommen. Doch wie hätte Laura die Begegnung mit Ben auch erklären sollen? So hatte sie sich ihrer Meinung nach recht nahe an die Wahrheit gehalten mit der Geschichte, den Jungen zufällig bei einem Stadtfest kennen gelernt zu haben.

„Bring ihn doch einfach nächste Woche mit zu unserem Erntedankfest", schlug Joe vor. „Unsere Jungs von der Beschäftigungstherapie sind auch da – und du könntest auch Tim und Max mitbringen. Es gibt Salate und Früchte, aber auch ein grosses Feuer, an dem Würste gebraten werden. Das würde den Burschen sicher gefallen."

„Ja, gute Idee. Die Kinder werden begeistert sein!" rief Laura aus.

Und so reiste Laura am Samstag mit einer Autoladung voll Neunjähriger zum Tartaruga-Erntedankfest.

Ben plapperte aufgeregt vor sich hin. „Warum ist denn Paul nicht mitgekommen? Hatte er schon was anderes vor?" Beim Gedanken an Paul zuckte Laura ein wenig zusammen. Sie war noch nicht dazu gekommen, Paul über die aktuellen Entwicklungen zu informieren – wozu auch ihre Beziehung zu Joe gehörte. Wie würde er wohl darauf reagieren, nachdem er ihr sogar einen Heiratsantrag gemacht hatte?

„Ehrlich gesagt habe ich ihn gar nicht gefragt. Ich wollte einfach mal mit meinen jungen Freunden zusammen etwas unternehmen", versuchte sie eine diplomatische Antwort.

„Och schade!", war die einhellige Meinung ihrer Mitfahrer.

An der Gärtnerei herrschte reger Betrieb. Menschen aller Altersklassen schlenderten durch die Anlagen.

Während sich die Erwachsenen bereits in dünne Jacken gehüllt hatten, sprangen die meisten Kinder noch in Pullovern oder T-Shirts herum. Zwei riesige Holztische waren voll beladen mit frisch gebackenem Brot, Salaten und Körben voll Früchten. Eine Spenden-Kasse lud diejenigen Besucher, die keine Naturalspende mitgebracht hatten, dazu ein, einen kleinen Obolus zu entrichten. Ein Aufkleber machte darauf aufmerksam, dass jede Spende der Winterhilfe zu Gute kommen würde. Joe und seine Helfer hatten die Beete hübsch hergerichtet, so dass man fast nicht glauben konnte, dass das Fest in einer Gärtnerei stattfand. Vielmehr vermittelten die sauberen Anlagen den Eindruck einer rustikalen Parkanlage.

Auf dem runden Kiesplatz war ein grosser Holzhaufen aufgeschichtet, den ein kräftiger Junge von etwa siebzehn Jahren gerade in Brand steckte. Lauras Begleiter rasten begeistert darauf zu, um dem Schauspiel beizuwohnen.

„Aber geht nicht so nah ans Feuer!" rief sie den Dreien noch hinterher, wenig hoffnungsvoll, dass ihre Warnung Wirkung zeigen würde.

Zwei starke Arme schlangen sich von hinten um ihren Körper und eine verführerische Stimme raunte ihr ins Ohr: „Mylady sehen heute wieder unwiderstehlich aus! Wie wäre es, wenn wir ein wenig in den Lustgärten wandeln würden?"

Joe drehte Laura zu sich herum und enthob sie mit einem innigen Kuss einer Antwort. Seufzend schmiegte sie sich in seine Arme und gab sich voll und ganz seiner aufreizenden Zunge hin.

„Max, komm! Wir holen Laura, damit sie sieht, wie gross..." Bens Stimme brach ab. Er stand da und starrte auf die beiden Personen, deren Körper in einer einzigen Umarmung zu verschmelzen schienen. Nun schauten sie sich verliebt in die Augen. Max betrachtete zunächst seinen Freund und folgte dann seinem Blick. Er blinzelte ein wenig, um den Mann an Lauras Seite besser erkennen zu können. „Das gibt's ja gar nicht!" rief er aus.

„Ja, genau", hauchte Ben, „wie kommt sie nur dazu, diesen fremden Mann zu küssen, wo doch Paul ihr Freund ist."

„Ach, mach dir keine Gedanken. Das ist Johannes. Das ist ein prima Kerl. Stell dir vor, das ist der, der mich im Schnee gefunden hat! Wie der wohl hierhergekommen ist? Ich dachte, Laura hätte seit damals nichts mehr von ihm gehört."

Aufgeregt wedelte Max mit den Armen und rief: „Hallo, Johannes!"

Joe winkte amüsiert zurück. „Nanu, wer ist denn der kleine dunkle Kerl da, der mich so überschwänglich begrüsst? Den kenne ich gar nicht. Und warum nennt er mich Johannes?"

Kapitel 24

Laura erstarrte. Dass Max Joe als Johannes wieder-
erkennen könnte, daran hatte sie nicht gedacht.

„Oh, das ist Max, mein Patenkind. Ich habe dir doch
von ihm erzählt. Wahrscheinlich habe ich erwähnt,
dass du eigentlich Johannes heisst und Joe nur ein
Spitzname ist", erklärte sie ausweichend.

Joe zuckte mit den Achseln und wandte sich dann
seiner Mutter zu, die mit einem schweren Korb beladen vorbeiwankte.

„Warte, ich nehme dir das ab." An Laura gewandt
meinte er noch: „Amüsiere dich! Wir sehen uns später beim Wurstbraten."

Laura winkte ihm hinterher, erleichtert, dass Joe
dieses Gespräch nicht weiter vertieft hatte. Sie ver-
senkte ihre plötzlich kalten Hände in den Hosentaschen und schlenderte zum grossen Feuer hinüber.
Ben schaute sie unglücklich von der Seite an. Laura
wollte ihn an der Schulter berühren, doch er wich vor
ihr zurück.

„Hey, Grosser, was ist los?" fragte sie irritiert.

„Nichts", kam die kühle Antwort. Ben drehte sich um
und schloss sich Tim an, der weitere Äste sammelte,
mit denen sie das Feuer füttern konnten.

Was hat er denn plötzlich, fragte sich Laura, wurde
aber durch ein Klopfen auf ihrem Schuh von ihren
Grübeleien abgelenkt. Der Anblick, der sich ihr bot,
war herzerweichend. Max kniete zu ihren Füssen:
Die hellblaue Jeans in ein undefinierbares Grün-
Braun verfärbt und schmierte er ein Gestell aus
dünnen Ästen mit Asche ein. Sein Gesicht wies eine

ähnliche Farbe wie seine Hose auf. Doch sein zufriedenes Grinsen war unvergleichlich.

Laura hockte sich neben ihn, achtete jedoch darauf, ihm nicht allzu nahe zu kommen.

„Na, bist du jetzt glücklich?" fragte Max feixend.

„Ja, klar, warum sollte ich auch nicht glücklich sein?" wollte Laura wissen.

„Na, weil Johannes doch so lange nichts von sich hat hören lassen. Und jetzt hast du ihn sogar geküsst. Ben und ich haben's genau gesehen."

Darum also war Ben so unnahbar. Sie hätte ihm von sich und Joe erzählen sollen. Der Junge hing so sehr an Paul, dass es ihn verletzen musste, Laura in den Armen eines anderen Mannes zu sehen. Wie kam sie aus diesem Schlamassel bloss unversehrt wieder heraus? Hätte einer ihrer Geisterfreunde sie nicht wenigstens warnen können? Aber nein, die waren ja auf höhere Ziele konzentriert. Eine geheimnisvolle Gefahrensuche wog in ihren Augen viel mehr als das Seelenheil einer jungen Frau, geschweige denn ihres neunjährigen Freundes.

Laura wandte sich wieder dem aufgeweckten Buben an ihrer Seite zu. „Ich habe Joe auch erst vor kurzem wiedergefunden", versuchte sie zu erklären. „Er redet nicht so gerne über die Zeit in Davos. Darum sollten wir ihn vielleicht nicht daran erinnern."

„Soll das heissen, ich darf nicht mit ihm reden?"

„Natürlich darfst du mit ihm reden. Du solltest einfach nicht überall herumerzählen, er sei derjenige gewesen, der dich gefunden hat. Das ist ihm glaub ich etwas unangenehm."

„Das braucht ihm doch nicht peinlich zu sein. Eher müsste es ja mir peinlich sein, weil ich dir so viele Sorgen bereitet habe."

Laura strich dem Jungen über die schwarzen Haare. „Darüber brauchst du dir ganz sicher keine Gedanken mehr zu machen. Hauptsache, es geht dir wieder gut."

„Laura?"

„Ja?"

„Ich habe Ben aber schon davon erzählt. Ist er darum plötzlich so komisch?"

„Nein, ich glaube, das hat andere Gründe. Aber die werde ich selber mit ihm klären. Und jetzt komm ein wenig vom Feuer weg. Du versenkst dir noch die Haare und ich bekomme nur Ärger mit deiner Mutter..."

Widerstrebend robbte Max mit seinen Utensilien einen halben Meter weiter nach hinten.

Laura beschloss, ihn seinen Bautätigkeiten zu überlassen und ein wenig die Gärtnerei zu erkunden. Vielleicht hatte sie ja Gelegenheit, ein paar klärende Worte mit Ben zu wechseln.

Sie näherte sich gerade dem Treibhaus, als sie zwei Männer beobachtete, die sichtlich erregt aufeinander einredeten. Ohne es zu wollen, ging sie im Schutz einiger Bäume weiter. Als sie feststellte, dass einer der beiden Joe war, konnte sie es sich nicht verkneifen, dem Gespräch zu lauschen.

„Ich weiss genau, dass dir und deiner Mutter das Wasser bis zum Hals steht!" lästerte der Ältere hasserfüllt. „Wenn ihr das Land nicht freiwillig an mich abtretet, werde ich ein Gerichtsverfahren einleiten, das euch den letzten Rappen herauspressen wird, verlass dich drauf!"

„Deine Gebietsansprüche entbehren jeder Grundlage. Bereits mein Grossvater hat auf diesem Boden

Landwirtschaft betrieben. Das kann ich beweisen!"
schleuderte Joe ihm entgegen.

„Ha! Dein Grossvater? Du bist ja nicht mal Bluts-
verwandt mit der Frau, die du deine Mutter nennst.
Welche Ansprüche willst du dann anhand eines
Grossvaters stellen? Deine Mutter wird mir dieses
Stück Land übertragen, damit ich endlich meinen
Verkaufsladen darauf erstellen kann. Mit dem Geld,
das ich ihr grosszügiger Weise anbiete, könnt ihr
zumindest ein neues Dach für das Treibhaus finan-
zieren. Und wenn du dich besonders kooperativ
zeigst, werde ich vielleicht sogar in Erwägung ziehen, deine Sämlinge in meinem Laden anzubieten –
natürlich zu Konditionen, mit denen ihr meine ent-
gegenkommende Haltung euch gegenüber gebührend
wertschätzen werdet."

Joes Gesicht war Wut verzerrt.

„Nie und nimmer werde ich dir von meinem Grund
und Boden etwas abtreten. Eher mache ich hier alles
dem Erdboden gleich und eröffne eine stinkende
Pommesbude darauf!"

Der Ältere lachte laut und hämisch auf.

„Du hängst so sehr an jedem verdammten Gänse-
blümchen auf diesem Land, dass du es eher zu deinem Grab werden lässt."

Mit diesen Worten liess er Joe stehen und stapfte
zurück zu seinem prunkvollen Quad, den er sogleich
lärmend aufheulen liess.

Laura trat aus dem Schatten der Bäume. Joe kam
ihr mit raschen Schritten entgegen.

„So ein elender Schurke", schnaufte er vor sich hin.

Erst als er fast mit Laura zusammengestossen wäre,
schaute er vom Boden auf.

„Laura, was machst du... Hast du das etwa mit angehört?" fragte er beunruhigt.

Was hätte sie sagen sollen? Der Streit war schliesslich laut genug von statten gegangen.

„Ja, habe ich", gab sie zu. „Ich wollte mich wirklich
nicht einmischen, aber ihr habt ja nicht gerade miteinander geflüstert."

„Schon gut. Hoffentlich bist du die einzige, die etwas
davon mitbekommen hat."

Er legte seinen schweren Arm um Laura, als ob er
einen Teil seiner seelischen Last auf ihren zarten
Schultern platzieren wollte.

Laura verstand immer noch nicht genau, was eigentlich vor sich ging. So fragte sie vorsichtig: „Ist es dieser Konflikt, von dem deine Mutter damals gesprochen hat? Diese Grenz-Streitigkeiten, die schon seit
über zwanzig Jahren andauern?"

Das Thema der Zahlungsschwierigkeiten, das der
andere erwähnt hatte, vermied sie lieber vorerst.

„Ja, der alte Geizhals meint, dass unser Grundstück
etwa fünf Meter kleiner ist und ich meine Beete auf
seinem Grund unterhalte. Das ist aber nicht wirklich
das Problem. Wenn ich ihm wirklich das Stück Land
verkaufen würde und er diesen Verkaufsladen darauf errichten würde, nähme mir das das nötige
Licht für die Zucht der Sonnengewächse. Ich könnte
dann nur noch Schatten- oder Halbschattengewächse
anpflanzen. Und mit seinem Verkaufsladen würde er
mir einen Grossteil der Kundschaft abwerben. Bei
uns muss man halt mit Gummistiefeln durch die
Pflanzungen laufen, um einen Überblick zu bekommen."

„Sind deine Kunden denn so verwöhnt?"

„Abgesehen von einigen Geschäftspartnern, deren Vertreter sich nicht scheuen, in direkten Kontakt mit Dreck zu kommen, schon", meinte er bedrückt, tippte ihr aber mit dem Finger auf die Nasenspitze.

Laura nickte nachdenklich. „Was euch fehlt ist also eine feste Geschäftsbeziehung zu einem Grossab-nehmer. Das würde euch unabhängig machen von der Laufkundschaft, die dein Nachbar zu erreichen wünscht."

„Kluges Mädchen", antwortete Joe. „Mit unserer Be-triebsgrösse ist es aber fast nicht möglich, so eine Geschäftsbeziehung einzugehen. Für die städtischen Aufträge sind wir zu klein, die brauchen grössere Absatzmengen. Und an mittelgrosse Auftraggeber kommt man ohne Beziehungen fast nicht heran."

Laura lachte. „Aber du hast doch jetzt mich!" rief sie aufgeregt. Unser Auftragsbüro führt genau die Ge-staltungen aus, für die du die Pflanzen liefern kannst. Beim Seniorenheim hat das doch bestens funktioniert. Was sollte mich daran hindern, die Tar-taruga zukünftig zu unserem zentralen Geschäfts-partner zu machen?"

„Das ist ja lieb gemeint", versuchte Joe ihre Euphorie zu bremsen. „Aber bedenke, dass du nicht alleiniger Entscheidungsträger in eurem Büro bist. Dein Chef hat da sicherlich auch noch ein Wörtchen mitzure-den. Und was wird er wohl davon halten, wenn du plötzlich die Gärtnerei deines Liebhabers zum Hauptlieferanten erklärst?"

Das Wort ‚Liebhaber' brachte Lauras Blut augen-blicklich in Wallung. „Nun, mein Liebhaber, das liegt zum grössten Teil in deinen Händen. Wenn ich nachweisen kann, dass die Qualität der Gärtnerei

Tartaruga unnachahmlich gut ist, dann brauche ich keine weiteren Argumente."

Der Arm auf Lauras Schultern wurde merklich leichter. Joe drehte sie zu sich herum und nahm sie bei den Händen.

„Laura, wenn das wirklich klappen würde, dann wären wir saniert", flüsterte er und gab ihr einen Kuss. „Aber dieser Idiot bekommt trotzdem keinen Zentimeter von meinem Land", schob er grummelnd hinterher.

Nachdem Laura Tim und Max zu Hause abgeliefert hatte, kehrte sie mit dem immer noch schweigsamen Ben in ihre Wohnung zurück. Weder das gemeinsame Wurstbraten noch die umfangreiche Auswahl an Desserts hatten es geschafft, seine Stimmung zu heben. Als sie vor Lauras Wohnungstür dann noch ein an Ben adressiertes Päckchen von Paul vorfanden, war die Stimmung vollends im Eimer. Vorwurfsvoll streckte Ben Laura den Inhalt des Pakets entgegen. Das Modellauto eines Porsche Cayenne in edlem Schwarz hätte kaum zu einem ungünstigeren Zeitpunkt kommen können.

„Hier, das ist von MEINEM Freund Paul. Er ist wenigstens immer ehrlich mit mir."

„Ben, das ist nicht fair. Ich bin auch immer ehrlich zu dir!" erwiderte Laura angespannt.

„Nein, bist du nicht. Ich habe immer gedacht, Paul ist dein Freund. Und jetzt knutschst du mit einem anderen rum."

„Mit wem ich rumknutsche, geht dich ehrlich gesagt ziemlich wenig an, lieber Ben. Und wenn das ein Problem mit Paul geben sollte, dann diskutiere ich das lieber mit ihm persönlich. Dazu brauche ich dich nicht."

„Ach, jetzt brauchst du mich auch nicht mehr. Dann kann ich ja sofort gehen. Vielleicht mag Paul mich wenigstens noch", heulte Ben nun los.

„Das habe ich doch gar nicht gesagt", versuchte Laura die Vorwürfe zu entkräften. „Ich meinte lediglich, dass es zwischen Erwachsenen Dinge gibt, mit denen sie sich besser ohne die Hilfe eines Neunjährigen auseinandersetzen. Ausserdem weißt du ganz genau, dass ich für Paul nicht solche Gefühle habe wie für Joe."

Nun fing sie doch noch an, ihre Gefühlswelt mit einem Kind zu diskutieren. Das ging wirklich zu weit.

Ben lief in sein Zimmer und schlug die Tür hinter sich zu. Wütend rannte Laura hinter ihm her. „Junger Mann! Damit eines mal klar ist: Türen schlagen gibt's hier nicht. Wenn du mir etwas zu sagen hast, dann sage es mir ins Gesicht. Und über mein Liebesleben bin ich dir ganz sicher keine Rechenschaft schuldig!"

In einer Ecke des Bettes hockte ein einziges Häuflein Elend und schluchzte unter der Bettdecke.

Augenblicklich bereute Laura ihre harten Worte.

„Ben, es tut mir leid. Ich wollte dich nicht anschreien", sagte sie vorsichtig.

Sie setzte sich zu ihm auf das Bett und legte ihre Hand dorthin, wo sie seinen Kopf vermutete. Das Schluchzen wurde leiser. Immer noch aus den Tiefen der Bettdecke hörte sie Bens Worte: „Und plötzlich hast du mich auch nicht mehr gern und ich muss immer in diesem Heim bleiben, wo mich niemand versteht und die Wäsche immer nach Essig riecht."

Laura hob die Decke neben ihren Knien an und schaute in rote verquollene Augen. „Ach Ben, Schatz! Ich werde dich immer gernhaben. Und du darfst auch weiterhin zu mir kommen. Vielleicht finden wir ja einen Weg, dass du für immer zu mir ziehen kannst."

„Ehrlich?" Seine Augen strahlten. Mit einem Mal war die Trauer aus seinen Augen verschwunden. „Du meinst, wir würden zusammenwohnen? In echt?"

„Na ja, ganz so weit ist es noch nicht, aber ich werde mich mal informieren, ob so etwas geht. Und das mit der Wäsche – ich wusste gar nicht, dass eure Wäsche nach Essig riecht. Ich gebe auch manchmal Essig ins letzte Spülwasser. Das macht die Wäsche weich."

„Nur die Bettwäsche und die Handtücher, aber wenn du darauf bestehen würdest, fände ich es gar nicht so schlimm", fügte er versöhnlich hinzu.

244

Kapitel 25

Laura wälzte sich wieder einmal unruhig im Bett hin und her. Wirre Träume verfolgten sie seit sie das Streitgespräch zwischen Joe und seinem Nachbarn mit angehört hatte. Diese finanzielle Misere war schon ein ziemliches Problem. Sie allein konnte ihm da nicht heraushelfen. Ausserdem war ihre Beziehung noch nicht so intensiv, dass sie es sich erlaubt hätte, dieses Thema bereits anzusprechen.

„Laura!", weckte sie eine Männerstimme. „Laura, wach auf!"

Verschlafen rieb sie sich die Augen und setzte sich auf.

Johannes sass auf ihrer Bettkante.

„Oh, hallo Joe, eh Johannes", begrüsste Laura ihren nächtlichen Besucher.

„Laura, ich habe darüber nachgedacht, was du mir erzählt hast vergangene Woche. Es geht nicht ums Geld. Es geht um das Land."

„Ach ja?" fragte Laura immer noch benebelt vom Schlaf.

„Ja, jetzt ist mir alles klar. Das Land birgt eine grosse Gefahr. Er muss es loswerden."

„Wie stellst du dir das vor?" fragte sie.

„Na, du hast doch gesagt, dass dieser Nachbar ein Stück seines Landes kaufen will. Sag ihm, er soll es ihm geben."

„Und mit welcher Begründung?"

Johannes winkte ab. „Egal, denk dir etwas aus. Er darf jedenfalls nichts auf diesen Boden bauen."

Laura schüttelte unwillig den Kopf. „Joe will ja auch gar nichts darauf bauen. Es ist der Nachbar, der seinen Verkaufsladen darauf errichten will."

„Ach ja? Ich dachte, Joe wollte das auch. Hat er nicht gesagt, er wolle mit diesem Ungetüm von Bagger einen riesigen Aushub vornehmen?"

„Ich wusste ja gar nicht, dass auch Geister träumen. Wo hast du denn das her? Hast du mir nicht zugehört? Der Geizkragen will das Land, um einen Verkaufsladen zu errichten, der dann wiederum das Licht für Joes Pflanzen wegnimmt..." Laura gähnte herzhaft. „Aber das habe ich dir doch alles haarklein erzählt."

Johannes fuhr sich grübelnd durchs Haar.

„Ja, ja, das hast du mir alles erzählt. Aber da war doch noch etwas von einem Teich. Wo hat er eigentlich diesen Teich hingesetzt?" murmelte er vor sich hin.

„Ein Teich? In der Tartaruga gibt es keinen Teich. Was sollten sie auch damit anfangen? Sie sind doch kein Erholungspark."

Johannes starrte zum Fenster, als ob es hinter den roten Vorhängen einen spannenden Film zu betrachten gäbe.

„Da ist aber ein Teich, wunderschön, mit Wasserlilien, Seegras und Seerosen. Am Rande sind Gefässe mit Bambus. Ein kleiner Steg reicht in das Gewässer hinein. Man kann Fische beobachten und sich seine eigenen Goldfische herausfischen."

Laura war nun hellwach. Vor ihrem inneren Auge sah sie diesen kleinen See vor sich. Allerdings befand er sich nicht an der Grundstücksgrenze. Doch darauf kam es jetzt ja auch nicht an.

„Das ist eine geniale Idee!" rief sie aus. „Damit könnten sie ein völlig neues Marktsegment erschliessen."
Laura schlüpfte aus dem Bett und eilte zu ihrem Schreibtisch. Sie riss ein grosses Blatt Papier aus der Schublade und begann sofort zu zeichnen. Im Laufe der Jahre hatte sie sich ein gutes Gedächtnis für Masse angeeignet, so dass sie das Tartaruga-Grundstück mit ziemlicher Genauigkeit skizzieren konnte.
Joe kehrte aus seinem Wachtraum zurück und schaute sich irritiert im Zimmer um.
„Laura? Ach da bist du. Na ja, wenn du sagst, dass das gar nicht sein Plan ist, dann muss ich da wohl etwas missverstanden haben. So etwas ärgerliches aber auch. Wenn ich nur wüsste, welcher von meinen Gedanken tatsächlich zur Lösung des Problems beiträgt und welcher nicht! Aber ich bleibe dabei, dass das Grundstück der Schlüssel ist. Das musst du weiter verfolgen."
„Schon gut, ich werde es im Auge behalten", murmelte Laura abwesend. „Jetzt lass mich bitte allein. Ich muss das jetzt noch rasch aufzeichnen. Und dann sollte ich auch noch eine Runde schlafen. Ich muss morgen schliesslich wieder früh raus."
Johannes beobachtete Laura noch eine Weile schweigend und löste sich dann unbemerkt auf.

Am Wochenende lud Laura Joe und Ben zum Spaghetti Essen zu sich nach Hause ein. Ben hatte sich wieder daran erinnert, wie toll es gewesen war mit Joe zusammen in der Gärtnerei die Jungbäume auszuwählen und lernte langsam, mit dem Gefühl zu leben, sowohl Paul als auch Joe gern haben zu können.

„Hab ich euch schon erzählt, was ich mir überlegt habe, um frischen Wind in unser Sortiment zu bringen? Damit könnte ich mein Angebot abrunden und auch meinem neuen Hauptabnehmer eine grössere Auswahl anbieten."

Joe schaute geheimnisvoll in die Runde der Gabeldreher. Erst als beide Augenpaare auf ihn gerichtet waren, fuhr er gewichtig fort:

„Ich werde einen Teich anlegen. Draussen an der Grundstücksgrenze werde ich ein Loch graben und jede Menge Wasserpflanzen züchten. Ist das nicht genial? Damit kann ich eine ganz neue Kundenschicht ansprechen."

Lauras Gabel mit den tropfenden Spaghetti verharrten reglos in der Luft. „Ist das denn nicht teuer, so einen Aushub vornehmen zu lassen?" fragte sie mechanisch.

„Ach was, das kann ich alles selber machen. Ich habe da einen Bekannten mit einem alten Bagger. Den wollte ich schon lange einmal ausprobieren. So habe ich dann auch eine sichere Grundstücksgrenze und kann sicherstellen, dass meine Kundschaft nicht versehentlich zum alten Geizhals hinüberläuft. Was haltet Ihr davon?"

Seiner Stimme war anzumerken, dass er eher aus Höflichkeit nach ihrer Meinung fragte. Eigentlich hatte er das Loch in Gedanken bereits ausgehoben. Laura hörte Johannes' Worte in ihrem Innern nachhallen. Dann hatte er also doch recht gehabt. Joe plante wirklich einen grossen Aushub. Sollte dann auch die davon ausgehende Gefahr wahr sein? Wie sollte sie herausfinden, was es mit diesem unglückseligen Stück Land auf sich hatte? Und wie sollte sie auf Joes Pläne reagieren? Sie beschloss, zunächst einmal so zu tun, als ob ihr die Idee eines Teichs völlig neu sei.

„Ihr sagt ja gar nichts", meinte Joe nun, „gefällt euch die Idee nicht?"

„Oh doch" und „Klar", erwiderten Ben und Laura gleichzeitig. Ben wollte wissen: „Kann man in dem See dann auch schwimmen?"

Joe wuschelte ihm durchs Haar. „Nein, natürlich nicht, aber wir könnten Fische darin aussetzen. Und du darfst sie dann füttern."

Am Nachmittag lud Joe die beiden zu einer Begehung ein, um ihnen in allen Details zu erläutern, wie er sich die Anpassungen vorstellte. Joes Mutter lief gedankenverloren neben ihnen her.

„Mutter, du bist so schweigsam. Freust du dich denn nicht über diese neue Idee?" fragte Joe die ältere Frau.

„Joe, das können wir uns doch gar nicht leisten", antwortete sie leise mit einem Seitenblick auf den herumstreunenden Ben. Lauras Gegenwart schien sie bei der Formulierung ihrer Bedenken hingegen nicht zu stören. Laura ergriff die Gelegenheit und argumentierte sogleich im Sinne von Johannes: „Selbst, wenn du den Aushub selber vornimmst, bleiben immer noch ziemlich hohe Kosten für das Material und die ersten Pflanzungen. Bis du die teilen und verkaufen kannst, dauert es mindestens ein Jahr. Kannst du das so lange vorfinanzieren?"

Joe schaute zwischen Laura und seiner Mutter hin und her.

„Ihr scheint euch beide ja sehr einig zu sein, dass ihr meine neue Idee boykottieren wollt."

Laura nahm seine Hand. „Ich finde, es ist eine tolle Idee. Du solltest aber wirklich zunächst an die finanzielle Belastung denken. Es bringt doch nichts, wenn du die finanzielle Unabhängigkeit der Gärtnerei aufs Spiel setzt, nur um dem alten Geizhals eins auszuwischen."

„Das hat gar nichts mit dem Knauser da auf der anderen Seite zu tun", beteuerte Joe eine Spur zu heftig, musste aber beim Anblick der wissenden Frauenaugen kleinlaut zugeben: „Na ja, fast nichts. Ok, ohne ihn würde ich möglicherweise noch etwas mit der Umsetzung zuwarten. Aber die Idee dazu ist mir schon vor einiger Zeit gekommen."

Laura beeilte sich, ihm zu versichern: „Die Idee an sich ist ja auch gar nicht so schlecht. Aber schau dir doch wirklich mal das Dach des Treibhauses an. Wenn wir einen kalten Winter kriegen, wirst du dort drin höchstens Eisblumen züchten können. Nimm das Geld, das er dir anbietet und verwende es für das Treibhaus. Mit dem Geld, das du mit der Frühjahrs-Bepflanzung einnimmst, kannst du immer noch einen Teich anlegen."

„Nur habe ich dann das Land dazu nicht mehr", grummelte Joe unwillig.

„Doch, das hast du!" konnte Laura sich nun nicht mehr zurückhalten. „Wenn wir die Zufahrt zum Haupthaus etwas verlegen würden, könnten wir im Zentrum den Teich anlegen. Ein schmaler Weg würde links herumführen, der andere rechts herum. Die Leute müssten beim Hinein- und Herausfahren immer um den Teich herumfahren und könnten ihn von allen Seiten bewundern. Ich habe das mal skizziert..."

Rasch fingerte sie an ihrer Gesässtasche herum und erstaunte Joe und seine Mutter damit, dass sie aus einem Handteller grossen Zettel einen A3-Plan entfaltete. Sie strich ihn auf einem alten Baumstumpf glatt und beugte sich eifrig darüber. Ihre Finger flogen über die Skizze, die von bunten Farbtupfern, Markierungen und Massangaben nur so wimmelte. Joe schaute seine Geliebte bewundernd an. „Wann hast du denn das alles ausgearbeitet?" fragte er verdutzt. Doch Laura hatte keine Lust, ihm die Stunden ihrer schlaflosen Nächte aufzuzählen. Für sie zählte nun nur noch, ihn von seinem ursprünglichen Vorhaben abzubringen. Nun war sie in ihrem Element. Sie erläuterte die verwendeten Materialen, spekulierte über Varianten der Sortimentsgestaltung und überraschte ihre Zuhörer schliesslich mit der Aussage, dass ihr Chef sich bereit erklärt habe, aufgrund der hervorragenden Geschäftsaussichten mit einem günstigen Darlehen ein wenig Starthilfe zu diesem Projekt zu leisten.

„Laura – ich habe dir doch heute Mittag erst von meiner Idee erzählt. Wie kannst du nun schon einen solchen Plan ausgearbeitet haben?" fragte Joe ungläubig.

„In meinem Kopf entstehen laufend irgendwelche Pläne. Das passiert ganz automatisch. Aufgrund eurer angespannten finanziellen Lage wollte ich aber zunächst nicht damit kommen. Letzte Woche hat mein Chef zufällig einen Blick darauf geworfen und war ganz begeistert davon."

„Wenn uns dein Chef ein Darlehen gewähren würde, dann könnten wir doch auch sofort mit dem Bau beginnen und gleichzeitig mit einem Teil des Geldes das Treibhaus reparieren", schlug er geschäftig vor.

„Keine Chance", erwiderte Laura ein wenig erschrocken. „Er will zunächst noch einige Projekte mit euch abwickeln, bevor er sich auf die Finanzierung einlässt." Sie war selber erstaunt, dass ihr spontan dieses überzeugende Argument in den Sinn kam. Doch es wirkte. Joe wechselte einen Blick mit seiner Mutter, welche unmerklich nickte. Dann wandte er sich wieder dem Plan zu, auf dem er immer wieder neue überraschende Details entdeckte.

Schliesslich nahm er Laura glücklich in die Arme. „Mädchen, du bist einfach unglaublich. Das sieht genauso aus, wie ich es mir immer erträumt habe. Nein, es sieht sogar noch viel besser aus!"

Mit einem erleichterten, ausgelassenen Schrei wirbelte er Laura durch die Luft. Frau Krötzeler schaute lächelnd den beiden jungen Leuten zu. Ja, diese Frau war in der Tat ein Geschenk des Himmels, dachte sie.

Kapitel 26

Das letzte September-Wochenende hatten Joe und Laura ganz für sich reserviert. Ben war bei Tim und Max zu einer Pyjama-Party eingeladen und durfte auch dort übernachten.

Nach dem Besuch eines Klein-Theaters in Zürich genossen sie die ungestörte Zweisamkeit in Lauras Wohnung. Am Sonntagmorgen beschlossen sie, sich bei Kaffee und Aufback-Hörnchen der Lektüre der Sonntagszeitung zu widmen.

Während sich Laura um die Verpflegung kümmerte, schlüpfte Joe rasch in seine Jeans und beschloss - barfuss und mit blossem Oberkörper - die Sonntags-zeitung aus dem Briefkasten zu holen. Der Lift setzte sich gerade abwärts in Bewegung. Deshalb lief Joe die vier Stockwerke zu Fuss. So bemerkte er nicht, dass sich die Fahrstuhltür schliesslich im vierten Stock öffnete und einen rotwangigen Paul entliess, der eine Papiertüte von der Bäckerei trug.

Paul stutzte, als er Lauras angelehnte Wohnungstür sah. Vorsichtig schlich er sich in die Wohnung. Als er Laura in der Küche hantieren sah, entspannte er sich jedoch. Sicherlich war die Tür durch einen Windzug aufgesprungen. Die alten Schlösser im Haus sollten dringend erneuert werden. Er näherte sich der Küche und raschelte mit dem Papier. Laura lächelte. „Bring sie doch schon ins Schlafzimmer. Ich komme sofort nach", sagte sie lächelnd.

„Mit dieser Einladung hätte ich aber jetzt nicht gerade gerechnet", antwortete Paul gut gelaunt.

Laura drehte sich erschrocken um. „Paul! Wie kommst du denn hier herein?"

„Die Tür war offen. Du solltest wirklich besser darauf achten, dass sie geschlossen ist. Sonst schleichen sich noch fremde Männer in deine Wohnung, die dann womöglich deine Einladung missverstehen könnten..."

Laura schaute unruhig zur Tür. Paul folgte ihrem Blick und versteifte sich merklich, als er den halbnackten Joe eintreten sah.

„Die Einladung war offensichtlich nicht für mich bestimmt", sagte er kühl.

„Paul, ich wollte ja schon lange einmal mit dir reden wegen dieser Sache mit dem..." stammelte Laura nervös.

„Du meinst wegen der Sache mit dem Heiraten?" fragte Paul nun sichtlich verärgert. „Und wann hattest du denn vor, mir zu sagen, dass du als Bettwärmer schon einen anderen gefunden hast? Oder hast du gedacht, dieser Aufgabe sei ich nicht gewachsen? Der liebe Paul ist ja höchstens als notariell beglaubigte Adoptionsvoraussetzung gut genug."

Laura wusste nicht, was sie darauf erwidern sollte. Joe beobachtete die Szene wortlos. Er stand weiterhin mit der Zeitung in der Hand im Gang. Jede Einmischung würde den Fremden nur noch mehr in Rage bringen. Was auch immer sich zwischen den beiden abspielte, später würde noch genügend Zeit sein, um Laura darüber zu befragen, dachte er bei sich.

Als Laura einen Schritt auf Paul zumachte, hob dieser nur abwehrend die Hände. „Gib dir keine Mühe! Die Situation ist ja wohl ziemlich eindeutig. Ich hätte schon viel früher wieder an deine Tür klopfen sollen." Nun liess er die Arme sinken. Sein Blick wurde traurig. „Ich dachte, du bräuchtest diese Zeit, um dir über deine Gefühle für mich klar zu werden. Aber da war wohl nichts zu klären."

Mit diesen Worten drehte er sich um, schnappte die Brötchentüte und marschierte zur Wohnung hinaus. Joe schaute er nicht einmal an.

Laura sah ihm betrübt hinter her. Der Duft des frischen Kaffees bereitete ihr plötzlich Übelkeit. Der Mann, den sie liebte, betrachtete sie mit einer Mischung aus Misstrauen und Enttäuschung.

„Möchtest du lieber allein sein?" fragte er.

Laura kämpfte mit den Tränen. „Nein", flüsterte und warf sich schluchzend in seine Arme.

„Nein, bitte bleib bei mir."

Joe schlang seine muskulösen Arme um sie und hielt sie einfach nur fest. Schon einmal hatte sie dieses tröstende Gefühl genossen, von Männerarmen umschlungen zu sein. Doch erst dieses Mal fühlte es sich richtig an. Sie spürte, wie sehr sich Joe bemühte, nicht sofort eine Erklärung zu verlangen. Doch er liess ihr Zeit, sich zu sammeln. Nach einiger Zeit schob er seinen Finger unter ihr Kinn und zwang sie, ihm in die Augen zu blicken.

„Wie wär's, wenn du mir nun bei einer Tasse Kaffee erzählst, was das eben zu bedeuten hatte?" fragte er leise.

Laura konnte nur nicken und liess sich dann von ihm ins Wohnzimmer führen.

Zwischen zahlreichen Seufzern und einzelnen verirrten Tränen berichtete Laura von Paul, ihrem Wunsch, für immer mit Ben zusammen zu leben und schliesslich von Pauls Heiratsantrag, den sie bis heute auf schändlichste Art und Weise missachtet hatte.

„Na, jetzt verstehe ich, warum er so aufgebracht war, als er mich gesehen hat. Ich bin nur froh, dass er offenbar kein gewaltbereiter Typ ist. Sonst hätte ich nun sicherlich einige Knochenbrüche."

Joe betrachtete Laura eingehend und fragte dann unvermittelt: „Wirst du seinen Heiratsantrag annehmen?"

Laura riss ungläubig die Augen auf. „Das fragst du nicht im Ernst, oder?"

Joes Worte klangen kühl und neutral. Nur seine Augen zeugten von der Angst vor der Antwort. „Doch, ich würde das wirklich gern wissen. Paul hat dir diesen Heiratsantrag sicherlich wohl überlegt gemacht. Und es würde dir sehr schnell die Chance bieten, Ben zu adoptieren. Du kennst Paul schon lange, weißt, was dich erwarten würde, wenn du seinen Antrag annehmen würdest."

Laura konnte nicht glauben, dass Joe ihr diese Frage stellte. Wusste er denn nicht, was sie für ihn empfand? Plötzlich wurde ihr bewusst, dass sie es ihm nie gesagt hatte. Doch diese innige Nähe, die sie spürte, wenn sie beisammen waren... Das musste er doch auch fühlen. Laura schaute Joe offen in die Augen und sagte: „Ich könnte niemals einen Mann heiraten, für den ich weniger empfinde als für dich. Paul ist ein Herzens guter Kerl. Er hat eine Frau verdient, die ihm mehr zu bieten hat als eine Vernunftehe."

Joe entspannte sich sichtbar. Ein leichtes Lächeln umspielte seine Lippen.

„Dann solltest du ihm das genau so sagen. Na gut, vielleicht lässt du besser den ersten Teil weg. Der hat seinen Empfänger bereits erreicht."

Laura wollte das klärende Gespräch mit Paul unbedingt noch am gleichen Tag hinter sich bringen. Und so trennte sie sich schweren Herzens gegen Mittag von Joe und bereitete sich auf die Unterredung mit Paul vor. Sie stieg die Stufen zu seiner Wohnung hinab und läutete. Die Sekunden verstrichen und zerrten zusätzlich an ihren Nerven. Von Innen war kein Laut zu hören. Nach weiteren drei Versuchen musste sie einsehen, dass Paul nicht zu Hause war. Zugleich erleichtert, dass sie vorerst um die Unterredung herumgekommen war und enttäuscht, dass sie sie weiterhin vor sich herschieben musste, beschloss Laura, ihren Frust beim Joggen abzureagieren.

Nach einem anstrengenden Kampf gegen den Herbstwind fühlte sich Laura erschöpft und zufrieden. Sie wusste, dass das klärende Gespräch mit Paul dringend erledigt werden musste und klingelte erneut an seiner Wohnung. Doch auch dieses Mal blieb seine Tür verschlossen. So verging der Sonntag und auch die kommenden zwei Wochen, ohne dass Paul Laura Einlass gewährte in seine Wohnung oder sein Herz. Einmal hatte Laura das Gefühl, er sei zu Hause, öffne jedoch nicht die Tür. Sicher war sie sich allerdings nicht.

Erst als das Läuten an seiner Tür schon eher zur Gewohnheit geworden war und sie gar nicht damit rechnete, ihn anzutreffen, stand Paul plötzlich vor ihr.

Er sah aus wie immer: Die blasse Kopfhaut glänzte im Licht der Beleuchtung, seine Jeans beulte an den gewohnten Stellen aus und das T-Shirt hatte sie schon etliche Male an ihm oder in der Waschküche gesehen. Er hatte weder rotverheulte Augen noch dunkel Ringe darunter. Nur ein leichter Bartschatten umrahmte seinen Mund.

„Ach, du bist's", sagte er bemüht gleichgültig.

„Was gibt's?"

Laura wusste, dass sie ihm jede Stimmung nachsehen musste, schliesslich hatte sie ihn tief verletzt. Sie hatte sich vorgestellt, wie er ihr die Tür vor der Nase zuschlug oder sie mit wüsten Beschimpfungen überschüttete. Sie hatte versucht, sich auf jede mögliche Regung seinerseits geistig vorzubereiten. Doch diese gefühllose Begrüssung hatte sie nicht erwartet. Sie schaute zu Boden und beobachtete, wie ihre Füsse auf der Kokosmatte kleine Kreise zeichneten.

Paul verfolgte ihre Gefühlsregungen und hätte fast aufgelacht, wenn ihm nicht schmerzlich bewusst geworden wäre, warum sie plötzlich auf diese ungewohnte Art voreinander standen und einander anschwiegen. Er konnte es sich jedoch nicht verkneifen, anzumerken: „Du kannst die Matte gern mit nach oben nehmen, wenn sie dich so fasziniert. Bist du deshalb hergekommen?"

Laura erwachte aus ihrer schützenden Feigheit. „Nein, entschuldige. Ich will mit dir reden. Ich versuche schon seit zwei Wochen, dich zu erreichen. Bitte – darf ich reinkommen?"

Paul gab den Eingang frei. Laura trat ein und ging zielstrebig ins Wohnzimmer, wo sie sich unaufgefordert setzte. Sie hatte ihre Furcht nun grösstenteils überwunden obwohl ihr klar war, dass dieses Gespräch vielleicht die einzige Chance barg, ihre Freundschaft zu Paul zu retten.

Er hatte sich im Türrahmen postiert, die Hände über der Brust verschränkt und wartete.

Laura überlegte fieberhaft, wie sie beginnen sollte. Jeder Satz, den sie in den vergangenen zwei Wochen einstudiert hatte, erschien ihr nun unpassend.

„Willst du dich nicht wenigstens setzen?" fragte sie deshalb vorsichtig.

Paul löste sich von seinem Standort und setzte sich schweigend ihr gegenüber auf eine Fussbank. Laura atmete tief ein und startete ihre Entschuldigung.

„Zunächst solltest du wissen, dass es mir wirklich leidtut, wie das gelaufen ist an diesem gewissen Sonntag. Ich hätte dir ganz sicher von Joe erzählt. Das zwischen ihm und mir ist erst nach deinem – Vorschlag – passiert. Und ich wusste ja auch nicht, ob es von Dauer sein würde…"

Paul fuhr dazwischen: „Und da hast du dir gedacht: Ich halte mir den lieben Paul mal warm, den kann ich ja immer noch nehmen, wenn es mit dem anderen nicht klappt."

„Nein", erwiderte Laura erstaunt, „was unterstellst du mir denn da! Du solltest mich wirklich besser kennen, um zu wissen, dass ich mit meinen Freunden niemals auf diese Art und Weise umgehen würde."

Paul schluckte. Da war so viel Enttäuschung und Verzweiflung in ihm, die bisher nur in Form von Wut aus ihm heraus fand. Er wollte endlich wissen, wie Laura zu ihm stand. Deshalb unterdrückte er jede boshafte Erwiderung und bedeutete ihr mit einem Kopfnicken, fortzufahren.

„Ich habe dir nie verheimlicht, wie ich für dich empfinde. Umso mehr hat mich dein Antrag überrascht und noch mehr beeindruckt. Ich habe gründlich darüber nachgedacht, ob eine Ehe mit dir – mit dem Vorteil, dass wir Ben zu uns nehmen könnten · das ist, was mich glücklich macht. Es geht hier aber nicht nur um mich und auch nicht um Ben. Ich kann nicht zulassen, dass du die Chance auf eine Liebesbeziehung aufgibst, um mit mir und Ben heile Familie zu spielen."

Paul wollte sie unterbrechen, aber Laura hielt ihn davon ab. „Bitte lass mich ausreden! Was ich sagen will ist, dass mir jetzt, nachdem ich Joe gefunden habe, erst richtig klargeworden ist, wie unglaublich schön es ist, eine Beziehung auf Liebe aufbauen zu dürfen. Natürlich wird diese Verliebtheit nicht ewig anhalten. Aber ich könnte es nicht ertragen, dir dies vorzuenthalten, wenn du dich an mich bindest in der Gewissheit, dass ich deine Gefühle für mich nicht erwidere. Ausserdem gibt es da noch etwas, das mich zu der Überzeugung gelangen liess, dass Joe der Mann ist, der für mich bestimmt ist."

Sie machte eine kurze Pause, um Paul Gelegenheit zu geben, die folgende Information aufnehmen zu können. Er schaute sie fragend an. Und so fuhr sie fort: „Joe ist Ben."

Pauls Augenbrauen wanderten noch ein wenig höher. „Wie soll ich das denn jetzt verstehen?" fragte er.

Laura suchte nach Worten und fügte dann an: „Joe ist Johannes' Sohn. Er ist dieser Ben, nach dem ich gesucht habe. Also eigentlich heisst er Bernhard Johannes. Aber nach dem Tod seiner Eltern hat ihn niemand mehr Ben genannt, sondern nur noch Joe."

„Ist er nicht ein wenig zu alt, um Johannes' Sohn sein zu können?" fragte Paul irritiert.

„Die Sache mit dem Geburtsdatum ist ein blödes Missverständnis. Johannes hat am 08.07. Geburtstag und Ben am 07.08. Das war einfach ein Dreher, der mir gar nicht aufgefallen ist. Und nach dem Geburtsjahr habe ich Johannes gar nie gefragt. Ich bin einfach immer davon ausgegangen, dass es sich um einen Neunjährigen handeln musste, weil Johannes von ihm als einem kleinen Jungen sprach, der er war, als sein Vater starb. Dass im Jenseits aber der

Begriff von Zeit nur sehr schwer fassbar, wenn nicht sogar gar nicht vorhanden, ist, habe ich bei meiner Suche total vernachlässigt."

„Na, dann steht dem Happy End ja wirklich nichts mehr im Wege", meinte Paul in einem Ton, der erkennen liess, wie hoffnungslos ihm seine Lage erscheinen musste.

„Paul, bitte lass uns Freunde bleiben. Ich werde dir niemals vergessen, was du bereit warst für uns zu tun."

Pauls Augen glänzten verräterisch. Er blinzelte die aufkommenden Tränen jedoch weg und wandte rasch sein Gesicht ab. „So einfach ist das aber nicht", sagte er aufgewühlt. „Du kannst nicht herkommen und erklären ‚Vielen Dank für das Angebot, aber ich nehme lieber den anderen. Lass uns wieder zur Tagesordnung übergehen'. Was ist mit Ben? Dieser Antrag galt auch ihm. Weiss er überhaupt davon, dass ich mit euch eine Familie gründen wollte?"

Laura fühlte, wie ihre Stimmung umschlug. Schon wieder sah es so aus, als ob Ben ihre Herzensangelegenheiten beeinflussen sollte. Sie antwortete jedoch immer noch ruhig: „Nein, ich habe Ben nichts davon erzählt. Und ich werde es ihm auch nicht sagen, wenn es sich vermeiden lässt. Die Entscheidung, ob ich jemanden heirate oder nicht, werde ich nicht abhängig machen von einem neunjährigen Jungen, den man mit einem Spielzeugauto bestechen kann."

Paul drehte sich ruckartig um.

„Das hat doch nichts mit Bestechung zu tun. Ich wollte ihm lediglich eine Freude machen."

„Natürlich wolltest du das. Das hat aber bereits dazu geführt, dass er das Gefühl hatte, er könne mitentscheiden, welcher Mann in meinem Leben eine Rolle spielen sollte und wer nicht. Ich lasse mir von einem Kind nicht meine Gefühle vorschreiben. Ich liebe Ben wirklich sehr, aber es ist immer noch mein Leben, um das es hier geht. Wenn er will, darf er daran teilhaben. Er wird jedoch nicht im Zentrum aller Entscheidungen stehen."

„Dann gibt es wohl nichts weiter darüber zu diskutieren", meinte Paul nun kühl.

Laura war hin- und hergerissen zwischen dem Bedürfnis, alles zu tun, um Paul wieder glücklich zu sehen und dem Verlangen, seine Wohnung augenblicklich zu verlassen und ihm eine vergleichbare Situation an den Hals zu wünschen. Sie erinnerte sich jedoch an all die Stunden, in denen er ihre Depressionen ertragen oder erleichtert hatte, seinen Beistand nach Flo's Tod und seinen unerschütterlichen Glauben an sie, nachdem sie ihm von Geistern und dem Suchauftrag nach einem verwaisten Kind erzählt hatte. Sie wollte diese Freundschaft nicht kampflos aufgeben.

Sie stand auf, stellte sich vor Paul und sagte nur: „Ich kann deinen Schmerz nicht von dir nehmen. Ich kann dir nur versichern, dass du in mir immer eine Freundin haben wirst – wenn du es willst."

Damit wandte sie sich um und liess Paul allein.

Kapitel 27

Inzwischen hatte Laura noch einige Aufträge in Zusammenarbeit und mit der Tartaruga ausführen können. Ihre Kunden – und somit auch ihr Chef – waren bezüglich Ausführung der Arbeiten und der Qualität der Ware vollends zufrieden, so dass die Darlehenszusage für die Gärtnerei schriftlich festgelegt wurde. Erst nach dieser Absicherung erklärte sich Joe bereit, das umstrittene Stück Land an seinen Nachbarn zu verkaufen.

Zu diesem Zweck wurden beide Grundstücke neu vermessen. Die Grundstücksgrenzen wurden von beiden Parteien anerkannt und grundbuchamtlich festgehalten. Die Eigentumsübertragung erfolgte unmittelbar nach dem Eintrag dieser anerkannten Vermessungsergebnisse, in denen Joe und seine Mutter als rechtmässige Eigentümer festgestellt worden waren. Das Einverständnis, dass auf dem übertragenen Grundstück ein Gebäude errichtet werden dürfe, erteilten Krötzelers ebenfalls, was das Baugesuchsverfahren für ihren Nachbarn, Rudolf Steinmann, verkürzte. Der neue Grundstückseigentümer war so erstaunt über das grosszügige Entgegenkommen seiner Erzfeinde, dass er ihnen einen guten Preis für das Land zahlte.

Derartig abgesichert, machte sich Joe sogleich daran, die Renovierung des Treibhauses zu planen. Über die Detailplanung vergingen noch weitere diskussionsreiche Wochen, so dass es bereits November war bis sie mit der Umsetzung begannen.

Während bei Krötzelers die neuen Glasscheiben angeliefert wurden, ertönte von der angrenzenden Liegenschaft ebenfalls Baulärm. Ben hatte an diesem Freitag Schulfrei und freute sich, zusammen mit Joe und dem siebzehnjährigen Dario das renovierte Treibhaus für die neue Verglasung vorzubereiten. Es war ein klarer Tag mit verhältnismässig angenehmen Temperaturen. Die Männer spornten sich gegenseitig an und waren immer wieder für Spässe zu haben.

Laura hatte gerade eine Arbeit in der Nähe der Gärtnerei fertig gestellt und beschloss, einen Blick auf die Baustelle zu werfen. Sie parkte ihr Auto ausserhalb des Geländes, um dem Glas-Lieferwagen nicht im Wege zu sein. Gut gelaunt lief sie die Einfahrt entlang und stellte sich vor, wie der Bereich wohl mit dem geplanten Gartenteich aussehen würde. Da sie seit Stunden nichts mehr gegessen hatte, beschloss sie, zunächst Joes Mutter zu begrüssen in der Hoffnung, ein Stück selbst gebackenen Brotes zu ergattern.

„Hallo Laura, komm doch herein", sagte diese sie freundlich. Die beiden Frauen waren endlich zum familiäreren Du übergegangen. Nachdem sie realisiert hatten, dass Laura in so vertrauliche Angelegenheiten wie die Finanzen der Gärtnerei eingeweiht war und Frau Krötzeler die junge Frau bereits fest in ihr Herz geschlossen hatte, war ihnen die Siezerei schon bald verleidet gewesen.

„Hallo Ursula, was machen unsere Handwerker?" fragte Laura während sie sich aus ihrer Jacke schälte und die Schuhe abstreifte.

„Die sind alle fleissig, wie es sich gehört. Wenn es gut geht, schaffen sie heute den vorderen Teil des Treibhauses. Dann könnten wir bereits einige Pflanzen wieder unterstellen. Die Glaserei konnte sowieso noch nicht alle Scheiben liefern. Damit hat Joe auch keinen Anlass, das Wochenende durch zu arbeiten. Du siehst hungrig aus. Bleibst du zum Mittagessen? Es dauert allerdings noch etwa eine Stunde bis ich so weit bin."

„Oh ja, sehr gerne. Ich bin wirklich am Verhungern. Hast du noch ein Stück Brot zum Aperitif?"

„Ja sicher, es ist im Brotkasten dort hinten. Bediene Dich! Kaffee ist noch in der Thermoskanne, wenn du magst."

Laura schnitt eine dicke Scheibe Brot ab und schenkte sich eine Tasse Kaffee ein. Sie genoss es, von Ursula inzwischen wie ein Familienmitglied behandelt zu werden. Von der anfänglichen Ruppigkeit der älteren Frau war nichts mehr zu erkennen. Diese Seite zeigte sie wirklich nur Fremden gegenüber. Wen sie besser kannte, wurde von ihr mit mütterlicher Fürsorge überschüttet. Laura streckte ihre müden Beine am Küchentisch aus und beobachtete zufrieden Ursulas emsiges Werkeln.

„Was macht die Arbeit? Hast du noch viel zu tun heute?" fragte Ursula nun.

„Eigentlich nicht. Ich muss noch eine Abnahme machen in der Innenstadt. Das ist einfach lästig, weil ich extra hineinfahren muss deswegen. Danach werde ich wohl noch ein wenig Bürokram erledigen. Das kann ich aber auch noch am Montag machen. Mal sehen. Vielleicht mache ich auch heute früher Feierabend und nutze die Gelegenheit für einen Stadtbummel. Weißt du vielleicht etwas, mit dem ich Joe zu Weihnachten überraschen könnte?"

„Ach, Weihnachten... Das kommt ja auch schon bald wieder!" seufzte Ursula, „die letzten Wochen sind vergangen wie im Flug." Jetzt lehnte sie sich an die

Arbeitsplatte und verschränkte die Arme vor der Brust.

„Ich habe da tatsächlich eine Idee für Joe. Aber ich weiss nicht, ob ich tatsächlich dazu komme."

„Na, wenn's etwas ist, bei dem ich dir helfen kann, dann könnten wir es ja zusammen machen", meinte Laura nun interessiert.

„Ich habe vor ein paar Wochen auf dem Dachboden eine grosse Schachtel mit Fotos gefunden. Ich habe zwar immer mal wieder die Kamera hervorgenommen, um Joes wichtigste Augenblicke in seinem Kinder- und Jugendalter festzuhalten, bin aber nie dazu gekommen, sie in ein Fotoalbum zu kleben. Vielleicht könntest du ein hübsches Album besorgen und wir gestalten ihm ein schönes Buch voll Erinnerungen."

„Ich liebe Fotos! Das ist eine tolle Idee! Kann ich die Fotos gleich mitnehmen?" fragte Laura begeistert.

„Sicher, ich muss sie nur herunterholen. Warte, ich bin gleich wieder da." Joes Mutter wusch sich die Hände und eilte aus dem Raum.

Laura begann bereits in Gedanken, die Fotos zu arrangieren. Vielleicht konnte sie noch im Internet nach alten Zeitungsausschnitten oder Berichten forschen. Sie würde ein Album mit schwarzen oder dunkelgrauen Kartonseiten wählen... Ihre Überlegungen wurden jäh durch Florianes aufgeregte Stimme unterbrochen.

„Laura – schnell, zieh dich an! Du musst sie warnen! Komm, komm rasch!"

Laura schaute überrascht in das aufgebrachte Gesicht ihrer Schwester. „Was ist los? Wen warnen?"

„Los, frag nicht, zieh dich an! Vielleicht ist es noch nicht zu spät. Joe klettert gerade auf dem Dach herum. Wenn es jetzt passiert, weiss ich nicht, ob Johannes ihn schützen kann."

„Was passiert??? Flo – sag doch! Wovon redest Du?"
Trotz der verwirrenden Situation stürzte Laura zu ihren Schuhen. Dann rannte sie zurück in die Küche, wo sie ihre Jacke vergessen hatte. Floriane wartete bereits ungeduldig an der Türe. „Komm doch!" flehte sie.

„Ja, ich komme ja…" antwortete Laura.
Da erschien Joes Mutter im Eingang. „Nanu? Musst du doch schon wieder weg? Ich dachte, du bleibst zum Mittagessen?" fragte sie verwundert.

„Ja, bleibe ich auch", stammelte Laura. „Ich wollte nur rasch nach Joe sehen. Ich habe da so ein komisches…"
Laura konnte den Satz nicht vollenden. Ein ohrenbetäubender Knall durchschlug die Luft und liess die Fensterscheiben klirren. Der Karton mit den Fotos landete auf dem Fussboden. Die Frauen starrten sich mit schreckgeweiteten Augen an.

„Um Gottes Willen", flüsterte Ursula. „Was war das?"
„Das klang wie eine Explosion! Joe, Ben – wir müssen sofort nachsehen!"
Floriane wartete immer noch und lief dann mit ihnen nach draussen. Ursula konnte in ihren ausgetretenen Hausschuhen nicht mit Lauras Tempo mithalten und blieb bald zurück. Laura rannte, als wäre der Teufel hinter ihr her. Als sie um die letzte Kurve kam und das Treibhaus sah, glaubte sie, ihr rasendes Herz müsse augenblicklich zu schlagen aufhören.
Die Umgebung war übersät mit Glassplittern. Alle Scheiben waren zerborsten. Der Boden sah aus, als wäre er mit einem Teppich funkelnder Diamanten bedeckt. Aber wo waren Ben und Joe?

„Ben!", rief sie verzweifelt. „Joe! Wo seid Ihr!"
Oh, bitte lass ihnen nichts passiert sein, dachte sie
entsetzt. Wo nur konnten sie sein? Sie fühlte sich
schmerzhaft an die Suche nach dem vermissten Max
im Winter erinnert. War sie wirklich nicht in der Lage, einem kleinen Jungen die nötige Aufmerksamkeit
zu schenken, dass sie ihn unbeschadet wieder in die
Obhut seiner Erziehungsberechtigten zurückgeben
konnte? Und sie wollte tatsächlich die Verantwortung für ein Kind übernehmen? Laura spürte in sich
eine Welle verzweifelter Tränen, doch der Schock
umklammerte ihre Sinne wie eine dicke Staumauer.
Wieder war es Florianes Stimme, die sie ermahnte,
weiter zu laufen.
„Laura – so komm doch! Joe ist im Treibhaus!"
Laura begann rasch, den Scherbenteppich zu über-
queren. Einzelne Stücke ragten spitz aus dem Boden
und schnitten ihr schmerzhaft in die Knöchel. Sie
übersprang die Blumen, die aus ihren geplatzten
Tonkrügen quollen. Als sie endlich das Treibhaus
erreichte musste sie sich unter einem eingestürzten
Balken hindurchzwängen. Sie stieg über umgekippte
Tische und schob auf ihrem Weg Bambusstöcke und
Arbeitsgeräte auf die Seite. Ein Stück Stoff liess sie
erschrocken innehalten. Beim Näherkommen erkannte sie Bens rote Weste, die unter einem Eisen-
träger klemmte. Glücklicherweise steckte Ben selber
nicht darin. Er musste sie wohl vor dem Unglück
ausgezogen haben. Aber wo waren ihre Liebsten nur?
„Ben!", rief sie erneut. „Joe – wo seid Ihr?"
Als sie Joe endlich entdeckte, dachte sie, sie käme zu
spät. Sie fand seinen reglosen Körper bäuchlings inmitten riesiger Glasscherben. Seine Beine schauten
unter einem Metalltisch hervor. Eilig schob sie den

Tisch beiseite, während Flo ihr mit leidvollem Gesicht zuschaute. Joes Kopf lag in einer Blutlache. Vorsichtig drehte sie seinen Körper auf den Rücken. Erleichtert stellte sie fest, dass er noch atmete.
„Joe, Liebster", flüsterte sie, während sie mit ihrem Ärmel vorsichtig das Blut aus seinem Gesicht tupfte. „Kannst du mich hören?"
Die Antwort war ein unruhiges Stöhnen. Joes Augenlider flackerten und er begann, sich in ihren Armen zu bewegen. „Ja Joe, so ist's gut! Komm zurück zu mir! Erkennst du mich? Kannst du reden?"
Seine Augen öffneten sich einen kleinen Spalt weit. „Laura..." flüsterte er heiser.
Laura seufzte erleichtert auf. „Tut dir etwas weh?"
Seine Stimme klang ein wenig fester, als er antwortete: „Eigentlich alles..." Er verzog das Gesicht zu etwas, das fast als Lächeln hätte durchgehen können.
„Weißt du, wo Ben sein könnte?" fragte Laura nun.
Joe schloss die Augen für einen Moment und Laura befürchtete bereits, er werde das Bewusstsein verlieren. Durch die geschlossenen Augenlider erwiderte Joe: „Ben und Dario wollten rasch zum Schuppen, um neuen Kitt zu holen. Was in aller Welt war das? Ein Erdbeben?"
„Ich glaube nicht, dass es ein Erdbeben war. Es muss eine Art Explosion gewesen sein. Kannst du dich aufsetzen?"
Joe versuchte, sich mit Lauras Hilfe aufzurichten, aber er war zu schwach. Plötzlich sah Laura, wie Joes Blick einen fassungslosen Ausdruck annahm. Er sah erstaunt über Lauras Schulter. „Vater...", murmelte er.

„Hallo Ben", ertönte eine wohlbekannte Stimme hinter ihr.

Laura drehte den Kopf. „Johannes", rief sie aus, „kannst du mir helfen?"

Joes Blick sprang verständnislos zwischen seiner Freundin und seinem verstorbenen Vater hin und her. Schliesslich fragte er ungläubig: „Du siehst ihn auch?"

Laura war sich der für Joe völlig unerklärlichen Situation zunächst gar nicht bewusst. „Ja, klar sehe ich ihn."

„Laura!", drängte Johannes nun, „ich werde bei meinem Sohn bleiben. Du musst unbedingt zu dem Baggerfahrer. Er braucht dringend Hilfe."

„Welcher Baggerfahrer? Hilf mir lieber, Ben und Dario zu finden!"

„Den Jungen geht es gut. Sie kommen gleich und können einen Krankenwagen rufen. Die Explosion wurde ausgelöst durch diesen Kerl, der unbedingt mit einem Bagger das Grundstück umgraben will."

Laura schaute Joe an. „Ich nehme an, damit ist dein Nachbar gemeint."

Doch Joe hatte bereits wieder die Augen geschlossen. Hilflos blickte Laura Johannes an. „Und du bist sicher, dass ihm jetzt nichts mehr passieren kann?"

„Keine Angst. Bitte drehe ihn so, dass er gut Luft bekommt." Laura suchte in ihrem Gedächtnis nach den Regeln für die stabile Seitenlage und bettete Joe dann vorsichtig um. Zögernd erhob sie sich. Konnte sie Joe wirklich allein lassen?

Da hörten sie von weitem die Rufe der beiden Jungen. Johannes nickte ihr aufmunternd zu und hockte sich dann vor Joes Gesicht in die Scherben. Laura eilte hinaus. Ben, Dario und Ursula standen unschlüssig vor den Ruinen des Treibhauses.

Bens Gesicht war tränenüberströmt. Wellen von Schluchzern erschütterten seinen Körper. Dario hatte seinen Arm schützend um seine Schultern gelegt. Bei Lauras Anblick atmete Ben erleichtert auf. Ursula lief unschlüssig am Rande der Glas-Landschaft auf und ab, weil sie nicht sicher war, welchen Weg sie durch das Scherbenmeer wählen sollte.

„Laura", rief sie aufgeregt. „Hast du Joe gefunden?"

„Ja, er ist da drinnen. Er ist verletzt, doch er lebt. Ich konnte mit ihm sprechen, aber jetzt hat er wieder das Bewusstsein verloren. Ursula, bitte lauf zum Haus und rufe einen Krankenwagen. Joe hat eine Verletzung am Kopf. Nimm Ben mit ins Haus. Dario, du gehst rein zu Joe und bleibst bei ihm."

Ursula nickte erleichtert, weil Laura die Situation so offensichtlich im Griff hatte und löste den verwirrten Ben aus Darios Armen. Sie nahm ihn bei der Hand und eilte mit ihm zum Haus zurück. Dario liess sich von Laura erklären, wo Joe zu finden sei.

„Und wohin gehst du?" fragte Dario schliesslich.

„Ich gehe rüber zu Steinmanns. Die Explosion ist von dort gekommen. Möglicherweise wurde dort auch noch jemand verletzt."

Kapitel 28

Laura liess das Treibhaus mit Joe darin nur ungern zurück. Wusste Dario, was er tun musste, wenn es Joe schlechter ginge? Hoffentlich kam der Krankenwagen schon bald.

Unvermittelt tauchte Floriane wieder an ihrer Seite auf.

„Du machst das wirklich prima", sagte sie. „Und jetzt komm weiter. Ich fühle Herrn Steinmanns Nähe. Und das bedeutet für seinen Körper nichts Gutes."

Laura lief am Komposthaufen vorbei und folgte ihrer Schwester durch die Anlage mit den Beerensträuchern. Schliesslich gelangte sie an die neue Grundstücksgrenze. Es handelte sich ganz offensichtlich um das Ende des Grundstücks, denn der Boden, auf dem sie stand fiel so abrupt ab, dass sie fast in den Krater gestürzt wäre, der sich zu ihren Füssen erstreckte. Atemlos starrte sie auf das Bild, das sich ihr bot. Die Erde sah aus, als wäre sie in alle Himmelsrichtungen verspritzt wurden. Steine hatten die umstehenden Bäume verletzt und Äste abgerissen. Im braunen Erdreich klaffte ein riesiges Loch, das Laura unwillkürlich an einen zerfetzten Körper denken liess. Der augenscheinlich betagte Bagger lag wie ein krankes Tier auf dem Rücken seines eingedrückten Führerhauses und streckte die dreckverkrusteten Kettenglieder in die Luft.

Florianes war ebenfalls stehen geblieben und flüsterte nun: „Siehst du Herrn Steinmann auch? Ich fürchte, wir kommen zu spät."

Laura schaute in die Richtung, in die auch Flo blickte. Im glitzernden Sonnenschein erkannte sie die verschwommenen Umrisse eines Mannes, der sich ratlos umsah.

„Nein", rief Laura. „Er darf nicht tot sein! Wenn er nicht das Grundstück gekauft hätte, würde jetzt Joe an dieser Stelle liegen!"

Sie stürzte sich mit einem gewagten Sprung in die Kuhle und hetzte zu dem umgestürzten Bagger. Der Körper von Ruedi Steinmann hing zur vorderen, zerborstenen Scheibe hinaus. Er hatte nur einige Kratzer im Gesicht. Seine Lage deutete sogar darauf hin, dass er nach der Explosion noch bei Bewusstsein gewesen sein und versucht haben musste, sich aus dem Gefährt zu befreien.

Laura hielt ihre Hand an Mund und Nase des Mannes, obwohl ihr klar war, dass sie keine Atmung würde feststellen können. Ruedi Steinmanns Geist beobachtete sie aus einiger Entfernung. Sie schaute in sein fassungsloses Geistergesicht. In diesem Moment wusste sie, dass sie noch eine Chance hatte, diesen Mann zu retten. Er war noch nicht bereit, zu gehen. Sonst hätte sie seinen Geist nicht gesehen. Davon war sie fest überzeugt.

Mit einer Kraft, die Floriane ihrer Schwester niemals zugetraut hätte, wuchtete Laura den schlaffen Körper aus dem Bagger und bettete ihn in der weichen Erde. Mit fliegenden Fingern öffnete sie seine Jacke und das Arbeitshemd und begann, sein Herz zu massieren. Sie drückte ihre übereinander gelegten Hände auf seinen Brustkorb. Ein unangenehmes Krachen war zu hören, als seine Rippen brachen. Doch Laura achtete nicht weiter darauf. Konzentriert wiederholte sie die Druckmassage, beatmete zweimal und fuhr mit der Herzmassage fort. Floriane stand zunächst fassungslos daneben. Nach einiger Zeit näherte sich Ruedi Steinmanns Geist seinem Körper. Die Blicke, die er mit Floriane tauschte, liessen Laura vermuten, dass sie ihre Gedanken austauschen konnten. Nach zwei weiteren Beatmungsübungen blickte Laura erneut auf und keuchte: „Bitte, Herr Steinmann – Ruedi! Du willst doch nicht wirklich gehen! Komm zurück! Jetzt, wo endlich Frieden herrscht, könnten wir es so schön haben. Bitte! Lass das alles nicht umsonst gewesen sein!"

Floriane bewegte sich noch ein Stück auf den männlichen Geist zu. Dann verschwand er unvermittelt. Laura hätte am liebsten vor Verzweiflung aufgeschrien.

„So leicht mache ich es dir nicht!", raunte sie dem reglosen Körper zu. Weiter und weiter stiess sie ihre Hände in den Brustkorb des Mannes. Endlich vernahm sie die heulende Sirene des nahenden Krankenwagens. Sie schaute zu Floriane auf und sagte zwischen Herzmassage und Beatmung: „Flo, schick die Sanitäter runter, schnell. Wir brauchen dringend einen Defibrillator. Lange halte ich das hier nicht mehr durch."

„Johannes weiss bereits Bescheid", antwortete Floriane ruhig. „Joe ist wieder bei Bewusstsein und wird die Sanitäter herschicken."

Keine zwei Minuten später rutschten zwei Männer mit Erst-Hilfe Ausrüstung zu ihnen in die Grube. Laura erläuterte kurz, was sie bisher unternommen hatte und übergab dann die Wiederbelebungsmassnahmen an den jüngeren der beiden. Dieser setzte die Herzmassage fort, während der Ältere den Defibrillator vorbereitete.

Fasziniert beobachtete Laura die routinierten Handgriffe der beiden. Zu Floriane gewandt flüsterte sie: „Hast du noch Kontakt zu seinem Geist?"
Floriane antwortete ebenso leise, obwohl sie niemand ausser ihrer Schwester hören konnte: „Ich spüre ihn. Er ist ganz nah. Ich vermute, er ist in seinem Körper."
In dem Moment bäumte sich Ruedi Steinmanns Leib unter dem Stromstoss kurz auf. Der ältere Helfer – offenbar der Notarzt – kontrollierte den Herzschlag mit dem Stethoskop und lächelte Laura verhalten an.
„Es sieht so aus, als hätten Sie ihm das Leben gerettet. Jetzt bleibt noch zu hoffen, dass Sie ihn rechtzeitig gefunden haben und er nicht zu lange ohne Sauerstoff gewesen ist."

Der Transport der Verletzten ins Krankenhaus glich einer Prozession. Während der immer noch bewusstlose Ruedi Steinmann im ersten Krankenwagen Platz fand, wurde Joe in einem weiteren angeforderten Wagen transportiert. Den offenbar unter Schock stehenden Ben luden die Helfer auch gleich ein. Laura folgte den beiden Fahrzeugen auf dem Fusse und sogar Ursula war in Windeseile in geeignete Kleider gehüllt und schloss sich dem Zug zusammen mit Dario in ihrem Transporter an.
Der Sturz vom Dach des Treibhauses hatte für Joe neben zahlreichen Schnittverletzungen lediglich ein paar gequetschte Rippen zur Folge. Joe liess es zu, dass die schlimmsten Blutungen mit Pflaster abgedeckt wurden. Bezüglich seiner Prellungen überzeugte er den behandelnden Arzt davon, dass sie am bes-

ten in heimischer Umgebung heilen würden. So wurde von einer stationären Behandlung abgesehen.

Auch Ben wurde untersucht. Im Laufe des Gespräches mit dem Arzt beruhigte er sich jedoch wieder so weit, dass sich die Empfehlungen für seine weitere Behandlung auf Ruhe und gutes Essen beschränkten.

Ruedi Steinmanns Zustand war stabil, er hatte jedoch das Bewusstsein noch nicht wiedererlangt, so dass über eine allfällige Gehirnschädigung nicht befunden werden konnte.

Am Samstagabend sassen Joe und Laura auf dem Sofa in Lauras Wohnzimmer. Ben hatte eine Riesenportion Spaghetti Carbonara verdrückt und schlief nun ruhig in seinem Zimmer. Laura hatte den Kamin angezündet und ruhige Musik aufgelegt. Vorsichtig kuschelte sie sich an Joes weniger schmerzende Seite und genoss die behagliche Wärme.

Joes Stimme vibrierte durch seinen Brustkorb an Lauras Ohr: „Kennst du meinen Vater eigentlich schon länger?"

„Etwa ein halbes Jahr", antwortete Laura. Stand ihr jetzt das gefürchtete Gespräch bevor, in dem sie Joe ihren Umgang mit Geistern erklären musste?

„Gibt es noch mehr Verstorbene, mit denen du Kontakt hast?" fragt er nun.

„Nur noch einen: meine Schwester. Also es ist nicht gerade so, wie in dem Film „Ghost", in dem die Geister im Zimmer des Mediums Schlange stehen. Sie war einfach plötzlich da. Und seit dem begleitet sie mich. Ich rufe sie, und meistens erscheint sie dann. Wir streiten uns und wir lachen miteinander – fast so wie früher. Johannes habe ich eigentlich kennen gelernt wie einen lebendigen Mann..."

Laura erzählte Joe von Max' Rettung durch Johannes, ihr Wiedersehen in Davos und dem Missverständnis über seinen Todeszeitpunkt.

„Damit ist aber noch nicht erklärt, warum er zu dir zurückkam, nachdem du aus Davos zurück warst", meinte Joe nun.

Laura scheute davor zurück, Joe die ganze Geschichte zu erzählen: Ihrer Suche nach Johannes' Sohn und der Verwechslung. Schliesslich entschloss sie sich jedoch, ihm auch diese Verwicklung nicht vorzuenthalten. Als sie schliesslich geendet hatte, schwieg Joe ungläubig.

Dann sagte er: „Wenn ich meinen Vater nicht wirklich gesehen hätte gestern, würde ich jetzt vorschlagen, dass du deinen Geisteszustand dringend untersuchen lassen solltest. Das alles klingt einfach so unglaublich, dass es einfach wahr sein muss."

Er wand sich mit Schmerz verzerrtem Gesicht aus ihrer Umarmung, um ihr in die Augen zu schauen.

„Wenn du mich nicht überredet hättest, dieses Grundstück zu verkaufen, wäre ich jetzt möglicherweise tot oder schwer verletzt. Kaum zu glauben, aber mein Vater hat es geschafft, mir das Leben zu retten, mich vor dem wirtschaftlichen Ruin zu bewahren und hat mir als Mittel zum Zweck noch die tollste Frau der Welt in die Arme getrieben."

Laura lächelte glücklich und fügte dann an: „Und als krönenden Abschluss hat er dir quasi noch einen Pflegesohn dazu gepackt."

„Ja, da hast du recht. Ohne Ben wärst du irgendwie nicht komplett."

Kapitel 29

Ruedi Steinmann erwachte zwei Tage später aus der Bewusstlosigkeit. Seine Reaktionen waren zwar langsam, aber weitgehend normal. Am Freitag beschlossen Laura und Joe, ihn im Krankenhaus zu besuchen.

Beim Anblick der beiden jungen Leute breitete sich auf dem allzeit brummigen Gesicht des Älteren ein bescheidenes Lächeln aus. Zögernd winkte er die beiden zu sich heran.

„Kommen Sie doch. Wie schön, dass Sie mich besuchen kommen. Eigentlich wäre es ja an mir, Ihnen einen Besuch abzustatten, um Ihnen meine Dankbarkeit zu zeigen. Doch wie Sie sehen, brauche ich wohl noch ein paar Tage Pflege bis ich mich wieder allein bewegen kann."

Laura betrachtete die Kanülen, die aus Ruedi Steinmanns Arm hingen. Ein Plastikbeutel hing am Bett herab und fing Blut und andere unappetitliche Körpersäfte auf.

Joe konnte sich noch nicht so recht überwinden, seinem ehemaligen Feind ein Lächeln zu schenken. Daher übernahm Laura die Kommunikation.

„Ich freue mich, dass es Ihnen wieder besser zu gehen scheint."

„Besser ist gar kein Ausdruck! Ich lebe – und das ist mehr, als ich für kurze Zeit erwartet hatte." Er lachte röchelnd auf, zuckte dann jedoch unter Schmerzen zusammen. „Das mit dem Lachen sollte ich wohl noch einige Zeit vermeiden. Die gebrochenen Rippen machen mir das Atmen so schon schwer genug."

Laura erschauderte schuldbewusst. „Das haben Sie wahrscheinlich mir zu verdanken. Bei der Herzmassage waren mir wohl ein paar Rippen im Wege. Ich kann mich noch genau an das grässliche Geräusch erinnern."

Ruedi Steinmann winkte ab. „In Anbetracht dessen, dass Sie mir das Leben gerettet haben, sind ein paar gebrochene Rippen ein allzu kleiner Preis. Übrigens hatte ich in den letzten Tagen sehr viel Zeit zum Nachdenken", wandte er sich nun an Joe, der immer noch wie versteinert neben Laura stand.

Ungerührt fuhr der Verletzte fort: „Sie haben da einen Engel an Ihrer Seite, der nicht nur mein Überleben gesichert hat, nein, sie hat auch dafür gesorgt, dass der Grund für unsere jahrelange Feindschaft aus der Welt geschafft wurde. Doch das reicht mir nun nicht mehr. Ich wünsche mir aus ganzem Herzen, dass wir nicht nur neutral nebeneinander leben sondern dass wir diesen tragischen Unfall nutzen, um über eine mögliche Zusammenarbeit nachzudenken."

Joe zog ungläubig die Augenbrauen hoch. Kamen diese Worte tatsächlich aus dem Mund des Mannes, der ihn noch vor einigen Wochen aufs Schärfste beschimpft und schikaniert hatte? War das derselbe Mann, der ihn und seine Mutter in den Bankrott treiben wollte? Skeptisch schüttelte Joe den Kopf, als er hinter dem Bett eine vertraute Gestalt entdeckte. Johannes materialisierte sich direkt neben dem Ständer mit dem Tropf und betrachtete ihn interessiert. Dann drehte er den Kopf und sah Joe direkt in die Augen. Er sagte: „Komm, gib ihm eine Chance. So ein Nahtot-Erlebnis kann einen Menschen wirklich zur Besinnung bringen. Er meint es ernst. Du brauchst ihn ja nicht zu mögen. Hör dir einfach seine Vorschläge an."

Joe wollte gerade etwas erwidern, als ein sanfter Händedruck von Laura ihm Bewusst machte, dass Ruedi Steinmann es wohl recht merkwürdig finden würde, wenn sein Gegenüber plötzlich mit dem Tropf eine Diskussion beginnen würde. So rang er sich ein „Wir werden sehen" ab und war froh, als Laura sich schon bald verabschiedete mit dem Hinweis, dass auch Joe noch Ruhe benötige.

Der Winter war erfüllt mit Heilung und Zuversicht. Joe und Laura kümmerten sich intensiv um Ben und konnten ihn am Morgen von Lauras Geburtstag mit der Nachricht überraschen, dass er von nun an jedes Wochenende bei Laura und Joe verbringen dürfe. Joe hatte – entgegen allen Hoffnungen seiner Mutter – beschlossen, in Lauras Wohnung zu ziehen, so dass sie wie eine richtige Familie würden zusammen leben können. Ben war begeistert. Nur ein kleiner Wehrmutstropfen dämmte seine Freud ein. Würde er seine Zuneigung zu Paul zeigen dürfen, wenn doch Joe nun sein engster Vertrauter werden sollte?

Am Abend war die Wohnung angefüllt mit dem Duft von Blechpizza. Immer mehr Gäste füllten die Räumlichkeiten mit Gesprächen und Toasts. Gläser klirrten, Geschirr schepperte. Laura hatte längst die Übersicht verloren, wer kam oder noch kommen sollte. Unüberhörbar waren jedoch die Geräusche aus Bens Zimmer, in denen dieser mit Tim und Max lautstark über einem Videospiel diskutierten. Christine half in der Küche beim Belegen eines weiteren Bleches mit Pizza, als es erneut an der Tür läutete.

„Ich mach schon auf!" rief sie über die Gästeschar, nachdem sie festgestellt hatte, dass Laura und Joe in einem die Welt ausschliessenden Kuss versunken waren. Auf dem Weg zur Tür lief sie an ihrer lächelnden Schwester vorbei. Und plötzlich spürte sie, dass sie mit dieser Tür den Weg in ein neues Leben öffnen würde. Sie zögerte einen kurzen Augenblick, dann zog sie die Tür auf. Ihr Blick wanderte an einem zerknitterten, grauen T-Shirt entlang, erforschte den haarlosen Kopf und entdeckte unter zwei buschigen, zusammengezogenen Augenbrauen strahlend grüne Augen.

„Hallo", erklang eine heisere Stimme, die ihre Unsicherheit sogleich mit einem Reim zu überspielen versuchte: „Aber hier, wie überhaupt, kommt es anders, als man glaubt."

„Auch hallo", erwiderte Christine entzückt, „komm doch rein und trink ein Glas mit mir. Ich glaube, ich habe schon lange auf dich gewartet..."

· ENDE ·

Danksagung

– was kaum jemand liest...

... und weil ich es trotzdem loswerden möchte.

Meine Familie bot mir die denkbar grösste emotionale Unterstützung auf dem Weg zur Erfüllung meines Traumes.
Für's Probelesen – mit grossartigem Motivationsschub bereits in der frühen Anfangsphase - danke ich Matthias Rimann. An Deinen aufbauenden Worten habe ich mich stets wieder aufgerichtet, wenn es doch nicht so lief wie gewünscht - auch wenn dieses Werk noch nicht im Diogenes-Verlag erscheint, wie von Dir prophezeit ☺
Die Fotos stammen von meinem langjährigen Freund Rolf Enderes (also fototechnisch macht ihm so schnell keiner was vor). Und ohne seinen Photoshop-Einsatz wäre ich hoffnungslos verloren gewesen.

Ich danke Euch allen so sehr!